古道拾遺

卜一著

足踵蒼茫採掘

　探覓千年遺闕

　　舊歡紛瑣新尤

　　　古道悠悠

　　　　談笑還諸江月

　　　　　　〈天淨沙・古道〉

序言

　　金秋10月，天朗氣清，展讀卜一兄的大著《走不遍的天下》[1]與《古道拾遺》兩書，不禁欣然以喜，深為所感，不由得發出「好書！大手筆」的稱讚！

　　卜一兄是位學者，更是一位旅行家，他博學而有識，又廣履天下山川，足跡幾遍環球各大洲，這是名家徐霞客和譚其驤先生也會歎莫能及的。

　　我很欽佩卜一兄的才華和他的獨到的見解，他雖不是我結織最早的朋友，但卻是我最要好的一位朋友，令人由衷地讚美和誇獎他！

　　人們都高度評價陳寅恪先生的「自由之思想、獨立之精神」，而真正能做到者，幾稀?!但在《走不遍的天下》書中，卻閃爍著這種光圈。例如關於諸葛亮「躬耕南陽」的隆中故居，究竟在哪裏的問題[2]，往者一說在襄陽城西二十里，一說在河南省南陽之郊，莫衷一是。在本書，作者先後詳為踏勘，並旁徵博引史籍與方志典籍，確證襄陽在當時屬南陽郡，隆中既在襄陽西郊，又屬南陽治轄，故云耳！

　　關於名詞〈沁國春‧雪〉的作者的考證，卜一別開生面，無所拘泥，詳為對比，審酌詞的風格，得出自己的結論。這個見解，無獨有偶。讀者不妨訪問文壇有關的方家。

1　《走不遍的天下》，為卜一的另一著作。
2　〈何處是三顧茅廬遺址〉，見於《走不遍的天下》。

卜一兄是研究太平天國翼王石達開的著名專家。他曾沿著石達開遠征西行的路線尋訪踏查，收穫獨多。他多次涉過大渡河，徘徊於紫打地。他撰寫多種論著，其中關於石達開在大渡河覆敗而紅軍卻渡河過彝區而成功的分析文章──〈憑弔大渡河古戰場〉（刊於北京《民族史研究》第二輯），見解超群，獨具慧眼，表現了作者治學的深邃功力。這是值得推尚的。

　　古人云：「讀書破萬卷，下筆如有神。」本書作者不僅博覽中西群書，更是行程逾萬里，地球的寒、溫、熱各地帶，他都走過許多地方。懿歟！美矣！美矣！善哉！

宜生[3]寫於北京

2009年中秋時節

---

[3] 郭毅生教授，北京民族大學歷史系、太平天國研究會主席、清史編輯。

大珠小珠落玉盤
——卜一先生《古道拾遺》序

卜一先生《走不遍的天下》和《行遠無涯》兩本大作出版之後，不僅大受愛好旅遊者的歡迎，而且雅好歷史文化的讀者和學者，更對卜一先生的學識和文筆稱讚有加，不少讀者並詢問下一本書何時問世，準備上網郵購。現在臺灣「釀出版」將出版他的第三本書《古道拾遺》，想必也將受到廣大高水準的讀者，和雅好歷史、政事、戰史及文化、文學的讀者與學者的訝嘆和欣賞。

卜一先生這本新書，收入過去多篇已經發表於報章雜誌的四十二篇文章。它們或短或長，如「大珠小珠落玉盤」，分集六部，每部七篇文章。而這六部，都以「門」字為部首的動詞，組成一個「龍門陣」的大陣圖。這些文章題目新奇，內容博雜，縱橫時空，出入中西，兼通文史，探幽發隱，鞭批政法，力辨黑白。忽而論道，轉而閒情；纏諷小人，又弔長輩；懷念袍澤，笑話老友……讓人看得眼花撩亂，腦波震撼，一書在案，難以釋手。因此作者命我作序，真是不知從何下手。還好記得詩聖杜甫有詩題曰：〈江上值水如海勢，聊短述〉。因此依此書六部，每部七篇「七絕」之數，作七古七首三十二句，聊短述以序之。詩曰：

一‧歷史文化巨河流，卜一擇要探源由。六陣開門「問奇」首，長征長壽與土豆！

古道拾遺序七詩之六
總結讀後 甲辰二首
初觀諸題似曾識
細讀篇篇發奇謀
大事隱義忽翻案
笑談新見舊春秋
古道拾遺序七詩之七
遺響迴音微古道
新市霧靄昏高樓
臨風仗義敢長嘯
太史筆落鬼神愁
甲午正月廿日 太陽里人

二・次篇「聞古」發新識，街頭山頭古寧頭。施琅澎湖餘小祠，胡璉金門釀美酒。快刀直劈田中奏，何年再捷白江口？

三・「開誠」、「閱人」需法眼，鹿死兔盡烹鷹狗。盧溝曉月無星文，粟裕震主不封侯。

四・「闡史」葡國一王子，北魏漢化二馬后。政法開明在體制，文藝復興去沐猴。〈沁園春・雪〉幾把手？《人間詞話》何沉舟？。

五・不懼山洪敢縱浪，「閒情」喜說少年遊。附中六載日月長，袍澤情憶軍營柳。

六・初觀諸題似曾識，細讀篇篇發奇謀。大事隱義忽翻案，笑談新見舊春秋。

七·遺響迴音微古道，新市霧霾昏高樓。臨風仗義敢長
嘯，太史筆落鬼神愁。

林中明 2013.12.31

（北加州作家協會會長，美華藝術學會會長，中國《詩
經》學會顧問，山東國際孫子兵法研究交流中心特邀顧問）

CONTENTS

閱人篇

闡史篇

閒情篇

問奇篇

辣椒、玉米、土豆、番薯、番茄均原產於美洲，九千年前印第安人就開始食用，後經人工培養、種植，在中南美繁殖。哥倫布來到美洲，發現印第安人食用這些食物，後西班牙人將其傳遍全球。明末傳到中國沿海，清代逐漸向邊遠內陸播種，對中國近代的民生與歷史起了重大影響。

▎蔣經國與「酒瓶」先生

2006年夏，我與老妻及友人前往澎湖遊覽，租了輛車由馬公沿著澎湖本島，過中屯到白沙，去看看有名的通梁大榕樹。時近正午，來到一個小村的海鮮店午餐。這家店生意非常好，樓上、樓下坐得滿滿的，才知道原來還有一段有趣的故事。

當年蔣經國到澎湖視察，路過這個荒僻的蕞爾小村，見到當時只有幾張破桌椅的小飯店。一時興起，停下車，帶了隨員走了進來。

這家飯店老闆因為愛喝啤酒，有個大肚子，綽號「酒瓶」。飯店開在窮鄉僻壤，乏人問津，生意時有時無，湊合湊合而已。

當天「酒瓶」正無所事事，懶洋洋地坐在店裏，突然見到縣太爺和成群的官員走了進來，吃了一驚。暗想：「不知是何差錯，惹得大官人找上門來了！」這群大官人還擁簇著一個似曾相識，不知在哪見過，穿著夾克便裝的「矮胖子」。再仔細一看，這不是整天在電視上看到的蔣經國嗎？這可把「酒瓶」嚇得手足無措，心想：「這回完了！」

誰知蔣經國卻和藹可親地上前去和他握手，問他姓名，還問：「生意好嗎？家人都如何？」「酒瓶」原屬一介村夫野人，驚慌之餘，好不容易定下心，就直爽地自稱「酒瓶」。蔣笑著對他說：「那就稱你『九品』先生好了。」兩人一問一答，談得十分暢快。

蔣經國突然說想在他這店裏吃個午餐，可把「酒瓶」一家上下急壞、忙壞了。午餐後，蔣與「酒瓶」全家照了一張相。不久，「酒瓶」收到蔣寄來的一封信，感謝他招待的午餐，還讚賞他的美味海鮮，並鼓勵他努力經營向上。

　　這「酒瓶」先生很有生意頭腦，利用這個機運，大做廣告，幾十年下來，生意做得愈來愈大、愈來愈好。他這家店也成為澎湖的旅遊景點之一，列為遊客必來之處，經常是高朋滿座，門外排著長龍。

　　在店裏，我見到了掛在牆上的當年蔣經國來此的照片和他來信的真本。我們點了幾樣不同的海鮮，都十分美味可口。這「酒瓶」先生的確有點真功夫，他的手藝不同凡響。

酒瓶先生的海鮮店

　　「酒瓶」先生的故事令我體會到，蔣經國之所以能把臺灣治好，那時經濟起飛，人民富足，連大陸都作為學習的榜樣。有人說蔣經國是綜合了共產黨的群眾路線、中國固有的民本思想，以及西方資本主義的經營理念。當然，也有反對他的人說他只是喜歡「政治作秀」。

　　以前馮玉祥衣著破舊、禮節粗陋、與士兵同餐，引起時人的非議，謂其「虛偽作假、譁眾取寵」。馮乃對人說：「就算我是裝的，也裝了幾十年了。你們誰有種，也學我裝一下，我看你能裝幾天？」馮認為，沒有誠心愛民，不能使百姓受惠的政治作秀，遲早會穿幫、露出馬腳的。

　　亞聖孟子曰：「使民養生、喪死無憾，王道之始也！」能從真正關心、改善人民生活著手，就會走上成功的政治道路，也必將得到老百姓真心的擁戴。其實，很多臺灣老百姓也像「酒瓶」先生一樣，永遠懷念蔣經國的平實作風，以及帶給他們的昌盛繁榮。

（原載於《世界日報・上下古今版》2009年6月12日）

「長征」這名詞是誰最先提出的？

　　最近貴刊（《世界日報・上下古今版》）登載了兩篇有關中共「長征」的文章：2009年1月6至7日：〈南昌起義與紅軍長征〉，與2月16至22日：〈南昌暴動與中共軍事行動〉，報導了中共建軍與長征事蹟，是對瞭解中共歷史很可貴的文章。

　　「長征」是中共在國民黨全力圍剿下，被逼得無路可走，而向西的流竄。當時紅軍在蠻煙瘴雨之中，實力被消滅了百分之九十，這怎能說得上是「征」呢？「長征」這名詞又是如何產生的？是誰最先提出的？

　　據中共的正史，毛澤東到達陝北吳起鎮後，在召集幹部會議中，首先用了「長征」一詞來總結這一年多的西竄逃亡，楊成武在〈憶長征〉中有如下一段報導：

> 　　吳起鎮戰鬥（註：1935年10月21日）之後，有一天，我去參加中央召開的全軍幹部會議。毛澤東同志首先講話，他說：「同志們，辛苦了！……從瑞金算起，十二個月零二天，共三百六十七天，戰鬥不超過三十五天，休息不超過六十五天，行軍約二百六十七天，如果夜行軍也計算在內，就不止二百六十七天。我們走過了閩、贛、粵、湘、黔、桂、滇、川、康、甘、陝共十一個省。……最多的走了二萬五千里，這確實是一次遠征，一次名副其實的，前所未有的長征！」

「長征萬歲！」會場裏剎時升起歡呼聲。

「二萬五千里長征萬歲！」口號聲此起彼伏。

毛主席打斷口號繼續說：「長征是宣言書，長征是宣傳隊，長征是播種機……」

其後（1935年12月27日），毛澤東在其〈論反對日本帝國主義的策略〉中，正式把「長征」列入文件，並通告全軍。

但據蔣介石所著《蔣總統祕錄》中敘述：

> 7月中旬（註：1935年），蔣總統召集追剿軍連以上幹部訓話（註：蔣當時任軍事委員會長，親自指揮追剿紅軍，駐節在四川成都），勗勉更加奮發努力：「你們由江西出發，追剿赤匪，經過湖南、貴州、雲南諸省，現在來到四川成都，盤旋曲折，縱橫馳騁，綜計走了一萬餘里的路程；而且沿途所過，多半是最險要、最艱難的，他人所不敢到的地方。……像這樣不怕勞苦，不避艱險，馳騁於邊荒的地域，做萬餘里長征，自中國有史以來，你們要算是第一次！……你們過金沙江不怕熱，過大渡河不怕冷，所以土匪的力量被我們消滅了百分之九十以上，得到現在這樣的成功！」

可見當時紅軍被消滅殆盡，蔣介石躊躇滿志，要比毛澤東早三個多月就宣稱這場追剿為「萬里長征」。而毛與蔣的文告十分相似，依常理判斷，毛從情報應得知蔣在成都召集其追剿官兵，並做了這段重要的訓話，而引用了蔣提出的用詞。但歷

史總是由勝利者來寫的，如今我們只知道毛主席的「長征」，就沒有人再提蔣總統的「長征」了！

（原載於《世界日報‧上下古今版》2009年3月9日）

長征經過的大渡河與安順場

長征經過的瀘定橋

誰是最長壽、在位最久的帝王？

　　在中國歷史上，誰是最長壽的「帝王」？許多人都會說是乾隆，但這是有爭議的。乾隆生於1711年9月25日，死於1799年2月7日（註：以陽曆計），活了八十七年四個月十四天。而蔣介石（1887年10月31日至1975年4月5日，以陽曆計）在世八十七年五個月六天，比乾隆多活了二十幾天。蔣掌權長達四十八年（1927至1975年），雖晚年「偏安臺北」，但其「北伐統一」、「抗日勝利」，以及與其子蔣經國「建設臺灣、啟發大陸走向改革開放」，在中國歷史上做出了卓越的貢獻，乃「天子」之屬，可謂最長壽的「帝王」。

　　誰是在位最久的「帝王」呢？大家都說是康熙，這也是似是而非的。康熙雖在位六十一年，但他的孫子乾隆比他還福大、命大。乾隆二十三歲（虛歲二十五）即位，到天壇去「祈天賜福」，願上天給予「一甲子」。到了在位第六十年，只得宣布「讓位」給兒子嘉慶。但他這個「太上皇」什麼事都要管，又幹了快四年才去世。所以我們也可以說乾隆是在位最久的帝王。

　　但如果不限於「四海一統、政出一家」，中國歷史上倒有個「帝王」比誰都活得長、幹得久，那就是當今「老廣」和越南人的「老祖宗」──趙佗。

　　趙佗，秦朝恆山郡真定縣（今河北省正定縣）人，是南越國第一代王和皇帝，號稱「南越武王」或「南越武帝」。從公

元前203年至前137年，在位共六十七年，享年一百餘歲。

秦始皇統一七國之後，於公元前219年派屠睢為主將、趙佗為副將率領五十萬大軍平定嶺南（註：當時趙為二十一歲，可能更大幾歲），因當地人頑強抵抗，屠睢被殺死。秦始皇乃修靈渠以利漕運，重新任命任囂為主將，和趙佗一起率領大軍，經過四年努力，於前214年完成平定嶺南的大業。接著在嶺南設立南海郡、桂林郡，和象郡。任囂被任為南海郡尉，趙佗為南海郡下屬的龍川縣縣令。趙採取「和輯百越」的民族政策，並上書秦始皇，結果從中原遷移了大批居民至南越，加強漢、越的民族融合，還送去一萬五千位婦女給兵士做老婆。

秦始皇死後，秦二世繼位。前209年，陳勝、吳廣起義，接著「楚漢相爭」，中原陷入了混亂狀態。前208年，任囂病重，他臨死前把趙佗召來，向他闡述了南海郡傍山靠海，有險可據，可建立國家，以抵拒中原。

任囂死後，趙佗繼任南海郡尉，遂關閉南嶺各關口，防止中原軍隊進犯。秦朝滅亡後，公元前203年，趙佗起兵兼併桂林郡和象郡，在嶺南地區建立「南越國」，自稱「南越武王」。南越國的疆土，北至南嶺（今廣東北部、廣西北部和江西南部一帶），西至夜郎（今貴州的大部），南至海（今越南的中部和北部），東至閩越（今福建南部）。都城在番禺（今廣州市）。

公元前196年，漢高祖劉邦派遣大夫陸賈出使南越，勸趙佗歸漢。在陸賈勸說下，趙佗接受了漢高祖賜給他的南越王印綬，臣服漢朝，使南越國成為漢朝的一個藩屬國。

　　漢高祖劉邦去世後，呂后臨朝，開始和趙佗交惡。於是趙佗宣布脫離漢朝，自稱「南越武帝」，出兵攻打「長沙國」。趙佗憑藉著他的軍隊，並通過財物賄賂的方式，使得閩越、西甌和雒越都紛紛歸屬南越，領地範圍擴張至頂峰，與漢朝對立起來。

　　公元前179年，呂后死後，漢文帝劉恆即位，派陸賈再次出使南越。趙佗又被說服，去除帝號歸附漢朝，仍稱「南越王」。一直到漢景帝時代，趙佗向漢朝稱臣，接受漢朝皇帝的命令。但是在南越國內，趙佗仍然繼續用著皇帝的名號。

　　漢武帝建元四年（前137年），趙佗去世，葬於番禺。趙佗死後，其後代續任了三朝南越帝、王。一直到前111年，南越國被漢武帝所滅。

　　趙佗從公元前219年作為秦始皇平定南越的五十萬大軍的副帥，一直到漢武帝建元四年（公元前137年）去世，一共治理嶺南八十一年；從公元前203年至137年稱「南越帝、王」，在位共六十七年。

南越文帝之墓——博物館

趙佗在當時的歷史條件下，保障了嶺南地區社會秩序的穩定，使其免受戰亂之苦。他在嶺南推行封建制度，把中原地區的先進文化帶到了南越之地，並實行了許多良好的政策和措施。同時他一直和輯百越，促進了漢、越民族的融合，並使嶺南得到很好的經濟、文化發展。趙佗開發嶺南是值得後人，特別是「老廣們」及當今越南人，紀念的。在越南陳朝時期，他被視為越南最早的皇帝，追封為「開天體道聖武神哲皇帝」。

　　所以我們說：「活了一百多歲，幹了六十七年的趙佗是中國歷史上最長壽、在位最久的帝王。」應該是合理的。

（原載於《美南週刊》2012年6月24日）

匈牙利人是匈奴後裔嗎？

　　匈牙利原為自東方遷往歐洲的遊牧民族。近世紀之前，西歐國家大多認為他們是匈奴的後裔。中國以往也沿襲此論。譬如梁啟超在其論著中曾說：「匈加利者，亞洲黃種，而古匈奴之遺裔也。」筆者曾到匈牙利遊覽，在布達佩斯（Budapest）卻沒見到任何紀念匈奴的標誌，而滿街也沒見到幾個黃種人。

　　另外，又因匈牙利人於第九世紀來到多瑙河畔之前，正值突厥族（Turks）的歐諾古爾（Onogur）強盛，而匈牙利人曾與其接鄰，並聯盟，西方人也曾認為他們是突厥（Turks）的支系。是以稱其為匈牙利（Hungary），乃是包含了匈奴（Huns）及歐諾古爾（Onogur）的意義。

　　但到了十九世紀，匈牙利史學界否定了他們是匈奴或突厥後裔的論點。現今匈牙利人稱他們自己是馬札爾族（Magyar）。在匈牙利文裏，他們的國名為馬札爾（Magyar），而非匈牙利（Hungary）。其遠祖棲息於北歐波羅地海與烏拉爾山（Ural）之間，也就是現在俄國伏爾加河（Volga）與喀瑪河（Kama）為界的森林中。他們與芬蘭、愛沙尼亞同屬芬蘭—烏格爾（Finno-Ugrian）語系。

　　在公元世紀之初，馬札爾人逐漸向東南遷移，翻過烏拉爾山，遊牧於歐亞之交的草原，後又轉向西遷。五世紀之初，馬札爾人到達烏拉爾山及高加索山（Caucasus）之間，與伊朗及其後的突厥相鄰。雖有些學者對此理論表示異議，但一個半世

紀以來，這已成為匈牙利史學界、政府及人民的主流論說。

到了九世紀末，他們的七個部落來到了多瑙河畔的匈牙利平原定居。公推阿爾帕德（Arpad）為其首領，在此建立國家，同時向鄰近諸國侵擾。其後雖曾受蒙古人的侵襲及突厥族奧圖曼（Ottoman）的統治，也融合了一些東方及周邊的血統，但十一個世紀以來，匈牙利一直是以馬札爾人為主體。

以往人們認為匈牙利人的先祖為匈奴，主要是由於中國北方的匈奴在漢代受到武帝及其後北伐的衝擊，一部分向西遷移。第五世紀時，他們遊牧於今日的匈牙利及其鄰近的草原。在阿提拉（Attila）的領導之下，匈奴帝國（Hunnic Empire）橫掃歐洲，威脅西羅馬，引起整個歐洲極大的震盪。這也是後來西方人所指的「上帝之鞭」（The Scourge of the God），認為阿提拉是殘暴及掠奪的象徵，但他也因軍事及政治的成就而被稱為奇才、梟雄。

只可惜阿提拉英年暴斃，其匈奴帝國迅速崩潰。接著東哥特（East Goth）、阿法爾（Avars）、摩拉維亞（Moravian）、法蘭克（Franks）及馬札爾等族陸續侵入匈牙利平原。匈奴的子民多被消滅、失散，或融入了其他民族，也有人認為他們去了保加利亞，匈奴的文化也就灰飛煙滅了。

筆者在布達佩斯見到了匈牙利人紀念他們的遠祖，也就是七個馬札爾部落首領騎馬和開國君主阿爾帕德的銅像，卻沒有任何紀念阿提拉的碑銘。滿街的匈牙利人，其面貌輪廓以歐洲白種人為主，但也參雜了東方人的特徵，臉型不及西歐人深刻，眼珠有棕色的。另外，匈牙利人的名字以姓為首，而他們的音樂也含有中亞色彩。

　　民族的遷移、融合及同化是人類歷史演進的重要和必然過程。匈牙利人在過去兩千多年中的遷移及發展，融合了許多西方和東方的血統及文化，也可能包含了殘剩的古匈奴及少許突厥血緣，但其主體的血統與文化是屬於芬蘭—烏格爾語系的馬札爾人，這已成為當今匈牙利人的公論。

匈牙利開國君主阿爾帕德和七個馬札爾部落首領騎馬的銅像

辣椒、玉米、土豆、番薯與番茄

「湖南人不怕辣，四川人辣不怕，貴州人怕不辣。」中國西南諸省的老百姓特別喜歡吃辣椒，近幾十年來，吃辣的文化也已逐漸傳遍全國。

我曾到湖南長沙參觀「馬王堆博物館」，見到與西漢女屍一起出土的許多穀類、蔬菜、水果，可謂應有盡有，但卻沒有見到辣椒，遂問管理員：「為什麼？」他告訴我：「也許那時我們湖南還沒有辣椒吧！」

我也曾到四川鄉下去請教一位老農夫：「辣椒是什麼時候由外國傳來四川的？」結果被他大罵一頓：「格老子的！你胡說八道！辣椒是我們四川土生土長的好東西，怎麼會是洋鬼子弄進來的！」

事實上，據考證，辣椒（chili pepper）原產於美洲，九千多年前的印第安人就已開始食用。六千年前，最早在厄瓜多爾（Ecuador）開始人工種植，後在中南美各處繁殖。

哥倫布來到美洲時，發現印第安人的這種食物，與西方人前往遠東購買的香料胡椒（black pepper）味道相似，所以定名為pepper。後來，西班牙人將辣椒傳遍全球，明末傳到中國，清代逐漸向邊遠內陸播種。

另外，玉米（corn、maize）、番薯（sweet potato）、土豆（potato，又名馬鈴薯）及番茄（tomato），都和辣椒一樣，原產於美洲，由西班牙人帶到全球，也是於明朝來到中

瑪雅金字塔——最早種植辣椒、玉米、土豆、番薯與番茄的文明

國,清代遍及內陸。

　　玉米原產地為中、南美洲,最早在九千年前於墨西哥山區開始種植,經過無數次配種,才傳遍美洲,再傳向世界及中國。現在中國的產量高居世界第二位,僅次於美國。

　　番薯也原生於中、南美洲,在秘魯曾發現一萬年前的番薯,最早的人工種植大約是五千年前。在太平洋波利尼西亞(Polynesia)島嶼,曾發現有三千年前的番薯。據推測,是中、南美洲的人飄洋過海,帶了番薯來此插枝(種根),而非播種繁殖的。西班牙人於十五世紀初,才將番薯帶到菲律賓。

　　十六世紀末,福建天災,官方派人前往菲律賓,引進番薯在沿海區域大量種植以解饑荒。如今中國除極寒冷的區域外,都種植、食用。

土豆（馬鈴薯），最早產於秘魯安第斯山區。一萬年前，印第安人開始人工種植並傳至智利（Chile）、烏拉圭（Uruguay）及美國繁殖，但現在全世界百分之九十九的土豆，都是原在智利配種傳下來的。目前中國是全球生產土豆最多的國家，其次是俄國、印度及美國。

再說到番茄，最早生長於秘魯安第斯山區，後傳到中美、北美，有許多變種。最早的人工種植是在墨西哥地區，但時間不詳，應早於公元前五百年，以後廣為美洲各處印第安人種植、食用。

番茄也於明朝來到中國，清代遍及內陸，因為它很像中國的柿子，所以在北方被稱為「西紅柿」。

玉米、番薯與土豆傳至世界，解決了許多次大饑荒的危機，對中國社會也起了極大的影響。這三種主食含澱粉質高，容易填飽肚子，而且相對地比較耐寒、耐旱，北方、南方、山地與平地都適於種植。

中國西北的陝、甘、寧一帶直到清朝以前，每到荒年，糧食缺乏，人民被逼得鋌而走險，農民「起義」頻繁（或可謂之土匪）。李自成、張獻忠等都是當年帶領了陝北饑民而向中原進軍、流竄，搞得天翻地覆的。到了二十世紀，毛澤東帶領了紅軍，千辛萬苦地「逃」了兩萬五千里，最後才跑到了陝北，扎下了根。

我曾去延安、陝北探訪，問當地的農民：「當年毛主席帶了那麼多人來你們這裏，怎麼解決吃飯的問題呢？」他們告訴我：「我們這裏是靠天吃飯，為了防荒年，家家備有兩三年的玉米、番薯與土豆的存糧。毛主席剛來時，老百姓的存糧夠他

們吃一陣子的。這以後的十二三年間，風調雨順，年年豐收，也是天意不要滅毛，讓他得天下啊！」

　　這使我瞭解到，玉米、番薯與土豆救了毛主席和紅軍，而這正是三百年前李自成、張獻忠在陝北所沒有的三個寶。可見玉米、番薯與土豆的傳入中國，對中國近代歷史的影響是不可低估的！

（原載於《世界日報‧上下古今版》2009年7月17至18日）

▌欲訪北韓未果記

　　今天聽到新聞，北韓獨裁者金正日去世，享年六十九歲。金氏家族的獨裁統治已延續了六十多年，弄得北韓成為當今世界上最閉塞、最落後的國家之一。北韓未來的動向為舉世矚目。

　　筆者與老妻多年來一直想去北韓訪問，看看這個國家的面貌，瞭解一下那裏人民的生活。2002年，我們由北京飛往吉林延吉市，這裏是延邊朝鮮族自治州的政府所在地，許多居民是朝鮮族。

　　一下飛機，首先令我大吃一驚的是見到機場迎門的巨幅廣告：「歡迎前往北朝鮮羅津五星級酒店、大賭場。」羅津為距延吉不遠，位於北韓海邊的一個城市。我萬萬沒有想到北韓這個「社會主義」國家，窮得老百姓沒飯吃，哪還有人能到五星級酒店裏去大賭呢？機場的旅行社人員告訴我，這是北韓官方專門為吸引中國及外國「大款」花天酒地、痛賭狂歡而開設的。這令我對北韓的「具有社會主義特色」留下了深刻的印象。

　　我們到了旅館安頓好後，就去找一個由朋友介紹的旅行社，問他們：「如何辦理過境簽證去北韓看看？」答案是：「沒有問題！只須一封邀請信。」這可把我們難倒了，我們在北韓無親無故，哪有人會邀請我們去呢！正在發愁，旅行社的服務員和藹可親地說道：「沒有問題！我們替你們想辦法，包在我們身上好了！」這令我們驚喜萬分，趕緊填表、貼相片，打算過境兩天。一切就緒後，辦理人員再度和藹可親地說還需

要「一點手續費」，我乃對他說：「沒有問題！那這『一點』是多少呢？」他答道：「這邀請信只有我們有渠道弄到，而每人只要五百美金！」可把精打細算的老妻嚇壞了，對我說：「一個兩天的簽證就要花一千塊美金，到了裏面也許一個大餅就要幾十塊，一夜旅館豈不是要上千了嗎？」事實上，更怕的是入境碰上麻煩。譬如：旅行社的人已經告訴我們一些「入境須知」，這不准做，那不准做，連對著金日成的雕像拍照，如果照不好，沒照全頭部，就是侮辱領袖，都會惹出麻煩。我們只得死了心，作罷不去了。

我們在延邊朝鮮自治州逗留了四五天，與當地朝鮮族人及漢人談了許多北朝鮮的近況。延邊是中國境內朝鮮族居民最多的地方，許多人都有親戚在北韓。「文革」時，該地大量居民逃往北韓避難。改革開放以來，北韓人經過各種渠道偷渡到延邊的有十萬多人。中國政府在那段時間，基於人道立場，是張一隻眼、閉一隻眼，讓過來的人留下。在延邊的朝鮮人很團結，偷渡過來的人即使沒有親戚，往往可得到照應。而朝鮮人工作較漢人勤奮，什麼粗活、生意都肯幹，總能生活下去。

我們到圖門市的圖門江邊眺望。圖門江是條寬幾百米的大河，原為中國東北出日本海的航運要道，清咸豐八年（1858年）俄國趁機威逼黑龍江將軍奕山簽訂〈璦琿條約〉，將原屬吉林的烏蘇里江以東至海列為中、俄共管。兩年後（咸豐十年，1860年），中、俄簽訂〈北京條約〉，滿清將這大片中國領土割讓給俄國，使得中國不再接臨日本海，而圖門江成了中國的封閉內河，造成東北經濟、邊防的極大損失。我凝視滔滔江水，回顧往事，感觸萬千。

金日成、金正日父子

　　圖門江冬季結凍，大部分地區的偷渡者可步行而過，夏季水勢盛大，則必須泅水過河。我們見到對河為草木叢生的無人區，北韓的瞭望臺林立，戒備森嚴。據當地居民說，北韓政府在草叢中埋伏了不少守兵。偷渡者如遇上他們，不是被當場殺死，就是被抓回監禁。但如此並未能阻止偷渡的人潮。最可惡的乃是北韓政府不時派一些特務過境到延邊殺幾個偷渡過來的朝鮮人，以收「殺雞儆猴」的作用。

　　至於談到北韓當時的饑荒（現在也好不了多少），我在北京有個朋友曾出差去北韓，每天早餐只有半個蛋、一個包子。幾天下來，實在餓得受不了，就去向招待所的管理員請求每天早上加一個包子。管理員非常客氣，說要「請示上級」。後來的答覆是：「上級沒有批准！」這件事說明外賓要個包子都如此困難，一般老百姓的生活情況可想而知了。

　　我們在延邊聽到不少駭人聽曉的故事。有一次一個北韓人泅水到延邊，進入一個農家為了搶一袋米把一個農夫殺了。有

些人感到詫異地問：「為了一包米，拿去就算了，為什麼還要殺人呢？」他們不知道在北韓的人飽受饑餓之苦，一包米比性命還要珍貴。我們一再聽到當地漢人及朝鮮人敘說北韓「人吃人」的故事。原來令我們難以想像，後來聽多了，不容我們不信。他們都說北韓本來工商業就不發達，加上大部分的錢都用在備戰，還「不要肚子，只要核子」，老百姓可苦慘了。事實上，人是雜食動物，只要餓得沒辦法時，什麼都得吃。中國古代荒年就常有「易子而食」的事。中共建政後，1960年初大饑荒及「文革」期間也有「人吃人」的慘況。延邊人告訴我，北韓死人下葬後，都要派人守一陣；因為稍不留意，屍體就被挖走、吃掉。北韓的人沒有幾個胖子，有一次一個延邊的胖子過境去辦事，就被吃掉了。這些事聽起來離奇，但細想的確令人心驚膽寒、傷感落淚。

此行我們雖沒能親見北韓實況，但聽聞到不少難以想像的故事，從「五星級大酒店、賭場」到「人吃人」，令我不禁自問：「為什麼人類到了二十一世紀還會有這樣的事發生？」

事實上，普天之下的老百姓最基本的追求都是免於「匱乏與恐懼」。而往往獨裁者均深知此道，他們總是用特務恐怖、製造戰爭、罔顧民生，造成人人「匱乏與恐懼」，以遂行其個人及家族的統治。這樣的悲劇在歷史上反反覆覆地重演，但暴政到終總是被雨打風吹而去。金正日終於去世了，我們深深希望北韓的人民能早日渡過黑暗，見到光明！

（原載於《世界日報・上下古今版》2010年12月22至23日）

▍臭鹹魚與毛主席的芒果

　　貴版2月23日〈毛主席與芒果〉與3月15日〈有關毛主席與芒果〉兩文，敘述「文革」期間有一個非洲代表團訪華，帶了一籃芒果送給毛主席。毛本人捨不得吃，遂轉送給當時立了大功的首都工宣隊（毛澤東思想工人宣傳隊）以示慰勞。首都工宣隊不敢「獨享」，於是就把芒果來個大量「複製」，然後以最隆重的方式，轉送給全國各地的工宣隊。

　　其中陝西省的工宣隊派代表上京迎接芒果回西安。全西安工廠停產、學校停課、商店停業，五十萬人上街列隊去迎接一個好大的「蠟造」芒果。當時還有一位年老的工人老大哥，非常認真地「瞻仰」，並興奮地去嗅，且不斷地說：「好香呀！好香呀！」但也引起許多人啞然失笑。

　　這個「芒果故事」令我想起我們蘇北老家在清末、民初時，因列強侵凌、軍閥混戰，民不聊生。一旦老天爺不幫忙，就是旱災、饑荒。一般人吃的「飯」從來沒有白米或白麵，頂多就是一些粗雜糧，荒年還得再加些沙土（觀音土），雖是難以下嚥，但還非得吃下肚。

　　據說有一個老頭，養了四個兒子。有一次又遇上荒年，老頭家裏的雞、豬，連狗都已殺盡，四周的菜根、野草也都吃光了，就只剩下一條發霉的「臭鹹魚」。老頭捨不得吃，因為這餐下了鍋，以後就沒「菜」了。老頭愁著，不知如何是好？突然計上心頭，於是對四個兒子說：「今後每當開飯時，我就把

紅衛兵──毛澤東思想工人宣傳隊

這條鹹魚掛在飯桌上的樑上,你們每人抬頭看一眼鹹魚,一定會感到很鹹,而能『下飯』,就趕緊扒幾口飯,然後再抬頭看一眼鹹魚,再低頭扒飯。」

那天到開飯時就照此辦了。老頭的大兒子、二兒子和三兒子都像那「工宣隊員」和「工人老大哥」一樣,十分「上道」,抬頭看一眼臭鹹魚、低頭扒幾口飯,再抬頭看一眼臭鹹魚、再低頭扒幾口飯,似乎吃得「津津有味」。卻是那老么──四兒子,一上來愁眉苦臉地瞧了一眼那粗糧加觀音土的「飯」,然後抬頭看著臭鹹魚,就盯著不放了。老頭一看,火了,對著老四腦袋瓜就是一巴掌,大罵道:「你這敗家子,老盯著鹹魚不放,齁到了,怎麼辦?!」(註:齁,音[hou],北方話,意思是太鹹,喉嚨受不了也!)

憶苦思甜,我們應該感到欣慰:今天幾乎所有的中國人都可以吃到芒果和鹹魚了!

(原載於《世界日報・上下古今版》2009年12月12日)

聞古篇

筆者於1997年，由江西萍鄉沿羅霄山中段前往井岡山、永新一帶探訪。先到了三灣，一個蕞爾小村，雞犬相聞，少有人煙。「三灣改編」所在地的三棵大楓樹，依然蔥鬱茂盛。樹猶如此，人何以堪？井岡山滄桑往事，令我感觸萬千。

古寧頭戰役六十週年
——金門弔祭三爺

　　國共的戰火帶走了我的三爺，卻無法帶走我對他的懷念。三爺在金門犧牲已六十年了，只是他與我臨別的情景猶如昨日。

　　三爺是我父親的小叔，但比我父小八九歲。抗戰期間他們都離家到後方參加抗日工作，與父親情同手足。

　　1949年他隨軍來臺，每次到臺北都來我們家歡聚。是年秋季，他匆匆到臺北，告訴我們他當晚要趕去基隆前往金門。他向我母親囑咐代為照顧其妻三奶及一歲的幼子。母親告訴他：「和平安定就要到來，快去快回，不必多心，不會有事的。」他臨走離開兩次又折回，依依不捨。最後提了一串香蕉對母親說：「我已走了一站公共汽車路，看到這個香蕉真好，想到這幾個孩子，就買了回來。」六十年過去了，他的溫情與那香蕉的美味依然在我心頭！

　　數週後，共軍大舉進犯金門，國軍奮勇抵抗，在古寧頭激戰數日，戰況慘烈非常，雙方死傷無數。稍後，父親凌晨驚醒，告訴母親：「糟了，三叔不好了！剛才我夢見他滿身是血，向我說他不行了，請照顧三嬸和幼兒。」果然不久我們收到三爺「失蹤」的通告。隨後我父將三奶及我小叔接來與我們共同生活。小叔長大成才，與我情同手足。

　　多年來，我們對三爺「失蹤」的實情總希望能有進一步的瞭解，但兵荒馬亂，戰情報告不詳，僅從少有的資料及倖存的

他的袍澤瞭解到，我三爺可能是在古寧頭戰役受傷，後由小金門（烈嶼）過海返金門搭上一艘救傷小船後，就沒有人再見到他了。

我三奶長年思念三爺，神智受挫，曾有一次獨自到臺北總統府要求見蔣介石，要總統帶她回大陸去與三爺重聚。門禁森嚴、閒人免進的總統府前，嚴肅戒備的警衛們均被她感動，好言相勸，並代為聯繫，送她回家。

沒有經歷戰爭的人實在難以體會戰爭的殘酷和荒謬。「可憐無定河邊骨，猶是深閨夢裏人。」半個多世紀已過去了，戰爭的餘痛仍然會時時震撼著我們的心靈以及那許許多多曾在深閨裏的孤兒寡婦們！

前年（2007年），我回臺前往金門弔祭三爺，並追尋他最後的行跡。抵金次日，我來到太武山。太武山公墓在一個山谷中，埋葬及祭奠1949年以來古寧頭、大擔、二擔、「九三」、「八二三」及其他諸戰役國軍犧牲的將士。公墓前立蔣介石題的「國民革命軍陣亡將士紀念碑」，後有祭堂，內設多層石碑，上刻有烈士姓名，祭堂之後為墓塚。

我三爺因屬「失蹤」，當然沒有墓塚。四十多年前我在金門時曾去太武山弔祭，見到他的一個牌位。這次進入祭堂，已改變了形式，牌位沒有了，堂內一座座石碑上刻滿了名字。我找了好一陣子都沒有找到三爺的名字，遂到後面的墓塚走了一圈，當然也沒找到，再回到祭堂心裏唸著：「三爺，我來看您了！」終於見到了他的名字。肅然行禮後離去。

次日，我從金門前往小金門，海峽寬近兩公里，這天風平浪靜，猜想當年我三爺在此過海時所遭遇的海峽東北季風，就

正如1949年的臺灣局勢一般，絕對不會像那天這般平靜。渡海時我眺望凝思，這裏應是我三爺忠骸安息之處了！心中唸道：「三爺您好，我來看您了！」不覺淚水已然盈眶。

　　我三爺一生救國抗日，最後在國共內戰中犧牲於金門，為中國的救亡及國民政府屏障臺灣均做出了貢獻，也獻出了他自己寶貴的生命。

　　我願歷史的恩怨盡早消去，讓我三爺及許許多多國共的英靈在那壯麗的山巒與平靜的蒼海安息吧！

（原載於《歷史月刊》第262期，2009年12月）

國軍太武山陣亡烈士公墓

金門「八二三」炮戰五十週年感懷

金門「八二三」炮戰已過去整整五十年了。這個炮戰延續了二十年，使海峽兩岸長期處於「劍拔弩張」的緊張狀態，帶給金門、廈門百姓無比的災難與困苦，也延緩了海峽兩岸和平互惠的到來。

1949年10月共軍進攻金門，在古寧頭全軍覆沒。次年毛澤東發動「抗美援朝」，原準備在這年夏由粟裕指揮進攻金、馬、臺、澎的計畫，只得改為：「1951年不打臺灣，1952年看情形再決定。金門則在1951年4月前不打，4月以後待命再打。」這倒使國民政府安下了心來防禦臺灣。

直到1953年夏，韓戰停火協議達成，中共才抽出手來對付國軍，首先在浙江攻占甌江口四島、積谷山等沿海諸小島。1954年底國民政府與美國簽訂了〈中美聯合防禦條約〉，蔣介石吃了定心丸。但美國人也不願被蔣的「反攻大陸」拖下水，要求蔣將攻擊性的行動減少，銷毀美援國軍所有的轟炸機，並在共軍1955年1月攻占一江山島後，放棄大陳及所有在浙江沿海的島嶼。

以後鑑於中、蘇關係日漸惡化，美國也探索遠東及世界戰略的調整，在華沙舉行了「中美會議」，雖經久沒取得實質的進展，但持續不輟，希能緩和中、美及臺海的緊張局勢。在這期間，中共對金門、馬祖曾發動「九三」炮戰，做了試探性的炮擊，但大多均為零星的炮轟而已，炮擊範圍尚不能遍及金門

全島。

　　1957年毛澤東首先對知識份子臭老九及民盟人士發動「百家爭鳴」，引蛇出動，接著「反右派整風」出籠。1958年又發動了「大躍進」、「人民公社」及「總路線」的「三面紅旗」運動。而對臺灣局勢，因毛與蘇聯鬧翻了，考慮到與美國及他老對手蔣介石的關係問題，是戰還是和，精通韜略的毛此時也正如他的「三面紅旗」一樣是令人費解的。《孫子兵法》首篇〈始計篇〉開宗明義提示「道」為準備用兵的第一要領。「道」乃是指政治指導綱領。是以1958年毛澤東的軍事行動也正如其在國內高舉的「三面紅旗」一樣是有欠高明的。

　　據中共欽定的歷史稱，1958年7月15日美國出兵黎巴嫩，毛澤東大怒，當即做出對金門大舉炮轟的決策。毛澤東自始至終親自策畫並直接指揮整個金門炮戰，其目的在於：「支援中東人民進行反美鬥爭、打擊美國對臺灣的侵略，以及懲罰國民黨軍隊的騷擾。」其實，後兩項還扯得上邊，頭一條乃是中東人民反美，美國去那打人家，關我們什麼事？再怎麼樣也犯不上對著金門骨肉同胞猛轟狠殺呀！

　　幾天之內，毛下令福建駐軍準備，決定兩週之內於7月25日開始炮轟，十分倉促，泥濘中兵士拖炮到位，苦不堪言。諸多裝備彈藥趕運前線，連新建不久的鷹廈鐵路也因超負而路基受損。炮戰開始前，國、共兩軍已在臺海交鋒，各自宣布擊落對方幾十架飛機，而自己幾乎沒有損失。當時，我們在臺灣都感覺到山雨欲來風滿樓的緊張氣氛。

　　拖了約一個月，最後選在8月23日開打。當時福建軍區司令員是曾指揮渡海解放海南島的猛將韓先楚。但毛要他靠邊

站，卻任命當年在古寧頭戰役全軍覆沒，「指揮失誤」而「檢討得體」的葉飛擔任炮轟金門的指揮。葉飛一直官運亨通，當時已是福建省主席並兼福建軍區政委。

8月20日，毛澤東在北戴河休閒，決定了進攻金門的策略：「對金門國民黨予以突然打擊，把他封鎖起來，經過一段時間，對方可能從金門撤兵或困難很大還要掙扎，那時是否考慮登陸作戰視情況而定，走一步，看一步！」並通知在福建前線指揮的葉飛立即前往北戴河，留在北戴河指揮。說穿了也就是老毛指揮，他在旁邊聽著就是了。

葉飛匆匆趕到北戴河，連住的地方也來不及安排，就跟國防部長彭德懷擠住一間房。毛問葉飛：「用這麼多的炮打，會不會把美國人打死呢？」那時美國有一些顧問在金門，後來為護航國軍補給船隊也派了軍艦。葉飛告訴他：「那是打得到的啊！」毛又問：「能不能避免不打美國人？」葉無以為對。倒是林彪機靈心會，寫了個條子給毛，提出：「為了避免打到美國人，是否可通過王炳南在華沙給美國人透露一點消息。」毛與葉考慮到「突擊」，也就沒聽林彪的了。可見毛心裏是矛盾的，一方面想嚇老美一下，但又怕把他們惹火了。正如赫魯雪夫所說：「那紙老虎可是有核子牙的啊！」

炮轟於8月23日下午6時30分開始，金門立即陷入硝煙火海之中，軍民受損慘劇。當日金門諸島共落彈五萬七千五百三十三發，據說炮彈之密集，有躲在炸過的炮彈坑裏也中彈的。炮轟剛開始就擊斃了三個國軍高級將領——金防部副司令：吉星文、趙家驤、章杰（也有一說他們是被共軍飛機火箭擊中的）。吉星文之喪最令人惋惜。吉將軍乃是1937年7

月7、8日夜在北平宛平首先發動抵抗日軍侵略盧溝橋的民族英雄，由此掀起了中國神聖的抗戰。吉星文為中華民族的抗日救亡在歷史上寫下了輝煌、永垂不朽的一頁。日本人的炮火沒能嚇住、打倒他，二十一年後卻被中國人自己的炮火毀滅了。只因他最後是為國民黨犧牲在金門，中共的歷史教本上沒有提到他；我在大陸問了許多年輕人，卻沒幾個人知道他的名字。我曾多次到盧溝橋追思抗日舊事，緬懷吉將軍，同時為他抱屈。我也曾去澎湖瞻仰吉將軍的墓塚，在那流連感傷良久。

國軍在炮轟開始後，救傷補亡，進行反擊，但最重要也是最艱難的乃是運送補給。蔣介石親臨澎湖坐鎮督導船隊前往金門搶灘運送物資，蔣經國也於炮火之中趕去金門鼓舞士氣。美國人當時也許沒有領會到毛澤東「氣在黎巴嫩」，認為共軍有可能先占金門、馬祖，再大舉渡海攻擊臺灣。在鷹派國務卿杜勒斯的大力支持下，調地中海第六艦隊部分武力前往臺海加強第七艦隊戒備臺灣，同時派軍艦護航國軍補給船隊前往金門。大批補給物資不斷空運到臺，那時我在臺北，每夜都被「巨型運輸機C130」的響聲吵醒。臺灣的軍民在炮戰初的驚惶下很快就鎮定下來。「反攻大陸」、「打倒朱毛」歌聲整日不絕，士氣高昂。

9月3日，毛澤東突然提出停火三天。當時美國派艦護航趕運物資到料羅灣。葉飛請示毛：「怎麼辦？打不打？」毛告訴他：「照打不誤，只打蔣艦，不打美艦。」葉飛又問：「若美艦對我開炮，是否還擊？」毛說：「沒有命令，不許還擊。」

9月7日中午共軍再度開火，當時在「中美華沙會議」上，美方提出停火，同時也表示可要求國民黨減少在大陸沿海島嶼

的駐軍。炮戰持續了四十四天，10月5日夜，共軍通過沿海各廣播及喊話站向金門宣布：「自次日（10月6日）起停止炮轟一星期。」次日，毛澤東親筆，以國防部長彭德懷的名義向臺灣發表了一篇有趣的文告：

> 臺灣、澎湖、金門、馬祖軍民同胞們：
>
> 　　我們都是中國人。三十六計和為上計。……歸根結底，美帝國主義是我們的共同敵人，十三萬金門軍民，供應缺乏，饑寒交迫，難為久計。為了人道主義，我已命令福建前線，從10月6日起，暫以七天為期，停止炮轟，你們可以充分地、自由地運輸供應品……。你們和我們的戰爭，三十年了，尚未結束，這是不好的。建議舉行談判，實行和平解決。……

　　當時，我們在臺灣，每天都緊張地聽收音機（還沒有電視）、看報紙，想知道：昨天、今天金門、馬祖落了幾發炮彈？被打傷了幾艘船？打下幾架米格機？那天晚上，我在街上突然聽到一個人說：「現在可好了！明天不打了！和了！周匪恩來就要飛到臺北松山機場來了！」但也聽到有人說：「這傢伙談判太厲害了，我們和他談判總是吃虧的！不能談啊！」

　　四十四天炮戰，共軍向金門共打了四十四萬四千四百二十三發炮彈。10月6日停火一週後，10月12日，共軍廣播聲稱「停火延長一星期」。10月20日下午，炮彈又從對岸飛向金門。這次除了空中爆炸彈外，還加了一種「鑽炮」，也就是落地不開花，而向地下鑽，再進到空洞或實體中衝力盡竭才爆炸

的炮彈，炸得許多民房連根翻起，也使得躲在防炮洞內的軍民屍骨無存。譬如在西園小村，就發生了一起一洞喪九命的慘案。事實上既然說「我們都是中國人」、「為了人道主義」，又何必對小老百姓狠下殺手呢？

又過了一週，共軍於10月26日向金門廣播：「今後單打雙不打」，也就是雙日停火，單日可打可不打。事實上，當我幾年後在金門時，每晚都可聽到炮聲，只是上半夜、下半夜之分而已。落彈的數量從此大為減少了，以後也逐漸改為非爆炸性的宣傳彈，不用空爆、洞爆或土爆的殺傷彈了。

只是1960年，即將卸任的美國總統艾森豪去臺灣訪問。6月17日夜，艾氏來臺前夕，共軍突向平靜已久的金門發射了八萬五千九百多發炮彈，同時廣播這是表示「歡迎」之意。6月18日，臺灣國民政府發動了百萬民眾在臺北歡迎、瞻仰艾森豪和蔣介石立於敞篷車中馳過街頭頻頻向群眾招手的神采。艾氏於6月19日離開臺灣，中共再度發炮八萬八千七百八十九發，並宣稱這是為了「歡送」。當時金門百姓苦不堪言，說道：「美國總統在美國、在臺灣，要歡迎、要歡送都打他不到，受害的都是我們金門百姓！」孟子曾說：「武王一怒而安天下！」金門炮戰中毛公一怒及一嬉，則小民遭殃矣！

如今在金門留下的炮轟痕跡已不多了，我曾在古寧頭展覽館見到一張當年古寧頭民房被炮彈全毀、滿目瘡痍的巨幅照片，真是慘不忍睹。回想到四十多年前與我在金門朝夕共處、深受戰火摧殘的百姓，心中不禁辛酸地想到毛先生在炮戰中時時叮嚀：「不要打到美國人啊！」如果他老人家當年能囑咐共軍：「不要打到老百姓啊！」那我們的金門百姓就有福了！

國軍這邊，反炮戰也很起勁，美國不斷提供更兇猛的武器。譬如響尾蛇熱線追蹤的空對空飛彈，老美造出後還從沒有機會真正用過，也就在臺海用來做了試驗。可憐的中共空軍健兒們第一次遭逢，就添了五名冤鬼。國軍原用「155加隆炮」，老美後運去了八英寸大炮，最後還給了二百四十毫米口徑的大炮，國軍發了一炮到廈門鬧區，打死了不少百姓，共軍以為美國人用原子彈了，提出抗議。可見福建沿海也同金門一樣，老百姓總是受苦受難的。

60年代，美國鑑於中、蘇關係惡化，有意緩和臺海緊張局勢，試探改善與中共的關係，譬如1960年大選中，甘迺迪與尼克森最後的電視辯論主題之一就是金門、馬祖問題。甘氏主張放棄，而尼氏主張堅守。甘氏的論說得到美國大眾的認同，也影響到選舉的成敗。有趣的乃是十多年後不遠萬里，親臨中國打開大門的卻正是當年堅決主張反共、死守金馬的尼克森。審時度勢，此一時，彼一時也！

當時中共在「三面紅旗」失敗後，造成中國歷史上罕見的大饑荒，千千萬萬人民餓死，蔣介石蠢蠢欲動，叫著「反攻大陸」。中共加強戒備，聲稱「我們等著你們上岸」。所幸中共的經濟困難在劉少奇的施政下很快復甦，臺海局勢也安定下來。劉雖功在人民，但功高震主，替自己惹下了大禍。1966年「文革」開始，毛澤東將劉少奇打為「工賊、叛徒、走資派」，最妙的乃是認定他還是「國民黨特務」。時過境遷，當今大陸沒有人不認為「文革」這場浩劫是中國那一代人慘痛的不幸。但「文革」卻使得中共忙著內鬥，無力對付臺灣國民黨及美國了。臺灣方面受美國的限制，加之面對現實，也減

「八二三」炮戰時古寧頭民房被炮彈全毀，滿目瘡痍

少了「反攻大陸」的活動。逢年過節送幾個「反共救國軍」登陸到大陸沿岸去，就算是給蔣老先生一點心理慰藉罷了！「文革」內亂給臺灣經濟起飛提供了良機，一方面是蔣氏父子可潛心於建設，功在人民；另一方面該「感謝」毛主席冷落了臺灣。

金門炮戰後，臺灣國民黨宣稱：「『八二三』炮戰，我方重創匪軍，光榮勝利。」直至今日在金門還到處可見到許多「八二三炮戰」勝利紀念碑。而在臺灣，金門炮戰之後也瞭解到中共武力犯臺乏術，大家也該過些好日子，好好發展經濟去了！

事實上，金門炮戰一直延續到1979年中、美建交才正式停止，一共打了二十年，共軍先後發了九十七萬七千七百七十二發，也就是近百萬發炮彈。金門民間死亡一百六十二人，傷六百三十八人，國、共兩軍及福建居民死傷不詳。在這二十年的戰火中，金門軍民生活受到許多限制，他們不能聽收音機，不能用照相機、攝像機，看不見普通的廣播電視，禁止游泳、出海、放風箏、養鴿養鳥，過年過節、婚喜不准放鞭炮。汽車

機車管制進口，連籃球、排球、足球等可供漂浮之物均列為嚴格管制品，金門百姓長期生活在時光倒流的狀態。同樣地，福建沿海的居民也長期處於戰備狀況，經濟萎縮，生活困苦。真是斯民何罪，遭此災殃！

對於金門炮戰，中共宣稱：「不僅在軍事上取得重大勝利，在政治上、在歷史上也具有重大的意義，即揭露了美國對中國的侵略陰謀和戰爭政策，又打亂了美國在中東的侵略部署，懲罰了國民黨當局。」中共又宣稱：「不攻占金門乃是毛主席的高瞻遠慮！」我曾去廈門旅遊，當時導遊告訴我們：「當時拿下金門易如反掌，但毛主席認為如果占了金門，臺灣就太遠了，與大陸斷了線了，乃留金門給國民黨，以聯繫臺灣，謂之『鎖鏈政策』。」又曾聽到一位先生告訴我：「當時共軍已經攻占金門，但毛主席下令還給蔣介石以便保持聯繫，不使臺灣獨立。」這種愚民的宣傳，令我這個當年在臺灣、金門的人聽之，感到啼笑皆非。吃不到葡萄，還說葡萄酸，這真是二十世紀毛記新酸葡萄寓言。清初，康熙重用明鄭降將施琅等，先取金廈，控制台海，再攻澎湖，明鄭歸順，一統中國。哪還需要什麼「鎖鏈政策」呢？

毛澤東於1958年，內政不修、民不聊生之際發動了目標與計畫不明的「八二三」炮轟。《孫子兵法‧始計篇》道：「令民與上同意，可與之死，可與之生。未戰而廟算不勝者，得算少也。」這的確是千古之名訓！

（原載於《美南週刊》2008年8月31日）

「八二三」炮戰時國軍使用的「240大炮」

大嶝共軍「152加榴炮」

憶臺北街頭的「八路」

　　1935年底，中共中央紅軍（第一方面軍）殘部經過千辛萬苦抵達陝北，次年第二、第四方面軍也來到陝北會師。在「長征」中，共軍損失慘重，遂提出「民族統一戰線」，要求：「取消紅軍番號，改編為國民革命軍，受國民政府軍事委員會統轄，並待命出發，擔任抗日前線職責。」但經過1936年整年的國共談判，未能達成協議。

　　是年底西安事變發生，和平解決後，周恩來於1937年初前往南京與蔣介石直接談判有關「收編紅軍」的實施辦法。直到「七七」事變發生後，國、共兩黨於8月22日達成協定，將當時在陝北及其附近的共軍第一、第二及第四方面軍，約三萬部眾改編成「國民革命軍第八路軍」。由朱德、彭德懷分任正、副總指揮，下轄第一一五、一二〇及一二九等三個師。雖然在一個月後就改稱「國民革命軍第十八集團軍」，但以後習慣上卻一直沿用「八路軍」的名稱。

　　八年抗戰中，八路軍積極發展，到勝利時已達到與國軍分庭抗禮之勢。三四年內戰後，國軍全盤失敗，被八路軍趕到臺灣去了。

　　國府於1949年遷臺之初，風雨飄搖、人心惶惶，談「八路」色變。還記得當時臺北市有一路「八路公共汽車」，由城中心區衡陽路經信義路，通往東門、師院附中（今師大附中）向東行，乃是臺北東西走向的幹線。當時車少人多，這「八

路」是許多居民上班、上學必乘之車，不論暑夏寒冬、炎日陰雨，大家等「八路」一直是「望眼欲穿」，總想「八路快來」！對「八路」是「倍感親切」。隨後就有人開玩笑，說他們乃是「八路軍」。

　　好景不長，沒多久的一天，臺北市公共汽車管理處的服務人員來換站牌，再一看來的「八路」車也改稱為「二十路」了。臺北市從此再也沒有「八路」了。

　　六十年過去了，只是當年等待「八路」的情景依然在吾等老者的心頭！

（原載於《世界日報‧上下古今版》2010年12月24日）

上世紀50年代臺北的公共汽車

馬祖滄桑

馬祖位於福建閩江口外，由南竿（本島）、北竿、東引、東莒、西莒、高登等十個有人居住的島嶼加上附近幾十個無人礁岩組成。全部面積僅29.6平方公里，其中位於東北端的東引是當今中華民國最北的領土。

傳說宋代福建莆田湄州少女林默娘捨身跳海尋父，屍體漂至南竿島，當地人建廟祭祀稱為「媽祖」，馬祖島因之得名。亦有謂清代海盜蔡牽據馬祖列島，於南竿建了四座天后宮——媽祖廟。後英國人於光緒二十年（1894年）侵略中國時，軍艦停泊於南竿，向島上居民詢問該島的名稱；但言語不通，當地人誤以為英佬有興趣的是天后宮，要知道供奉的神祇是誰，便答道：「媽祖。」事後英佬在他們做的海圖上遂定南竿及附近島嶼為「MATSU」——馬祖，馬祖之名從此沿用。1949年，國民政府始正式定名為「馬祖列島」。

在馬祖曾發現新時器時代的遺跡及宋、元的陶瓷，但有記載的文獻是清嘉慶年間福建連江漁民遷移至此。民國初年，從長樂又遷來一批移民。馬祖列島均為花崗岩山岩，起伏陡峭，可耕地很少，來此先民均以捕魚為生。

1949年共軍進入閩北，國軍撤離福州及馬尾，部分隊伍退到馬祖堅守，開啟了馬祖長期的戰地時光。是年末，國軍基本已喪失了整個大陸，但依其海、空軍之優勢猶堅守北起舟山、浙江大陳、福建馬祖、金門、烏坵，南至廣東萬山及海南等沿

海島嶼。10月末，共軍進攻金門大意失誤，顯露了其海上作戰未臻成熟，增強了國軍捍衛臺海的信心。次年（1950年）春，國軍喪失其大陸最後據點西昌，為防止共軍置舟山、海南等諸島不顧而集中兵力以取金門、馬祖，渡海進攻澎湖、臺灣，蔣介石主動放棄舟山、海南，但仍堅守金門、馬祖、大陳、一江山等福建、浙江諸島以捍衛臺海，屏障臺灣。

　　1955年初，共軍攻克一江山島，國軍由大陳及浙江諸島撤退，馬祖成為國府最北的據點，與金門、烏坵同為臺海之前哨。其後馬祖經歷了「九三」和「八二三」兩次炮戰。當時共軍炮轟的主要目的是金門，但馬祖也十分緊張。所幸馬祖島嶼分散，大多距大陸較遠，受損不及金門慘烈，但孤島遠隔，補給困難，軍民曾度過漫長的艱難歲月。

　　國軍在馬祖設立「反共救國軍」、「海襲擊隊」等特種部隊，常送人登陸大陸進行偵察及騷擾活動。1961年，國軍遣送人員登陸福建閩江口，「漳江」及「劍門」兩艘軍艦在馬祖附近海域被共軍魚雷快艇擊沉。雙方空軍也屢次在馬祖附近交戰，是以馬祖的百姓，長期生活在戰火紛飛之中，以致有許多人決定離鄉背井，遷居至臺灣。

　　1992年11月國府解除「戰地政務」，馬祖駐軍大為減少。2001年元月2日兩岸小三通開始，馬祖成為前往莆田的臺胞媽祖進香團及從事福州與臺灣貿易的商人來往的要道，商務興起，交通進步，村落重建，居民遷回，馬祖得以重獲新生。現今，馬祖更以其綺麗的自然景色、獨特的戰地遺跡，以及純樸的民情，走向對外開發觀光的道路。

馬祖風光

井岡山風雲錄

眾所周知，井岡山是毛澤東建立的第一個農村武裝革命根據地，但世人往往忽略的乃是：井岡山也是國、共在大陸二十二年的鬥爭中，青天白日旗飄揚二十年不倒，堪稱最堅強而持久的反共基地。歷史何以如此弔詭？這就引來了井岡山山大王袁文才、王佐慘遭殺身之禍的故事。

反客為主

毛澤東於1927年9月領導秋收起義，失敗後率殘部上了江西羅霄山脈中段。走到一個叫「三灣」的小村，士氣低落，軍心散渙，兵士紛紛逃亡，連他自己也跛了條腿。毛只得在三棵楓樹下將殘部進行了改編（史稱「三灣改編」），事後只剩下了七百來個官兵。

當時盤踞羅霄山中段的井岡山有袁文才和王佐兩股土匪，這兩個人是拜把兄弟，各聚了兩三百部屬、六十多支槍，一面耕作，一面打家劫舍。

袁文才是井岡山腳下茅坪人，念過書，中學肄業。因妻子被土豪強占，母親被殺，房舍被焚，家破人亡，被「逼上梁山」，參加「馬刀隊」。後被中共黨員龍超清、劉輝霄勸說，接受「招安」，任寧岡縣保衛團總，自立門戶。1926年10月起義，攻下寧岡縣城，11月加入共產黨，擁眾自雄，盤踞在他家鄉——井岡山麓的茅坪一帶。

而王佐生於井岡山旁遂川縣的貧苦農家，一個大字不識，幼年喪父，給人打短工，學裁縫，卻練得一身武藝，膽大過人，為井岡山綠林頭目朱聾子賞識，聘為「水客」兼採購。後自己買了把毛瑟槍，拉了五十來個農民，打出「劫富濟貧」旗號，做了「山大王」；曾被「招安」，旋即重操舊業。因部下發生內訌，王逃到茅坪向袁求救。兩人義結金蘭，拜為「老庚」（同年兄弟）。袁助其重整旗鼓，紮寨於井岡山上的茨坪，與山下的袁部互為犄角，遙相呼應。

　　毛澤東雖為白面書生，卻綜合了中國自古以來的農民革命及《水滸傳》梁山泊好漢聚義的思想。在三灣，毛決定上井岡山借重袁、王二人以期立足。毛先派人去聯繫袁文才，要求和他會面。袁與他的手下與兄弟王佐商量，他們大多認為井水不犯河水，毛澤東來者不善，靠不住，主張把毛和他的部屬幹掉了事。於是，袁擺了個「鴻門宴」，邀毛到大蒼小村會面，事先埋伏了二十來個刀、槍手，教他們聽令見機行事。

袁文才

王佐

　　毛僅帶了六個隨從來到大蒼。兩人見面後，袁為毛的談笑風生所折服。同時，毛突然主動提出要送袁一百根槍做見面禮，令袁大為感動，兩人從上午10點談到太陽快下山，賓主盡歡。袁送了毛一千塊大洋，並立即答應讓毛的部隊來他家茅坪落腳。

　　第二天（10月7日），毛就帶了他的殘部，包括一百多名傷兵，來到茅坪。袁文才極盡地主之誼，發動村民，殺豬備糧，敲鑼打鼓，點燃鞭炮，盛大歡迎毛及他的部屬。還特別將原是一位隨袁上山的賀敏學先生住的「八角樓」樓上騰出來讓毛居住。

　　毛澤東進了八角樓，見到了袁手下的幾個「頭面人物」，忽然眼前一亮，非常驚訝地發現土匪群中居然還有一位才十七八歲，能耍雙槍，綽號「永新一枝花」的漂亮姑娘──她就是賀敏學的妹妹賀子珍。毛非常興奮，頓時感到八角樓裏充滿了「革命的溫馨」。

　　其後，毛派能說善道的何長工去做收服王佐的工作。何上山後，王佐對他戒心很大，不搭理他。何耐心地先買通了王的母親、哥哥及親信。

　　何長工又知道王佐的心腹大患乃是附近拿山民團的總指揮尹道一。何遂向王佐獻策，將尹道一殺了。王佐大為信服，不久就加入了共產黨。

　　也就這樣，毛的部屬與袁、王兩股土匪合而為一，建立了「井岡山根據地」。次年（1928年）4月，朱德、陳毅率「南昌暴動」殘部約兩千人上山會合。彭德懷也於是年12月，由平江帶了約八百兵眾來參夥。

　　毛澤東遂成為井岡山主宰，袁、王降為「小巫」。歷史的

發展告訴我們，井岡山是中共武裝起義（暴動）的星星之火，逐漸地燃遍了全中國。

過河拆橋

井岡山的好漢聚義、和睦地維持了一陣子之後，終於還是演出了一齣形似《水滸傳》中「火併王倫」的慘劇，袁、王二人成了不白冤鬼。

袁、王被殺之事，中共忌諱頗深，記載井岡山事蹟的中學教科書上，都隻字不提。因此，我在中國大陸也發現，絕大多數人對這樁歷史上的大血案，都一問三不知。

中共於事發二十多年後，直到50年代，才將袁、王二人之死略微透露，但解釋是「土、客籍矛盾」、「誤解六大政策」，及「彭德懷下令失誤」所造成的「錯殺冤案」。但事實真相到底如何呢？

1928年底，中共「第六次代表大會」在莫斯科召開，會中確定了關於〈蘇維埃政權組織問題決議案〉，其中「對土匪的關係」有如下規定：

> 「與土匪或類似的團體聯盟，僅在武裝起義以前可以適用，武裝起義後宜解除其武裝，並嚴厲的鎮壓他們，這是保持地方秩序和避免反革命的頭領死灰復燃。他們的首領應當當作反革命首領看待，即令他們曾經幫助武裝起義亦應如此。這類首領均應完全殲除。……絕不能位置他們於蘇維埃政府範圍之內。」（見《井岡山革命根據地全史》，江西人民出版社）

　　袁、王二人是道地的客家人，在井岡山一帶與「土著」世代均有糾紛。而當時在井岡山附近的中共「湘、贛邊界」的特委，多為土籍把持。他們與袁、王二人既聯合又鬥爭，因利益、地盤等問題互相猜忌，在所難免。

　　所以，當「六大」這個決議案下達到湘、贛邊界後，就成了特委們整肅袁、王的「尚方寶劍」。他們針對這個決議做了一個〈關於湘、贛邊界區情況綜合報告〉，其中一段說：「邊界的土匪有兩部，一為袁文才部，一為王佐部，……我們與他們利益的衝突，終究是要爆發的，……所以奪取土匪的群眾，加速急謀能解決土匪首領，應是邊界刻不容緩的工作，須特別加以注意才行！」

　　就在這時，國民黨軍隊圍攻井岡山，毛澤東與朱德只得於1929年1月10日，率領第四軍突圍，向贛南、閩西「進軍」，並令彭德懷與其第五軍留守井岡山。

　　毛、朱離開後不久，井岡山於1月底被國民黨軍隊攻占。過了三個月，彭德懷在王佐及當地百姓的幫助下，才得以收復了這個根據地。可見，王佐之功勞對中共來說是非常大的。

　　毛於離開井岡山前（1月7日）召集幹部傳達、宣讀「六大」決議，但因袁文才和王佐在場，毛故意將其中有關「爭取土匪的群眾，孤立其首領」一段刪去，沒說出來。同時，毛調虎離山，將袁編到第四軍，隨毛、朱到贛南和閩西，獨留王佐在井岡山。

　　不料，袁文才在贛南時，無意間發現了「六大」決議全文，頓時驚恐萬分，立即脫隊潛逃，並回到寧岡，告訴了他的

兄弟王佐。

王佐急找何長工商量，何僅給袁文才做了個口頭的「黨內警告」處分，同時將袁安插為「寧岡縣赤衛大隊隊長」，予以安撫。袁文才接受了這個處分，繼續留在中共隊伍內。只是袁、王的處境自此每況愈下。

1930年1月，中共中央巡視員彭清泉奉「上級」指示來到湘、贛邊界巡視，於18日至21日在遂川縣于田圩召開特委聯席會議，遂做出了解決袁、王的決議。

彭清泉首先下令，以攻打吉安為名，將袁、王兩支隊伍騙進永新縣城。2月22日，彭在永新召集袁、王及特委朱昌偕、王懷、永新縣蘇維埃主席彭文祥等開會，會中彭清泉與王佐起了爭執，弄得不歡而散。

但是會後，特委等人都裝作沒事一般，依然熱情款待袁、王及其部隊。當晚還安排了採茶戲班子演唱《劉海砍柴》，盡情同樂。23日，照例無事，晚間還備有豐盛酒菜款待。

然而，彭清泉於22日夜間已開始行動，派特委朱昌偕、王懷前往第五軍駐地，告訴彭德懷說袁、王二人將叛變，會搶奪邊區武裝軍士歸他們統率，請求彭立即派兵解決袁、王。

彭德懷聽了他們兩人的彙報，雖有些懷疑，但還是開會決定派兩個連的部隊於次日前往永新縣城，伺機而動。

紅五軍四縱隊受命於23日晚趕往永新縣城，到達時已近24日拂曉。拂曉前，朱昌偕闖進袁文才的睡房，當場開槍將袁打死在床上。

住在附近的王佐聽到槍聲，立即帶了幾個親信逃跑，並出了城，見到河上的浮橋已被拆斷，趕緊涉水過河。但王不會游

泳，竟淹死河中。中共終於將袁、王置之於死地。

　　事發時，袁文才的主要骨幹二十多人，均被共產黨殺害，死者中不少都是對創建井岡山根據地有突出貢獻的人。

　　王佐及其一些親信死後，紅五軍的部隊追到茨坪，但沒找到王佐家裏的人，卻感覺到井岡山的百姓驟然對紅軍冷淡了許多，部隊所到之處，看到的都是冷漠甚至敵意的目光。可見袁、王的部隊是得到人民群眾愛戴的，而共產黨殺他們是喪盡井岡山人心的。

　　袁、王的其他部下也遭到了毀滅性的打擊，除少部分逃回井岡山外，其餘的或被擊斃，被遣散，或被改編、肅清，甚至禍延無辜的百姓，因此雙方結仇甚深。

井岡山易幟

　　王佐的哥哥王雲隆和袁文才妻子的叔叔謝角銘，得知袁、王遇難後，立即在湖南衡陽的報紙上發表〈電省反共〉，並帶領殘部，集體投奔到國民黨遂川縣靖衛團的團總蕭家壁的旗下，共同向井岡山的紅軍進攻。不久，即將中共隊伍全部從井岡山逐出，青天白日旗插上了井岡山。

　　井岡山失守後，紅軍一直試圖收復井岡山，但袁、王舊部和井岡山民眾協同蕭家壁堅決抵抗，紅軍的進攻及宣傳再也動搖不了他們，幾次均半途而返。有一次，能攻善戰的蕭克率領紅十七師攻到黃洋界的山腳下，然而也只能看著熟悉的黃洋界，望「洋」興歎而已，再也前進不了。

　　1934年8月，在國府軍隊的第五次圍剿下，任弼時率紅六軍團撤離湘、贛根據地，只保留地方武裝在此打游擊。其後，

在抗日時期也就地與蕭家璧國民黨勢力及井岡山群眾戰鬥，但都沒能重回井岡山。

直到1949年，中共「百萬雄師」渡江南下，秋風掃落葉，席捲南疆，國民黨去了臺灣；是年秋季，共軍已占領了江西全境，唯有蕭家璧部眾，包括袁、王舊屬，共千餘人猶堅守井岡山，抵抗到最後的一兵一卒。解放軍經過浴血奮戰，付出重大傷亡後，才得以重新把紅旗插上井岡山。

從1930年初到1949年秋的二十年間，青天白日旗一直在井岡山飄揚不倒；井岡山成為國、共在中國大陸二十二年（1927至1949）的鬥爭中，全中國持續最久、最為堅強的反共基地──這是中共始料未及的。

主因為何？誰是主謀？

中共在50年代建政後才將此事件定為「錯殺冤案」，而認為失去井岡山是「沉痛、慘重」的教訓。

但殺袁、王的根本原因是什麼？讀者只要看過《水滸傳》，就知道這乃是「火併王倫」的翻版。如您又讀過隋末農民起義中「瓦崗軍」的故事，翟讓聚眾，李密往歸，翟推李為主，後李疑翟而殺之，就會瞭解到殺袁、王乃「一山不容二虎」的歷史鐵則與必然結果。

另一方面，由中共以後的歷史發展來看，剷除袁、王可謂中共一系列黨內鬥爭的序幕。其後，蘇區肅反、鬥爭張國燾、延安整風、整肅高饒反黨聯盟、批鬥彭（德懷）、黃、張、周「反黨軍事俱樂部」，以及驚天動地的文化大革命中打倒劉少奇「工賊、叛徒、走資派」、林彪折戟沉沙，均由此衍生

而出。

　　雖然有中共中央的「六大」文件為張本，但大家都「上了山」，是誰主謀的？又是誰決定袁、王是必殺的「土匪」？

　　中共怪罪彭德懷下令派兵殺害袁、王。事實上，彭德懷當時在井岡山是「新人生手」，但他卻是井岡山──湘、贛邊區的軍事領導人，當然就成了「替罪羔羊」。

　　彭德懷在其1971年寫的〈自述〉中曾做了辯護，他說：「我和特委共同決定派四縱隊，……接近縣城，……等天明時再和他們談判，弄清情況後，再行決定。」

　　彭又說：「紅四軍離開井岡山前，……毛主席同我談過。毛主席說，袁這人很狡猾，名堂很多，不過袁已同意隨紅四軍政治部工作，這就可減少井岡山以後工作的困難。」

　　袁文才、王佐二人被殺後，次年（1931年）彭德懷見到毛澤東，談到袁、王之死，毛告訴彭：「袁文才從紅四軍逃回井岡山，也是不懷好意的。」

　　至於「土、客籍矛盾」，由來已久，並非突發，當時湘、贛邊界的特委多為土籍所把持，但若無共黨高層的指令，他們豈敢把客家人的領袖袁、王當「反革命份子」而除之？

　　耐人尋味的乃是，當時奉中共中央命令前往永新負責殺袁、王的中央巡視員彭清泉，實為毛澤東之親信。彭於1927年任湖南瀏陽縣委書記，跟隨毛參加秋收起義，上井岡山後，歷任中央巡視員、紅軍總前委常委、紅三軍代政委、紅四及十三軍政委、軍事委員會委員等職。事發前後他都在閩西、贛南毛澤東身邊。

　　由於做出解決袁、王的決議，于田特委聯席會議沒有留

下紀錄文獻，而朱昌偕、王懷、龍超清、彭文祥等執行此事的人，都在蘇區富田事件及肅清AB團時，被毛澤東冤殺或自殺了；加之落實其事的彭清泉，也於1930年10月遭內部自己人出賣，被國民黨殺害於前往溫州的路上；是以袁、王的被「錯殺」，成了一件無頭公案。因此，中共也一直未能為袁、王做「全國性的正式平反」。

至於誰是主謀？還有待歷史學家進一步的考證與研究。

山鄉遺恨

筆者曾於1997年，由江西萍鄉沿羅霄山中段前往井岡山、永新一帶探訪。先到了三灣，一個蕞爾小村，雞犬相聞，少有人煙。

「三灣改編」所在地的三棵大楓樹，依然蔥鬱茂盛。樹猶如此，人何以堪？井岡山滄桑往事，令我感觸萬千。

毛澤東在這三棵楓樹下將殘部做了三灣改編

　　我還到茅坪，參觀了「袁文才烈士紀念館」及「八角樓」。在那兒，我遇到一個袁家後代的小女孩，她對當年井岡山的軼事如數家珍。

　　她說當年毛主席上山沒多久，就和才十七八歲的賀子珍產生了「革命的感情」，開始與賀同居。賀敏學先生知道後，很替少不更事的妹妹擔心，去找毛理論。雙方一言不和，賀憤怒地打了毛一個耳光。沒想到，這記耳光後來使賀敏學一輩子官「做不大」，頂多當到副省長，就再也「上」不去了。

　　她還說道，毛、賀結婚是在一個尼姑庵舉行的，不是「好兆頭」。賀子珍伴隨著毛在井岡山、贛南、閩西以及之後的長征，走過最艱難的歲月。到了陝北後，日子好過一些了，延安漂亮的女人也多了，賀子珍終於被毛「拋棄」，不到三十歲就開始其「尼姑式」的孤獨生涯，以後長年精神失常，鬱鬱以終。

　　小女孩告訴我，當年紅軍十分艱難，但茅坪及井岡山的百姓都不計一切犧牲，支持紅軍。「八角樓」前有兩棵茁壯高聳的大樹，根都是從一塊大岩石裏冒出來的。有一天，老實敦厚的朱德在樹下乘涼，對大家說：「你們看，這棵樹在那麼艱難的環境下都能奮鬥茁壯，我們有井岡山群眾的支持，革命一定能出頭的！」

　　小女孩向我一再抱怨、訴苦，她們袁家的人和井岡山的老百姓，為了中共的革命，篳路藍縷，艱辛備嘗，到頭來卻落得家破人亡，有冤難訴，這世間公理何在？我無言以對。

　　離開茅坪，我搭車蜿蜒上山前往茨坪，首先到了黃洋界。這裏兩側為峭壁深谷，極為險要，有「一夫當關，萬夫莫敵」

茅坪的袁文才烈士紀念館　　　黃洋界紀念碑

之勢。

　　當年，紅軍在此設瞭望哨口，屢次擊退國民黨的進攻。現在，那裏立有一個高聳的「黃洋界保衛戰勝利紀念碑」，其旁有一塊橫碑，上面刻了毛澤東手書的〈西江月・井岡山〉：「早已森嚴壁壘，更加眾志成城。黃洋界上炮聲隆，報道敵軍宵遁。」謳歌紅軍在井岡山群眾支持下，一再於此痛殲國軍的輝煌戰史。

　　但很具諷刺性的，這也正是其後的二十年間，國民黨與井岡山百姓在此堅守，粉碎紅軍來犯的寫照。

結語

　　中共藉袁、王之力，得當地民心而上井岡山，肇基其武裝革命。其後卻過河拆橋殺袁、王，喪盡民心，這個首創根據地的紅旗，也隨之消失了。

聞古篇

　　孔子曰：「自古皆有死，民無信不立。」當政者如果失信於民，老百姓就會不計生死反抗，政權也就會喪失的！井岡山袁文才、王佐的故事怎能不發人深省？

（原載於《世界日報‧上下古今版》2009年7月4至13日）

▍澎湖謁施琅祠有感

近幾年來，施琅這個歷史人物，因為政治風向，成為一個海峽兩岸爭議的人物，其論點主要在對其「攻臺的軍事意義」之分。事實上，這種論點過於局限，有欠周全。評價一個歷史人物應該從他對歷史的影響和對人民的貢獻來判斷。以前有人對管仲有微詞，弟子問孔子，孔子答道：「微管仲，吾其披髮左衽矣！」施琅不但對中國的擴張海權與拓疆衛土做了極大的貢獻，而其為篳路藍縷以啟山林的臺灣早期移民向康熙請命，使得臺灣的開發得以持續，為以後臺灣的發展鋪下康莊大道，造成今日臺灣人民享有的繁榮社會。

施公祠

我趁回臺之便與老妻及親友前往澎湖遊覽，徜徉於碧海藍天、串島如珠之中數日。清晨早起，漫步於馬公古城。見地圖上有一「施公祠」，但遍尋無覓。問附近的居民，卻無人知曉。突然，在一巷尾見一簡陋小屋。走進門內，見一小塑像及小牌坊，了無什物。室內有一婦人，我問她：「這是施公祠嗎？」她見我進門，十分驚喜且感歎地告訴我：「是的，這就是臺灣唯一的施琅祠，但很少有人來祭拜！」令我感觸萬千。

室內資料說明該祠始建於康熙二十三年（1683年）。清廷原在澎湖媽宮澳東街建生祠以表揚施琅平臺功績。道光十二年（1832年）易名為「施公祠」，併入祭海壇殉職官兵。但日

本占領臺灣後（1896年），為其奴役臺灣人民的政治需要，將施公祠毀壞，原址改為醫院，施公祠祭物送入原海壇標兵伙房裏，也就是現址。直到2004年，澎湖地方人士以伙房舊址建成現有的施公祠。

　　日據時代，在臺灣對施琅的功績避而不提。清代，特別在福建有滿、漢之分，加之一臣不得事二主的封建思想，造成對施琅的非議。譬如連橫《臺灣通史》稱：「施琅為鄭氏部將，得罪歸清，遂藉滿人以覆明社，……獨惜臺無申胥。」臺灣光復，國府遷臺後宣揚鄭成功反清復明，也將施琅功績埋沒。其後，民進黨對施琅的「攻臺、統一」自然不表贊同。

澎湖馬公媽祖廟

近年來大陸掀起「施琅熱」，主要著重在「攻臺軍事戰略與政治意義」。在一次廈門施琅學術討論會中，主辦單位發言人就指出：「施琅留給我們後人最珍貴的思想遺產，一是中華民族的愛國主義光榮傳統，二是以軍事手段促成臺灣問題政治解決的戰略思想，這是有深遠的歷史意義和重大的現實意義。」

生平

施琅（1621至1697年）是福建泉州府晉江縣人，務農家貧，自幼棄文習武。十七歲（1637年）加入鄭芝龍水師，任千夫長。鄭原為「海盜」，1628年接受明朝招撫。所以，施琅也算是「海盜」出身。事實上，做海盜一點都不可恥，中國自古以來沿海百姓做海盜的非常多。主要是統治階級與民爭利，控制、壟斷海運及商務，一再頒布禁海令。官逼民反，百姓為圖生計，鋌而走險，卻為中國對外貿易，及瞭解西方東進，起了促導作用。

鄭芝龍降清（1646年）後，施琅加入鄭成功的隊伍抗清復明，深受鄭器重，屢建奇功。但施恃才而倨，屢忤鄭成功。1651年，因細故與鄭不和，鄭誤殺施父及其弟。施琅逃脫投清，時年三十一。其長子與長孫後在鄭軍中，亦被鄭經殺害。

攻臺

順治十八年（1661年），鄭成功收復臺灣。次年，清廷任施琅為福建水師提督。康熙二年（1663年），施琅參加清軍，聯合荷蘭人攻取金、廈兩島，並招撫大批鄭軍，成為後來攻臺

清軍水師骨幹。次年，鄭經由銅山（今東山島）撤至臺灣。施琅趁金、廈新勝，建議：「進攻澎湖，直搗臺灣以得四海歸一，邊民無患。」康熙封其為靖海將軍，極力攻臺。11月，由銅山起航，遇風折返。康熙四年（1665年）3月，再度出發攻臺，抵澎湖海面又遇風而回。

兩度失敗後，清廷調施琅入京，裁撤福建水師，焚棄戰船，並將投清鄭軍分散調往內陸屯墾。遷魯、江、浙、閩、粵五省沿海居民入內地，立邊界，豎椿柵，嚴禁出海。其後，施琅曾先後上奏康熙〈邊患宜靖疏〉與〈盡陳所見疏〉，論及：「而折五省邊海之地方，化為界外，以避其患，……安可以既得之封疆而復割棄？臺灣平，則邊疆寧靖，……百姓得享昇平。」但清廷將之束諸高閣達十三年之久。在這漫長的日子裏，施琅總結兩次征臺失敗的教訓，關注福建沿海動向，日夜籌畫；並閱覽《二十一史》，鑑古今成敗及先賢行儀，使原本出身「海盜」的他，磨練成能文能武，胸有成竹，被朝中同僚譽為「儒將」。

三藩亂平後，康熙二十年（1681年），閩浙總督姚啟聖與大學士李光地向康熙力薦，康熙乃再度起用施琅為福建水師提督。施琅重返福建後，立即上疏康熙要求「專征」臺灣，引起朝廷大臣劇烈爭論。幸賴大學士明珠極力支持，康熙授予「專征」。是年11月，施琅統率各路船艦，齊集興化平海衛，欲順東北風起航進攻澎湖；但出海操演時忽轉西南風，只得折回。

次年（1682年）6月，施琅再度誓師，率三百餘艘戰艦、兩萬餘水師，由銅山出發，順西南風向澎湖進擊。先泊於花嶼

和貓嶼，後順西南風攻占八罩（今望安）、虎井及桶盤諸島，進入澎湖內海攻擊西嶼牛心，在娘媽宮海域與明鄭劉國軒水師大戰多日，獲全勝。劉國軒退回臺灣，鄭克塽見大勢已去，乃遣使至澎湖施琅軍中奉表請降。

施琅於8月13日由鹿耳門登陸臺灣，15日接受鄭克塽投降；後在臺灣停留了三個半月，巡視了臺灣南、北各路。在這三個半月裏，正如同鄭成功在臺短暫的一年，施琅和鄭成功一樣，對臺灣人民與中國歷史都做了極大的貢獻。

治臺

施琅與鄭氏雖有殺父、弟、子、孫四代之仇，但沒有像伍子胥鞭楚平王屍那樣，他將國事凌駕於私怨之上。抵臺數日後，施琅於8月22日親臨鄭成功祠，備牲幣拜祭。其祭文如下：

> 自同安侯入臺，臺地始有居民。逮賜姓啟土，世為巖疆，莫可誰何！今琅賴天子威靈、將帥之力，克有茲土，不辭滅國之誅，所以忠朝廷而報父兄之職也！但琅起卒伍，於賜姓有魚水之歡。中間微嫌，釀成大戾。琅於賜姓，剪為仇敵，情猶臣主，蘆中窮士，義所不為，公義私恩，如是而已！

沒有通達見識、寬宏大量，與崇高的政治理想，是不可能達到這種境界的。施琅不念舊怨，善待鄭克塽及鄭氏家族，並安撫明鄭文武官員兵民。連橫《臺灣通史》稱讚施琅：臺人聞之為嗟歎曰：「父仇一也，隕公辛賢於伍員矣。」接著，他上

疏請封劉國軒，安插馮錫範等明鄭大臣，設總兵及水師固守臺
灣，寓兵於農，免賦稅三年，其後減租。使得臺民安於其所，
確保拓墾洪荒，為以後開發臺灣奠定了深固的基礎。

保臺

　　施琅平定臺灣後，清廷大多數重臣主張「遷其人，棄其
地」。連康熙也認為：「臺灣彈丸之地，得之無所加，不得
無所損。」只有施琅積其多年為「海盜」、明鄭將領、大清
水師提督，和與荷蘭人打交道的經驗，洞悉海權和臺灣對中
國未來之重要性，以及臺灣人民篳路藍縷以啟山林之艱辛，
和其未來發展的遠景。他力排眾議，力主保臺，上〈留臺
疏〉給康熙：

施公祠正門

竊照臺灣地方，北連吳會，南接粵嶠，延袤數千里，山川峻峭，港道紆迴，乃江、浙、閩、粵四省之左護。隔澎湖一大洋，水道三更餘遙。……然其時，中國之民潛至，生聚於其間者，已不下萬人。……臣奉旨征討，親歷其地。備見野沃土膏，物產利溥；耕桑並耦，漁鹽滋生；滿山皆屬茂樹，遍處俱植修竹；硫磺、水藤、糖蔗、鹿皮，以及一切日用之需，無所不有。……且舟帆四達，……實肥饒之區、險阻之域。……土番、人民，均屬赤子，善後之計，尤宜周詳。此地若棄為荒陬，復置度外，則今臺灣人居稠密、戶口繁息，農工商賈各遂其生，一行徙棄，安土重遷，失業流離，殊費經營，實

施公祠內廳

非長策！……此所謂藉寇兵而齎盜糧。……甚至此地原
為紅毛住處，無時不在涎貪，亦必乘隙以圖。一為紅毛
所有，則彼性狡黠，所到之處，善為鼓惑人心。……從
來乃海外所不敵。……若以此既得數千里之膏腴復付依
泊，……逼近門庭。此乃種禍後來，沿邊諸省，斷難晏
然無虞。……臺灣一地，雖屬外島，實關四省之要害。
勿謂彼中耕種，尤能少資兵食，固當議留；……臣思棄
之必釀成大禍，留之誠永固邊疆。

　　這是亙古至今評價臺灣地位和臺灣人民最珍貴的好文章之
一，因之打動了康熙，在臺灣設一府（臺灣）、三縣（臺灣、
鳳山、諸羅），繼往開來，承襲並發展了臺灣先民協同原住民
開拓洪荒的偉業。康熙與施琅的經略臺灣，為其後清代閩、粵
百姓大批移民臺灣創造了條件，功在數百年來的臺灣黎民。

　　我們評價施琅，不能局限於對其「攻臺的軍事意義」的立
場。作為一個中國人，我們應該紀念施琅，因為他奉獻了畢生
為臺灣的回歸祖國奮鬥而竟全功。他是最早、最深切地對海權
有所認識的先賢，在西方海事東進的早期提示了臺灣對中國未
來的重要性。同時，他也提示了中國自鄭和下西洋，航海鼎盛
後固步自封的危急，對晚清西方船堅炮利的侵凌敲起了警鐘。

　　在另一方面，作為一個臺灣人，我們更應紀念施琅。他是
歷史上第一個為臺灣人民請命的智者。施琅認識到，中國自古
以來，統治階級與沿海人民利益之矛盾，造成官方壟斷，甚至
海禁，阻礙百姓從事海上貿易及出海拓荒的嚴重問題；同時瞭
解到，早期來臺移民，協同原住民篳路藍縷以啟山林的偉大行

徑。是以他力排眾議，力主保臺，說服了康熙，臺灣先民拓墾臺灣的偉業得以保全並繼續。如果沒有施琅，今日的臺灣真不知所屬何方？我們也絕看不到當今臺灣族群共享的繁榮光景。

　　我們不可忽略歷史，我願能再回澎湖見到更莊嚴美麗的「施公祠」。我也希望在臺灣及中國能看到更多紀念施琅豐功偉業的標誌。

（原載於《美南週刊》2014年3月2日）

〈田中奏摺〉舊事新探

　　七十多年前，日本軍閥發動「七七」事變，全面侵華，帶給中國人民無比的災難。八年抗戰中，戰火紛飛，百姓流離顛沛，三千萬軍民喪生。日本軍閥在侵華之後，又發動了對蘇聯的諾門罕戰爭，隨後偷襲珍珠港，掀起太平洋戰爭，蹂躪東南亞及南洋諸國，使之生民塗炭。最後造成其本國民不聊生，全面慘敗崩潰。七十多年過去了，令人遺憾的是，當今日本朝野尚有許多人沒能做到「前事不忘，後事之師」，從歷史中求取教訓。其中最顯著的事例之一，乃是對〈田中奏摺〉的爭論。至今，日本官方及史學界大多一再否認有〈田中奏摺〉的存在[1]，聲稱這是中國人或其他國家製造的贗品。因而使得這個構畫日本侵略世界──「唯欲征服支那，必先征服滿蒙；如欲征服世界，必先征服支那」──的綱領文件，成為所謂的「歷史之謎」。以致日本發動的侵華、攻蘇及太平洋戰爭，均被日本官方和史學界謊言為「自衛」與「偶發」事件。這是日本可恥、可悲的謊言！為著千秋正義，〈田中奏摺〉此一史實真相，必須予以正視及澄清。

　　〈田中奏摺〉是1927年7月中旬，時任日本首相兼外相的田中義一呈送給天皇的一份名為〈對滿蒙的積極政策〉的文件。這份文件明白地提出日本內閣對中國侵略的步驟和計畫，

---

[1]　橋川文三，〈田中奏摺的有關問題〉，《田中奏摺探隱集》（北京出版社，1993年），頁97-110。

顯示了日本由滿、蒙進而侵占中國之後繼續擴張，以征服世界的企圖。據現有資料，這份奏摺是田中通過宮內大臣一木喜德交給昭和天皇的；這個祕密文件於次年（1928年）被當時在東京的愛國志士蔡智堪偷入宮中抄錄出來，轉交給張學良屬下；後在1929年12月公諸於世[2]。

由於〈田中奏摺〉揭露了日本的通盤大陸政策及征服世界的計畫，引起中、美、蘇、英等國的強烈震驚。日本政府乃當即堅決否認它的存在，而當事人田中義一已於1929年7月猝然去世。

二次世界大戰後，在東京審判過程時，中國提出對〈田中奏摺〉的追查。但是美國，特別是麥克阿瑟，當時為易於占領並扶植日本以抵制蘇聯，而主張保持天皇，以「真偽難辨」為由不予追究，使得千秋正義與公道未能得到伸張。

大陸政策、日本對外擴張

日本經過三百餘年德川幕府的鎖國政策，直到1854年3月31日，美國海軍東印度艦隊司令佩里二度訪問日本，強迫德川幕府簽訂〈日美和親條約〉，打開了日本對外門戶。日本民間遂開始倡議改革圖強。鑑於國力有限，吉田松陰提出：「當今之計，如能以和好牽制二虜（此指美國和俄國），絕不可自我生事，宜嚴章程，謀約束，不令其驕悍，乘隙實行富國強兵，開墾蝦夷，奪取滿洲而逼俄，霸占朝鮮而窺清，控制南洋而襲印度，三者擇其易為者為之，是天下萬世可繼之業也。」很明

2　蔡智堪，〈我怎樣取得田中奏摺〉，《傳記文學》第7卷第4期，頁40。

顯，他是想建立一個北至堪察加，南至南洋、澳洲，西至朝鮮、中國的東方帝國。至於以後則「挫敗美國，制服歐洲，就將無往而不勝」。用其語就是要「併吞五大洲」。這種理論成為以後日本明治維新及其後對外擴張侵略的指導思想。明治維新後，曾兩度擔任首相的山縣有朋於1880年向天皇上奏，痛陳西方列強「狼貪虎視」，提出：「兵強則民氣始可旺，始可得互市之利益，而國民之勞力始可積，國民之富貴始可守。」以積極加強軍事實力為其建國之基礎、改革之首要任務。1888年，山縣有朋發表〈軍事意見書〉。其後，他於1889至1891年擔任首相期間又發表「外交政略論」，提出在「主權線」外保衛「利益線」，明確地主張侵略擴張政策，出兵朝鮮、中國，將這個「大陸政策」上升為國家政策的指導思想[3]。

當時中國內憂外患，國力不振。1894年，日本出兵朝鮮，干涉朝鮮政局，在黃海豐島海域偷襲中國北洋艦隊船艦，並擊沉懸掛英國旗、無武裝的中國運兵船「高升」號，開啟甲午戰爭。日本擊敗中國後獲取臺灣、澎湖及巨額賠款，其中大量款項均投入日軍備擴充。後因在東北、朝鮮和俄國發生衝突，日本趁機突襲俄軍駐旅順海軍，發動日俄戰爭擊敗俄國，占領南庫頁島、旅順和大連，控制了中國的東三省南半部（南滿），其後併吞了朝鮮，不斷積極向外擴張侵略。

除了臺灣、澎湖、南庫頁島，及旅順、大連之外，日本在太平洋上的擴張始自明治維新之初，首先奪取千島群島、小笠原群島、琉球群島、硫磺列島。1914年11月，日本趁第一次世

---

[3] 雪兒簡思，〈大東亞的沉沒〉，《傳記文學》第92卷第3期（2008年3月），頁4-21。

界大戰中，德國無力東顧，強占了青島。世界大戰結束後，又接管太平洋德屬馬利亞納、加羅林、馬紹爾群島。日本軍閥躊躇滿志，侵略的野心日益增大。

東方會議

　　1927年夏，當中國國民黨北伐節節勝利、接近山東之際，日本假借「保護日僑」之名，出兵山東濟南，阻擾北伐，因而激起中國政府的強烈抗議，民間也掀起了大規模的排日運動。正值此時，田中首相兼外相於1927年6月27日至7月7日在其東京官邸召開了「東方會議」，以制定侵華政策及其統一運作。參加會議的人有田中義一和外務、陸軍、海軍、大藏各省、關東軍、朝鮮總督府和參謀本部、司令部的幹部以及與中國有關的外交官，其中包括外務省次官森格、陸軍省次官畑俊六、參謀次長南次郎、軍務局長阿部信行、海軍省次官大角岑生、關東軍司令武藤信義、關東長官兒玉、朝鮮總督府警務局長淺利三郎、駐華公使芳澤謙吉、駐奉天總領事吉田茂、駐漢口總領事高尾、駐上海總領事矢田、歐美局長堀田正昭、通商局長齋藤良衛等等日本侵華及「南進」的首腦人物[4]。

　　這次會議的實際籌畫者為外務省次官森格。1927年2月，森格到中國各地「考察」，通過陸軍省的鈴木貞一接觸了石原莞爾與河本大作等一些少壯派軍人。他們向森格提議：「把東

---

[4]　陳本善，〈東方會議與田中奏摺〉，《日本侵略中國東北史・第5節》（吉林大學出版社，1989年），頁210-218。山浦貫一，《森格》。劉建業，〈田中奏摺探隱〉，《田中奏摺探隱集》（北京出版社，1993年），頁1-10。鈴木隆史，周啟幹監譯，《日本帝國主義與滿洲》（金禾出版社，1998年），頁369-377。

北從中國本土割裂開來，自成一個天地，使日本的政治勢力滲入這個地區。……這必須成為日本所實行的一切內政、外交、軍備及其他方面政策的中心。……」森格表示同意地說：「好吧！就這樣幹吧！」這些少壯派軍人對於日本大陸政策的這種主張成為召集「東方會議」方案的基礎[5]。

會議開幕時，田中明確提出這次會議擬「徵求對中國時局之報告與率直坦白之意見」，「同時擬在政府的政策運用上獲得諸位先生之理解」。田中特別聲明：「涉及細則細目之事項，隨本次會議之進展，適應必要，恐將有組織特別委員會之事，此種場合希望予以諒解。」[6]

田中在開幕時特別強調：「發布新聞有十分留意小心的必要，可發表之事項由植原參與官加以適當安排發表。」並叮囑：「務請諸位牢記本會之內容以絕對保密。」十一天會議結束後，田中發表了八項〈對華政策綱領〉的訓示，其主要內容是加強對滿、蒙的控制和掠奪，公開提出：「萬一動亂涉及滿、蒙治安紊亂，對我在該地的特殊地位權益有發生侵害、壓迫之虞時，不問其來自任何方面，帝國為加以防護並保持其為國內外人士安居發展之地，必須有不失時機而出之以適當制止之決心。」[7]確立了日本對滿、蒙及中國採取強硬手段的侵略

---

[5]　陳本善，〈東方會議與田中奏摺〉，《日本侵略中國東北史‧第5節》（吉林大學出版社，1989年），頁210-218。山浦貫一，《森格》。

[6]　陳本善，〈東方會議與田中奏摺〉，《日本侵略中國東北史‧第5節》（吉林大學出版社，1989年），頁210-218。劉建業，〈田中奏摺探隱〉，《田中奏摺探隱集》（北京出版社，1993年），頁1-10。鈴木隆史，周啟幹監譯，《日本帝國主義與滿洲》（金禾出版社，1998年），頁369-377。

[7]　劉建業，〈田中奏摺探隱〉，《田中奏摺探隱集》（北京出版社，

原則，揭露了日本把滿、蒙作為其殖民地從中國本土分離的意圖，也奠定了以擴大侵略為前提的基本國策。

雖然會議的大部分紀錄未予公布，但世界各國都對日本侵略起了戒心。就在此時，傳聞田中義一於「東方會議」之後向天皇上呈了〈對滿蒙積極政策〉的祕密奏摺，引起舉世矚目。各國的情報人員約兩千多名前往東京，特別是俄國與美國都以高價欲得到該奏摺原本，但一無所獲。

〈田中奏摺〉公諸於世

1928年6月，在日本經商的臺灣人士蔡智堪先生，利用日本政黨間的矛盾，透過其有利的關係，化裝成補冊工人，深夜潛入日本皇宮的皇室書府，費時兩夜，把長達六十多頁的該奏摺抄錄出來，送給當時擔任張學良東北保安司令部外交祕書主任、主管對日外交事宜的王家楨先生。王立即進行翻譯，呈報張學良。張核批印刷二百份，內部分發東北有關要員，並送了四本到南京國民政府。這份機密文件在有關人員閱讀過程中，被當時北大學生紀清漪見到。激於愛國之情，紀和幾位志同道合的青年人自行集資在北京印了五千冊，於1929年7月分寄全國各中小學和有關單位。1929年12月，南京《時事月報》正式公開發表了〈田中奏摺〉的主要內容，立即引起了世界各國的震驚[8]。

1993年），頁1-10。
[8] 劉建業，〈田中奏摺探隱〉，《田中奏摺探隱集》（北京出版社，1993年），頁1-10。高殿芳，〈王家楨與田中奏摺〉，《東方世界》1988年3期，頁2-6。王家楨，《日本兩機密聞件中譯本的來歷》，《文史資料選輯》第11輯。

　　當時田中已去世，但其屬下後任外相的重光葵、滿鐵副總裁松岡洋右及海相岡田衛介立即堅決否認有〈田中奏摺〉的存在，斷言這是「中國人所偽造」。「九一八」事變發生後，1932年11月，中國代表團在國聯會議上揭露〈田中奏摺〉時，日本代表松岡洋右狡辯說：「占領東三省是『自衛行動』，絕非事先策畫的。所謂〈田中奏摺〉絕非在日本製造，也絕未奏呈於天皇！」正如同日本對進占山東濟南和以後發生的「七七」事變全面侵華的藉口一樣，這些詭辯完全是為遂行其侵略政策的掩飾，正是「此地無銀三百兩」，「司馬昭之心，路人皆知」。日本的謊言無法欺騙世界，是以當國聯仲裁日本發動「九一八」、占領滿洲為侵華行為時，日本立即露出猙獰面目，於1933年3月27日宣布退出國聯。

　　就如現在日本許多人還在否認有「南京大屠殺」的事實一樣，〈田中奏摺〉至今在日本政界、史學界和民間大多均定論為「中國人的謊言」、「蘇俄偽造」、「中共宣傳」或是「日本內部政黨鬥爭偽造的贗品」，使其成為世界史學的所謂「千古之謎」。事實上，只要讀過〈田中奏摺〉而瞭解當時歷史的人就會知道，除了日本當時高層的人物，沒有任何中國人或蘇聯人能寫出這麼全面、周詳、細緻的文件。

　　二次世界大戰結束後，在東京審判時，中國提出對〈田中奏摺〉這個日本發動侵略中國、攻擊蘇聯，以及發動太平洋戰爭的指導策略綱領的文件予以追查。但是美國，特別是麥克阿瑟，當時為易於占領並扶持日本以抵制蘇聯，而主張保護天皇，為其開脫罪行，以「真偽難辨」為由，對中國的提議不予處理。加之蔣介石為對付中共及蘇聯，提出「以德報怨」，極

力保護天皇，並釋放了戰犯元兇——日本侵華總司令岡村寧次等，犧牲了民族利益。回顧國共幾十年的鬥爭中，雙方為與日本建立外交，也對中、日以往諸多歷史問題有所禁忌。這種種現實政治的考慮，對追究〈田中奏摺〉造成不少困難，在歷史上留下了懸疑謎題。

雖然近年來中國大陸官方、民間以及海外華人對日本軍閥以往的暴行都採取嚴正的態度[9]，對「南京大屠殺」等事件做了許多工作，但是對〈田中奏摺〉的探討與考實還有待繼續深入。

〈田中奏摺〉於1928年由蔡智堪與王家楨公諸於世，八十年來，日本官方及歷史學界配合現實的政治需要，誣衊其為贋品。他們所持的論點為：（1）沒有找到原本，（2）與奏摺呈式不合，（3）書寫風格不合，（4）有些小的錯誤。這些論點本屬「自鄶以下之譏」，不值評議。

當事人王家楨晚年在受訪問中說：「這個文件大概是分十餘次寄來的。稿件抄得非常潦草，錯字、錯句很多，唸起來也不順口，不易閱讀，而且語言誇誕。因此，只好將意義不明瞭或是脫句的地方逐一經過研究，加以添補，……經過翻譯整理，訂成為一個完整的文件。現在看起來這些差錯不足為奇。研究這個問題不能捨本求末。」[10]據王所敘，在翻譯整理過程中，呈式與語句風格有些差異在所難免。

9　張純如（Iris Chang），蕭富元譯，《被遺忘的大屠殺：1937年南京浩劫》（天下文化出版公司，1997年）。原著：《The Rape of Nanking, The Forgotten Holocaust of World War II》。張春祥，《盧溝橋事變與八年抗戰》（北京出版社，1990年）。王明哲，《九一八事變》（中華書局，1988年）。
10　高殿芳，〈王家楨與田中奏摺〉，《東方世界》1988年3期，頁2-6。

「偷取」〈田中奏摺〉屬於「間諜單線」行為，其中細節均不能為外人道。當事人以後敘述，也必須為了避免某些有關的人及其家屬、後代受害而做掩飾。對王家楨翻譯整理、編成的文件做逐字挑剔乃是見樹不見林。另外，幾十年後的訪問回憶，有些記憶失誤乃屬常情。這些都不足影響〈田中奏摺〉主體的真實性。探討事物，特別是針對複雜的情況，應從「綱舉目張」著手。如針對幾處小節之困疑，就否定其為綱的主體，乃是捨本逐末，違反邏輯的。

據現存美國國會圖書館的《日本外務省文件》和戰後出版的《田中義一傳記》等材料披露的「東方會議」日程，十一天的會議，有四個整天和三個半天沒有發表的紀錄[11]。會議開幕時，田中特別聲明：「涉及細則細目之事項，隨本次會議之進展，適應必要，恐將有組織特別委員會之事，此種場合希望予以諒解。」說明了那些時間還有許多機密會議未列入公開的日程和紀錄中。這也是當時日本人有意做的手腳。

另外，值得注意的是，這些文件上明白地記載：「6月29日上午11時23分至下午1時半，由於田中首相參謁天皇，會議暫停。」[12]當「東方會議」進行之中，田中就去拜見天皇，難道不是向他報告，並聽取天皇對「東方會議」的指示嗎？會議完畢後能不立即向天皇上奏會議總結嗎？

有幾篇論文對日本的這些狡辯做了回應與辯駁，本文僅節錄部分於附件，對此不再細論。

11　俞辛淳，〈東方會議真相與田中奏摺問題〉，《南開學報》1985年1月，頁38-46。

12　穆耳，〈關於田中奏摺真偽的幾個問題〉，《田中奏摺探隱集》（北京出版社，1993年），頁224-225。

附件：

參考資料[13]中對日本否認〈田中奏摺〉的狡辯做了回應與辯駁：

(1) 日本史學界說：「〈奏摺〉的風格與語氣不合。」稍懂日本現代史的人都知道，大正以後，日本大臣奏章已無固定格式，更何況它是以代奏形式呈送昭和的「東方會議」紀錄整理。

(2) 日本史學界說：「〈奏摺〉把已經去世的重臣仍寫為健在。」這顯係指〈奏摺〉中「大正先帝陛下密召山縣有朋」。誰人不知，美國總統哈定向包括日本在內的八國致函邀請參加「華盛頓九國會議」時為1921年7月12日，會議的召開時間為1921年11月12日至1922年2月6日。山縣有朋死於1922年2月1日，以元老參與朝政的他，怎麼不能在去世之前接受「大正先帝密召」呢？

(3) 日本史學界說：「〈奏摺〉中將田中義一訪問菲律賓誤為訪歐美。」1921年提出召開「華盛頓九國會議」時，日本派當時的陸軍大臣田中義一去歐美摸底。他先到當時屬於美國的菲律賓訪問，後因故改變行程，折回日本。這是計畫實施過程中的變動，何況當時的菲律賓是美國的殖民地！由此看來〈奏摺〉中沒有「誤為」之處。

---

13 郭彬蔚，〈田中奏摺真偽辨析〉，《田中奏摺探隱集》（北京出版社，1993年），頁277-287。

　　探討〈田中奏摺〉必須認識到，其原件早在1927到1945年之間，日本人為了掩藏證據而將之予以銷毀。特別是在1929年〈田中奏摺〉公諸於眾、1932年「九一八」事變後的國聯調查，和1945年日本投降的三個時際。譬如1945年8月，據報導，在日本投降之際，東京四處煙火紛飛數週，大批文件付之一炬，因此要以「拿出原件」來爭論其真偽乃是「緣木求魚」、不得其解的，而必須提出其他佐證方能使歷史真相得到證實。

從歷史發展看〈田中奏摺〉存在的證據

　　以下是筆者提出對〈田中奏摺〉必然存在的幾點證據：

（一）日本侵略的指導思想

　　《孫子兵法‧始計篇》開宗明義地提示「道」為戰爭準備的第一要領。「道」即是政策及指導思想。發動戰爭是國之大事，「死生之地、存亡之道」，沒有完整的政策和指導方針是不可能的。

　　首先，拿二次世界大戰與日本同為禍首罪魁的德國納粹為例，其首領希特勒於其1923年入獄時口述，由獄友赫斯（Hess）筆錄完成《我的奮鬥》一書的上半部。該書表達了希特勒及納粹黨的主要政治主張：

> 「回憶德國崩潰……是未能認識種族問題，和猶太人
> 的險惡。……〈凡爾賽條約〉……在我們民族的心靈
> 和情感中焚起了烈火，……恥辱……仇恨……發出[我
> 們還要奮鬥]的呼聲。對於國土的獲得，……只有武力
> 而已，……擴充我民族在歐洲的地域，……拓開我祖

國的疆域，……向五國或十國怒吼，……做重大的痛擊。……強有力者能夠早日把世界完全征服，……第二次世界大戰……是德國自衛。」[14]

　　這些主張成為其後希特勒及納粹黨取得政權，發動第二次世界大戰的指導思想與實施綱領。

　　本文前述日本明治維新之前，吉田松陰即提出「易取之朝鮮、滿洲、中國」的論調。明治維新後，曾兩度擔任首相的山縣有朋於後，山縣有朋早期即向天皇上奏，建議「兵強」之策。而後在其擔任首相期間又提出「在主權線外保衛利益線」，明確地主張侵略擴張政策，出兵朝鮮、中國，將這個「大陸政策」上升為國家政策的指導思想以及全國人民奮發之鵠的，隨之發動了侵華甲午戰爭與日俄戰爭。

　　甲午與日俄兩場戰爭勝利後，日本軍閥躊躇滿志，侵略的野心日益增大。中國當時軍閥割據，內戰不息，日本乃積極經略滿洲。1927年夏，中國國民黨北伐節節勝利，中國即將統一。日本田中首相此時為制定侵華政策及其統一運作，召開了「東方會議」。

　　日本在滿、蒙的侵略擴張中，肯定地與蘇聯產生衝突，必須考慮對蘇策略。另外，日本在太平洋諸島的擴張，與美國在菲律賓及其他太平洋地區的勢力，形成互為威脅的格局，日本也必須制定對美在太平洋爭奪霸權的策略方針。此時，田中首相向天皇上奏〈田中奏摺〉來明確日本對華、對蘇、對美以及

---

[14] 希特勒，方白譯，《我的奮鬥》（大明王氏出版有限公司，1974年）。

其他國家的侵略擴張政策，作為國家政策的指導思想以及人民奮發之鵠的，不難理解有其適時性與必要性。

　　值得注意的乃是，參加「東方會議」的成員除了直接侵略滿、蒙，中國的首腦人物，也就是「北進」政策份子，另外還有歐美局長堀田正昭、海軍省次官大角岑生等「南進」政策份子。這說明召開「東方會議」及上呈〈田中奏摺〉絕非僅限於討論滿、蒙，中國問題，而是涉及日本對外侵略的整體策畫。

　　〈田中奏摺〉中對日本的政策和指導思想做了明確的聲明：

> 「惟欲征服支那必先征服滿蒙，如欲征服世界，必先征服支那。倘支那完全可被我國征服，其他如小中亞細亞及印度、南洋等，異服之民族必畏我敬我而降於我，使世界知東亞為我國之東亞，永不敢向我侵犯，此乃明治大帝之遺策，是亦我日本帝國之存在上必要之事也。」

　　這段聲明與明治維新啟蒙時期吉田松陰提出的「易取之朝鮮、滿洲、中國，……逼俄……襲印度，……是天下萬世可作之業也」完全吻合。這也是日本軍國主義一百多年來的指導思想，而在歷史的實踐中也一一印證無疑。

　　日本山浦貫一所著《森格》一書有一段記載：「會議期間，關東軍司令武藤信義曾問田中：『把這一方針付諸行動，……將會因此引起世界大戰。怎麼辦？』」[15]據日本江口

---

[15]　山浦貫一，《森格》。

圭一著文記載：「田中義一本人也在召開東方會議時表示了斷然的決心，說：『我決心已下，縱使引起世界戰爭也在所不辭。』」[16]

1927年，召開「東方會議」及上奏天皇〈田中奏摺〉之後，日本先後發動了濟南慘案、皇姑屯事件、「九一八」事變、「一二八」松滬事變、吞噬華北，以及全面侵華的「七七」事變和「八一三」松滬戰爭。又於1938年在滿、韓交界張鼓峰、1939年在滿、蒙交界諾門罕向蘇聯攻擊，最後於1941年底偷襲美國珍珠港，進攻菲律賓、中南半島和中途島、太平洋群島。這一連串的戰爭都與1927年的〈田中奏摺〉的計畫完全吻合。沒有一個由最高領導也就是日本天皇首肯的政策和指導思想，而僅如日本所說的「自衛、保僑」的「偶發動機」而發動這麼多侵略戰爭，是違反了戰爭的基本原則。換句話說如果沒有〈田中奏摺〉，日本不可能發動這一連串的戰爭。

（二）日本侵華元兇的招供

日本侵華的主要元兇、日軍駐華最高指揮官岡村寧次，後雖被蔣介石宣布無罪釋放，但在其供詞中寫道：「日本非敗於兵力、財力不足，實敗於一紙〈田中奏摺〉。」他為〈田中奏摺〉的真實性做了最有力的見證[17]。

曾任日本外相的重光葵在他晚年的著作《昭和之動亂》中曾寫道，他曾經向田中義一查詢奏摺一事的真偽，田中答道：

---

[16] 江口圭一，〈田中奏摺果真是偽造的嗎？〉，《人物往來》1965年5月。
[17] 劉建業，〈田中奏摺探隱〉，《田中奏摺探隱集》（北京出版社，1993年），頁1-10。

「謂非本意。」[18]這個回答實際上是說奏摺是存在的,只是按「東方會議」總體結論而寫,而非全屬他田中個人的意見。

另據主謀製造「皇姑屯事件」的河本大作戰後做的筆供:「東方會議,就解決滿、蒙問題……最後做出如下決議:『滿、蒙問題雖可以交張作霖解決,但……應趁其軍隊由關內敗退滿洲之機,解除其武裝,以絕禍根。』……關東軍也依照東方會議的決議,於1928年5月9日以後向奉天集結兵力。」

另外在其口供中,當被問到「東方會議」,有如下的對答:

> 問:「這樣說來,東方會議的本質就是日本帝國主義準備侵吞中國東北,向中國進攻?」
>
> 河本答:「是。日本帝國主義為了本國的利益而向滿、蒙發展。……」

而對〈田中奏摺〉,則對答如下:

> 問:「田中義一奏摺是怎麼回事?」
>
> 答:「田中義一奏摺與東方會議沒有關係,主要是為解決滿、蒙問題時提出的。」[19]

河本的供詞明白地說出〈田中奏摺〉是存在的,同時是超越了「東方會議」所公布的侵略滿、蒙、中國的範疇。

---

[18] 劉建業,〈王家楨與田中奏摺〉,《東方世界》1988年3期,頁2-6。

[19] 王明哲,《九一八事變》(中華書局,1988年),頁27-30。

（三）對美戰爭的首次提出

探索歷史事件的真相，往往可以從事件發生當時其他的一些事情上得出其中的關聯和跡象。日本自明治維新後，其擴張主義對西方列強先採取隱忍，而致力於進占朝鮮、滿洲，及中國的「大陸政策」，先後發動了甲午戰爭及日俄戰爭。另外日本在太平洋諸島的不斷擴張，到一次世界大戰之後，與美國在滿洲、中國、菲律賓及其他太平洋的勢力形成互為威脅的格局，遂必須制定對美在太平洋爭奪霸權的策略方針。但在1927年召開「東方會議」及上奏〈田中奏摺〉之前，並沒有公開地提出對美作戰的論調。

〈田中奏摺〉中關於對美的策略是這樣敘述的：

> 「益以華盛頓會議成立九國條約，我之滿、蒙特權及利益概被制限，不能自由行動，……欲以鐵血主義實保東三省，則第三國之亞美利加必受支那以夷治夷之煽動起而制我。斯時也，我之對美角逐，勢不容辭，……-將來欲制中國，必從打倒美國勢力為先決問題。」

「東方會議」召開及〈田中奏摺〉呈送天皇後不久，籌畫並參加會議的少壯派軍人石原莞爾開始在日本陸軍大學演講，並在散發的一本《歐洲古戰史講義》中提出：「人類文明分為東西兩支，……時至今日這兩個文明已形成隔著太平洋對峙的局面，這種局面必將導致戰爭，戰爭之後將走向統一，最終創造最後最高的文明及黃金時代。未來的戰爭將是空前未聞的大戰爭，……而這種大戰爭即美、日的大戰爭，使世界人類文明

得以統一。」而後他又提出：「未來的戰爭可能是以日、美為中心的，真正的世界人類最後的大戰。」[20]

作為一位中級軍事幹部，特別是在當時日本軍隊，崇尚武士道、講求絕對服從、聽命從事的精神指導下，如何可能沒有上級指示的既定方針綱領，而在「東方會議」剛過，〈田中奏摺〉有所風聞之際，公開發表這種震驚世界的侵略言論？石原莫不是被指令出來投石問路，宣揚其〈田中奏摺〉既定方針的前卒！

石原莞爾後來成為日本侵略的策畫者、理論家，他於1909年畢業於陸軍士官學校，1920年4月被派往中國漢口日軍華中司令部任職。他用了一年多時間考察中國湖南、四川、南京、上海、杭州等地，蒐集政治、經濟和軍事情報，形成「大陸擴張」的侵略戰略思想。「東方會議」召開後，〈田中奏摺〉呈送日本天皇不久，他於1928年1月被派往中國東北擔任日本關東軍作戰主任參謀，與阪垣征四郎兩人是「九一八」事變的策畫者，並成為日本侵略滿、蒙、中國和世界的劊子手。後於偽滿洲國期間任關東軍副參謀長，對日本侵華及發動太平洋戰爭做了罪不可赦的重要策畫及實際執行。

但是他後來和東條英機不和，被排擠免去要職，卻因禍得福，1945年日本投降後，石原宣稱自己是受東條英機迫害的「和平主義者」，發表了《我們的世界觀筆記》、《新日本的出路》，提出了「放棄戰爭」和「不要戰爭的文明」等主張，還恬不知恥地寫信給麥克阿瑟倡言「超階級的政治」。而超階

---

[20] 《石原莞爾》，《維琪百科，自由的百科全書》，zh.wikipedia.org/wiki/石原莞爾。

級的政治是「為了理想」，極力迎合麥克阿瑟及美國抵制蘇聯並保護天皇的政策。麥克阿瑟及美方瞭解到石原雖是侵華及宣傳策畫美日大戰的元兇之一，但為了要保持天皇必須將石原及〈田中奏摺〉隱藏，不予過問，是以在美方提出的幾百個待審的戰犯名單中，沒有石原的名字，這連石原本人都深感意外。1947年他已重病在身，東京審判團派了一個檢查團前往石原的住地聽取他對其他戰犯的口詞，他曾說：「滿洲事變（「九一八」）的中心人物就是我石原莞爾，但是這個石原為什麼就不是我呢？這根本就不符合邏輯。」石原的滔天大罪和〈田中奏摺〉一同被隱瞞了[21]。

（四）日本太平洋戰爭的計畫

發動偷襲珍珠港及太平洋戰爭的主謀者之一為山本五十六。山本於1904年畢業於海軍兵學校，參加日俄戰爭。1919至1921年留學美國哈佛大學。後又於1925至1928年擔任駐美海軍武官。正值日本政府依照〈田中奏摺〉奠定其征服世界的指導方針，山本為瞭解美國實力，對底特律汽車工業及德州石油工業做了詳細的情報調查[22]。

回國後，山本先後擔任「五十鈴」號巡洋艦及「赤城」號航空母艦的艦長。1929、1934年兩次赴倫敦參加限制海軍軍備會議，與英、美談判。1934年山本晉升為中將，1935年就任航空部部長。他主張「空軍本位」及「以航空母艦基地的攻擊

21 《石原莞爾》，《維琪百科，自由的百科全書》，zh.wikipedia.org/wiki/石原莞爾。
22 《山本五十六》，《維琪百科，自由的百科全書》，zh.wikipedia.org/wiki/ 山本五十六。

戰」，逐步構畫對美的太平洋戰爭。他深深瞭解美國國力遠較日本雄厚，對這場戰爭的取勝表示悲觀。但基於上層的壓力，只得鋌而走險，效仿東鄉平八郎在日俄戰爭中偷襲旅順港內的俄國艦隊，奪得制海權而僥倖成功的戰略思想[23]。

早在1936、1937年之際，日本發動「七七」事變全面侵華之前，日本天皇親臨海軍大學畢業典禮。海軍為天皇舉辦一次沙盤作戰演習。演習中模擬了日、美兩國海軍的交鋒，美國艦隊被打得落花流水，相繼沉沒[24]。如果沒有〈田中奏摺〉的既定方針，並得到天皇的批准，日本海軍怎能在那時如此兒戲般地給天皇做這樣的演習？

1939年9月山本升任聯合艦隊司令，在1940年的一次春季演習中，當他看到航空兵在訓練中取得理想成績時，對他的參謀長說：「訓練很成功，我想進攻夏威夷是可能的。」從這時候起，山本就著手計畫偷襲珍珠港，準備發動太平洋戰爭。但1940年7月，當日本與德、義簽訂軸心國條約時，山本認為該條約不利於日本，反對日、德、義三國軍事同盟。並警告首相近衛文麿，若與英、美開戰，前六個月還可以堅持，之後他毫無信心[25]。

---

[23] 《山本五十六》，《維琪百科，自由的百科全書》，zh.wikipedia.org/wiki/山本五十六。阿川弘之，朱金、王風芝譯，《山本五十六》（解放軍出版社，1990年）。

[24] 阿川弘之，朱金、王風芝譯，《山本五十六》（解放軍出版社，1990年）。

[25] 《山本五十六》，《維琪百科，自由的百科全書》，zh.wikipedia.org/wiki/山本五十六。阿川弘之，朱金、王風芝譯，《山本五十六》（解放軍出版社，1990年）。

1940年10月11日，日本海軍聯合艦隊在橫濱舉行了紀念神武天皇即位二千六百年的特別閱艦儀式。山本為總檢閱指揮，陪同昭和天皇，親臨旗艦「比叡」號檢閱總噸位高達五十九萬六千零六十噸的艦隊及五百二十七架飛機。其後兩個月，日本海軍部長世川良一到日本南洋諸島視察，回去後致信山本誇耀聯合艦隊之強勁，山本於1941年1月24日回函中說：「倘日、美一旦開戰，吾之目標，斷非關島、菲律賓，亦非夏威夷或三藩市，而只望於白宮同美國締結和平條約，盡早停止戰爭！」這封信說明山本欲以偷襲致勝，逼美國簽訂合約。在戰時為日本政府發表作為「鼓舞國民之士氣」的宣傳。但該信也表露出山本對與美國長期作戰是沒有信心的[26]。

　　山本不失為一個精明能幹的將領，但從他的個性來看，他喜歡賭博和嫖妓，養成無謂冒險與感情用事的弱點，這也正是作為一個軍事領袖最大的禁忌。這些弱點促使山本情緒超越理智，發動了珍珠港事變、中途島戰役，以及其南太平洋巴拉爾島的死亡之旅，也為世界，包括日本的人民，帶來無比的災難[26]。

　　從山本的經歷來看，完全符合〈田中奏摺〉奠定的「打倒美國勢力」與「征服世界」的方針。現今日本及美國的資料大多都認為山本是不主張對美作戰的，但受到上層，特別是天皇的命令，不得不奉命而行。如果沒有天皇欽定的〈田中奏摺〉，山本沒有可能發動這場自知必敗的戰爭。

---

[26]　阿川弘之，朱金、王風芝譯，《山本五十六》（解放軍出版社，1990年）。

（五）美、蘇對日本侵略擴張的警惕

「東方會議」主要乃是針對日本向滿、蒙侵略而召開的，而〈田中奏摺〉是隨東方會議之後提出的「對滿蒙的積極政策」的綱領性文件。俄國自沙皇時期為控制東北而與日本衝突，日俄戰爭失敗後，日本控制了南滿及南庫頁島。後來俄國唆使外蒙古「自治」，使得蘇聯與日本在滿、蒙衝突的擴大無可避免。

〈田中奏摺〉中關於對蘇聯的策略是這樣敘述的：

> 「如赤俄之東清鐵路橫於北滿地，對我之欲造成新大陸頗有所阻害。我國之最近將來在北滿地方必須與俄衝突，……因北滿之富源，我國再與赤俄一角逐於南滿曠野者，實為國運之發展上勢所難免。」

史達林認識到日本的侵略絕非偶發事件，相信〈田中奏摺〉絕非虛傳，必然遵循既定方針實施其在遠東的擴張，終將導致對蘇聯的大規模攻擊。這也就是日本對外侵略的「北進」政策。因此史達林一直主張與國民政府改善關係。特別是在西安事變中指示中共和平解決，擁蔣抗日。「七七」事變後，蘇聯先後派志願空軍約一千架飛機及軍事顧問來華，同時貸款2.5億美元給中國[27]。果然，以後日本在滿、韓交界張鼓峰（1938年）及滿、蒙交界諾門罕（1939年）向蘇聯發動攻擊。諾門罕之戰慘敗後，日本的「南進」政策壓倒「北進」政策，遂沒再能向蘇聯進攻[28]。

---

[27] 請見註腳9中張春祥著作，頁411。
[28] 松本草平，華野、李兆輝譯，《諾門罕，日本第一次戰敗》（山東人

美國在一次世界大戰之後，在太平洋上已受到日本侵略擴張的威脅，日本對外侵略的「南進」政策已在醞釀。美國乃於1921、1922年兩次華盛頓會議中與英、日簽訂了限制海軍軍備的條約，規定英、美、日的海軍噸位應為5：5：3的比例。1927年傳聞〈田中奏摺〉之後，美國非常震驚及重視，曾派了許多情報人員前往東京，並出高價欲得到〈奏摺〉原本，但一無所獲。隨後，美、英、法、義、日五國於1929、1934年兩次在倫敦舉行限制海軍軍備會議，談判限制擴充海軍[29]。

　　二十世紀20年代之前，日本主要侵略的範圍是在遠東（即東洋）。「東方會議」及〈田中奏摺〉發生後，則逐漸擴大到西太平洋。日本為建立地區霸權，思想上信奉「亞洲門羅主義」、行動上建立「大東亞共榮圈」，表面上主張亞洲與美洲井水不犯河水，骨子裏卻要由日本畫地為限，不容歐美列強染指亞洲。

田中義一

　　民出版社，2005年）。

[29]　《山本五十六》，《維琪百科，自由的百科全書》，zh.wikipedia.org/wiki/ 山本五十六。阿川弘之，朱金、王風芝譯，《山本五十六》（解放軍出版社，1990年）。

　　美國民間在二十世紀20年代早期就有人撰文提出日本偷襲夏威夷美國海軍基地的可能。美國海軍學院在1932年就做了一個在太平洋與日本海軍作戰的計畫，提出一旦日本發動太平洋戰爭，美國海軍由太平洋向馬紹爾群島進攻，再依靠臺灣向日本本土發動進攻的方案。此方案以後演化為美國在太平洋戰爭中的北太平洋反攻計畫。美國政府也積極擴充其在太平洋的海軍實力。1933年羅斯福首次就任總統後，力排眾議立即批准了巨額的軍費預算，在戰前就造完，並下水了五艘新型航空母艦：「約克頓」號（Yorktown）、「企業」號（Enterprise）、「小黃蜂」號（Wasp）、「長島」號（Long Island），及「大黃蜂」號（Hornet），其後均參加了太平洋海戰[30]。

　　1936年至1937年，美國駐東京海軍武官申請到日本太平洋諸島上旅行，卻遭日本海軍一再阻攔，唯恐調查其在各島嶼的備戰情況[31]，事實上當時日本人在太平洋上幾乎是無島不備戰，就連位於臺灣東海巴士海峽與美國菲律賓相望的遙遠的前哨──蘭嶼島都修建了四公里長的戰鬥機場[32]。日本侵略的野心，如果沒有政策性的確定是不可能花費如此巨大的人力和財力去準備的。針對日本在中國及太平洋的擴張，美國於1941年2月將原在聖地牙哥的太平洋海軍司令部遷往夏威夷。以上種種跡象表明早在二十世紀20年代及30年代初美國就逐漸認識到日本侵略之擴大和太平洋戰爭是難以避免的。

---

[30]　《U. S. Navy Carrier, List of Carries》, Chinfo, navy.mil/navpalib/ships/carries/cv-list1.html。
[31]　阿川弘之，朱金、王風芝譯，《山本五十六》（解放軍出版社，1990年）。
[32]　筆者親訪臺灣蘭嶼，2007年9月。

（六）日本逮捕蔡智堪及解雇皇宮書府工作人員

〈田中奏摺〉公諸於世後，成為國聯會議的爭論議題。日本代表松岡洋右指陳其為「中國偽造」。中國代表為證實其為真品，洩露了該文件是由皇宮書府抄出的原委。不久，皇宮書府官山下勇等二十八人一律被免職，當時在日本報紙曾以大字標題報導「蔣介石駐日二十八宿歸天」。同時逮捕蔡智堪入獄，並沒收其私人財產[33]。如果〈田中奏摺〉是中國人偽造的，而不是由蔡智堪在宮中抄出，蔡又怎會落得家破被捕？那二十八個宮中的工作人員為什麼會被解職，並大力誅伐，稱其為蔣介石的二十八宿呢？

總的來說，由日本侵略的指導思想、日本侵華元兇的招供、對美戰爭的首次提出、日本太平洋戰爭的計畫、美蘇對日本侵略擴張的警惕，以及日本逮捕蔡智堪及解雇皇宮書府工作人員各方面來分析，都為〈田中奏摺〉的真實性做了肯定的證實。〈田中奏摺〉制定了日本侵略中國、攻擊蘇聯及發動太平洋戰爭的指導綱領，千千萬萬的中國、蘇聯、美國及其他許多國家，以及日本本國的人民深受其害。然而，因為戰後現實政治的影響，造成追究〈田中奏摺〉的困難，是以日本官方及史學界大多一直狡辯、否認其為真實。日本人的否認〈田中奏摺〉與否認「南京大屠殺」是一樣可恥、可悲的。「前事不忘，後事之師」，歷史的公道必須尋回，世界才會有更光明的未來。

---

[33] 蔡智堪，〈我怎樣取得田中奏摺〉，《傳記文學》第7卷第4期，頁40。

開誠篇

中共在大陸上與國民黨鬥爭二十多年，雙方戰事之多、規模之大可謂亙古未有。其間也出了許多傑出的將領，但戰功最大，用兵如神，而堪與歷史上白起、韓信、徐達等名將齊名的，大概應屬粟裕和林彪兩人。林彪驃疾敢深入，攻堅破敵，而粟裕尤長於謀略，善於指揮大兵團作戰。

蔣介石錯殺瞿秋白

　　貴報（《世界日報》）3月10至16日〈瞿秋白從容就義〉描述瞿秋白從1935年2月被捕到6月18日就義的經過，清晰感人。其中提到：「蔣介石獲悉瞿被捕後，立即派要員南下福建長汀，對瞿反覆勸降。」據筆者讀到的國、共雙方資料，這個重要人物乃是當時中統骨幹陳建中。謹向讀者報導、補充如下。

　　陳建中早年加入共產黨，1933年在西安被捕，是年冬在南京參加中統，於1934年初被調往南京，對被捕中共人員進行「說服」（即策反），及對中共地下機關進行「偵破」工作。1949年赴臺，加盟太子系，初任「總統府機要室資料組」副主任，為蔣經國副手，總攬情治業務，主管潛伏大陸的國民黨組織及特務活動，後任國民黨中央黨部第六組主任，負責對大陸「心戰和策反」活動，其後任第一組主任兼黨中央政策委員會委員。1953年主持韓戰後一萬四千名「反共義士」（中國人民志願軍戰俘）遣送（回歸）臺灣的工作，表現突出。1975年升任國民大會祕書長，1996年5月被聘為總統府資政。

　　陳是瞿秋白的老友，交情不凡，他和隨員王傲夫於1935年5月下旬到長汀，與瞿相聚多日，憶往瞻前，無所不談。陳對瞿說：共產主義根本不適合中國國情，而此時中共中央江西蘇區已徹底瓦解，中央紅軍西竄，於蠻煙瘴雨之中被殲殆盡，已是窮途末路；識時務者為俊傑，瞿應棄暗投明，將以有為。

　　瞿告訴陳，中共中央紅軍處境雖然非常艱難，但如能渡金沙江北上，就有可能與張國燾、徐向前的第四方面軍在川西會師。是以還是有希望的，並非窮途末路。

　　另外瞿、陳談到中共的內部鬥爭，不斷替換的許多領導人。瞿告訴陳，中共的諸多領導均非成事之輩，而唯有毛澤東非常人可比。如果中共在他的領導之下，就可能有起色。

　　瞿秋白不為陳建中所動，拒絕投降，於1935年6月18日在長汀被槍決。臨刑前在一個小亭前拍了他最後的留影。瞿在此相片中，瀟灑自如，「慷慨成仁易，從容就義難」，表現了中國知識份子不屈不撓、不畏強權的高風亮節。

　　瞿於1935年2月被捕，當時中央紅軍正處於最艱難的時候，在貴州打轉，不知何去何從（後中共美其名為「四渡赤水」）。4月底，紅軍西竄入滇，5月上旬渡金沙江北上，奔命於大渡河畔，6月初旬翻雪山（夾金山）。而就在瞿秋白就義的同一天，毛澤東率部在川西懋功與李先念及其四方面軍先頭部隊會師。據推理，紅軍這幾個月的發展，瞿秋白在獄中是難以得知的。

　　歷史的發展證明了瞿秋白高瞻遠慮，是個難得的才學之士。瞿秋白在最後的日子裏，曾寫了一篇〈多餘的話〉，感慨於讀書人從政、革命，在政治鬥爭中的無可奈何。因此在「文革」期間遭到嚴厲的批判，謂其與太平天國忠王李秀成同是「對敵人卑躬屈膝的叛徒」。

　　中共有三個首腦人物：陳獨秀、瞿秋白、張國燾，都是在內部權力鬥爭失勢後，落到國民黨手中。陳獨秀關押多年，飽經折磨；瞿秋白就地正法，慘烈犧牲；張國燾則交戴笠畜養使

喚，凌辱有加。這三人都是飽學之士，乃中共思想、建黨、建軍的關鍵人物，蔣介石未能認識到這三個打擊、瓦解中共的大好機會，正確善待這三位中共元老，而押陳、殺瞿、辱張，反而幫中共解決了其內部鬥爭餘下的問題，增強了中共的內部團結及向心力；同時也表露了蔣介石的狹窄心胸，不成大器，使天下離心。

　　齊桓公不計射鉤之危，重用管仲，稱霸一匡天下；李世民盡棄玄武門之仇，聽諫魏徵，昇平貞觀盛世；皇太極未念松山兵爭，禮賢洪承疇，肇基滿清一統。有人說，蔣介石沒能向這些歷史上開創大業的明君們學習，「不能容人，不能用人」，這是他失去大陸江山的主因之一。

（原載於《世界日報・上下古今版》2009年4月20日）

瞿秋白攝於就義前

吳晗失之在算

　　據聞歷史學家、有才子之稱的吳晗，年輕時報考北大，三門學科中，文史一百，英文一百，數學（算術）卻是零分，結果名落孫山。他再去考清華，還是兩個滿分加一個鴨蛋。幸好胡適到清華去說情，得以錄取。吳晗後來專治明史，頗有成就，先後在清華、雲南大學及西南聯大任教，並任清華歷史系主任、文學院院長。

　　吳晗關心社會，以學者從政，先加入民盟，後入共產黨，任北京政協副主席及北京副市長。毛澤東早期禮遇吳晗，即使其解放前訪延安時對「東方紅」的個人崇拜頗有微詞，毛亦「大度」容之。後來在「反右」等多次運動中，吳也都安全過關。

吳晗

1959年4月，毛澤東提倡學習海瑞「剛正不阿，直言敢諫」的精神，囑吳寫些有關海瑞的文章。吳感於「知遇之恩」，非常起勁，一連串發表了〈海瑞罵皇帝〉、〈論海瑞〉、〈海瑞罷官〉等作品。

　　卻未料1965年11月10日，由毛澤東授意、姚文元執筆的〈評新編歷史劇《海瑞罷官》〉，在上海《文匯報》發表，批判《海瑞罷官》「宣傳錯誤的階級思想」、「是一株大毒草」，為文化大革命掀開了序幕，吳晗頓時成了毛澤東發起「文革」運動的祭旗犧牲品。在「文革」中，吳晗飽經折磨，最終在1969年於獄中自殺，導致家破人亡。

　　吳晗的悲劇是中國知識份子從政的典型。大凡為王、為帝者在打天下、創業時多是禮賢下士，要他們去替他喚起群眾，文鬥敵人。但等到天下底定後，總嫌他們想得太雜，說得太多，往往就當鷹犬烹殺了。劉邦創業，請儒生叔孫通替他定朝儀、立威嚴，但他還是拿了讀書人的帽子當尿罐。

　　吳晗雖飽讀史書，卻未「算」到毛澤東比劉邦陰狠得多，乃天下第一號政治算計大師。《孫子兵法・始計篇》說：「多算勝，少算不勝，而況無算乎？」吳晗自幼不習算術，年長從政，悲劇以終，可謂「失之在算」也！

（原載《世界日報・上下古今版》2009年3月27日）

開誠篇

▎功高震主而不賞的粟裕

　　1949年，我尚在孩提之際，隨父母逃到臺灣。當時臺灣風雨飄搖，人心惶惶。記得我父親曾對朋友說：「聽說粟裕就快來了！」六十年過去了，我父早已作古，國共的恩怨也久已消去，只是當年老父的愁容依然在我心頭。這些年四處奔波，探訪過徐州、蚌阜、濟南、萊蕪、孟良崮等古戰場，才深深體會到粟裕的確是一個難得的戰將。

　　中共在大陸上與國民黨鬥爭二十多年，雙方戰事之多、規模之大可謂亙古未有。其間也出了許多傑出的將領，但戰功最大、用兵如神，而堪與歷史上白起、韓信、徐達等名將齊名的，大概應屬粟裕和林彪兩人。林彪驃疾敢深入，攻堅破敵，而粟裕尤長於謀略，善於指揮大兵團作戰。

　　林彪從「八一」南昌暴動（起義）起，上井岡山、江西蘇區反圍剿、長征、抗日及東北決戰，取平津，經略華中、華南、海南都立下大功。

　　但逐鹿中原，徹底摧毀蔣介石捍衛京畿的雄厚武力，而使中共取得政權的淮海（徐蚌）決戰，卻主要是粟裕籌畫、指揮。

　　老實敦厚的朱德在1955年中共審評元帥資格時曾說：「解放戰爭五年的任務，三年提前完成，粟裕的功勞很大啊！他指揮打的仗最多，消滅蔣介石的軍隊最多，給軍委提出的好建議最多。」連毛澤東也說：「解放戰爭時期誰不知道華東戰場的粟裕，蔣介石的幾大金剛，誰不害怕粟裕這個名字！」

但毛澤東在1955年並沒有封給粟裕應得的「元帥」頭銜與榮譽，幾年之後（1958年），又免了他的參謀長職位，釋了兵權，直到老死得不到平反，成了千古奇冤，這到底是為什麼？

功高震主

粟裕於1927年參加南昌暴動（起義），後隨朱德、陳毅上井岡山與毛澤東會師，曾任毛的警衛。兩年後，因戰功升至師長。第一次反圍剿中，參與合圍、殲滅國軍主力，俘擄張輝瓚師長。

1934年為掩護紅軍主力長征，粟裕任「北上抗日先遣隊」參謀長，協同方志敏軍長孤軍奮戰。失敗後方為匯集殘部，囑粟先行突圍。不幸方志敏被捕就義，粟裕僅率五百殘部得以脫險，在浙南進行了三年艱苦的游擊戰，保存並發展了中共在江南的勢力，成為以後「新四軍」的骨幹之一。

抗戰軍興，國共二度合作，粟裕歸屬葉挺、項英領導的新四軍，於江南抗日，1940年渡江北上，在黃橋大敗國軍韓德勤部，奠定中共蘇北抗日根據地基礎。

1941年初皖南事件發生，葉挺被俘，項英犧牲，陳毅代理新四軍軍長，粟裕任蘇中司令員。從此，陳、粟合作經略蘇、魯，並轉戰浙江，屢敗日、偽軍。當時日軍聽到粟裕都說：「粟裕，艾拉伊（日語：了不起）！」

抗日勝利後，粟裕奉命渡江北上，1946年發動蘇中戰役，七戰七捷，從實踐中探索了以後中共在國共戰爭中的發展方式。其後再向北，發動宿北、魯南戰役，打開了共軍在華東的局勢。

　　1947年2月，國民黨大軍全面進攻山東沂蒙山區共軍根據地。粟裕擬出主動放棄臨沂南線，誘敵深入，發動十個縱隊、二十萬兵力在萊蕪合圍、全殲國軍李仙洲五萬二千大軍。三個月後粟裕一改共軍擊弱避強的戰略，提出「百萬軍中取上將首級」（註：陳毅語），再度調遣全軍圍攻國軍王牌主力——整編七十四師，在孟良崮消滅國軍三萬二千人，擊斃張靈甫師長（或謂自殺殉職）。此役粟裕出奇致勝，造成國共內戰的轉捩點。從此共軍由防禦轉入進攻，國民政府因此役戰敗頓失信心，並引起財經恐慌，每況愈下。

　　1948年初，毛澤東離開駐守十二三年的陝北，渡過黃河到山西，提出「打倒蔣介石、解放全中國」的號召。後在河北西柏坡擬定全國進軍作戰方案，令粟裕率三個縱隊渡長江南下騷擾國府核心所在，逐步消磨國軍實力，計畫在四五年後達到勢均力敵，然後再做總決戰。粟裕接令後，感到此戰略乃屬下策，遂前往西柏坡，斗膽直陳，勸毛效仿明初徐達北伐滅元——「先取齊魯，掃河洛，再趁勢直搗北京，元帝不戰而遁」，以得天下的經驗，提出「爭取中原，決戰於淮海」的戰略。經毛同意，並給粟一個月時間，全盤更改了毛澤東「解放全中國」的中原戰略計畫，並構畫出其後淮海會戰的初步藍圖。

　　幾乎同時，白崇禧向蔣介石提出「守江必守淮，守淮必守徐州，爭取中原，決戰於徐蚌」的戰略，並要求蔣給予他華中與徐蚌的統一指揮權，但未被採納。直至是年深秋，淮海（徐蚌）會戰前夕，蔣答應了白的要求，但白認為「為時已晚」，不願到徐州去指揮作戰，使國軍方寸大亂。

　　是年秋，粟裕指揮華東野戰軍，首先攻下濟南重鎮。繼之

發起淮海（徐蚌）會戰，首先在徐州之東的碾莊圍殲國軍黃百韜大軍。接著尾追、緊逼，得以包圍由徐州南撤圖救黃維兵團的杜聿明、邱清泉、李彌、孫元良的二十萬大軍，配合劉鄧大軍於雙堆集殲滅黃維大軍。後兩部遂合圍、全殲杜、邱等部於陳官莊，基本瓦解了蔣介石在中原的精銳部隊。

淮海（徐蚌）會戰確定了國共逐鹿中原的成敗，是中共取得天下最關鍵的一戰，在構思、計畫及執行作戰各方面，粟裕均為首功。

1949年渡江戰役、解放上海、經略東南，粟裕也都立下大功。

渡江戰役之前，毛澤東已決定由四野南下肅清李宗仁、白崇禧桂系實力，二野西進四川殲滅胡宗南大軍，採取「爭城爭地，消滅敵人有生力量」的戰略。而粟裕及三野的任務是進軍東南，並計畫在1950年占領福建。

當時粟向毛提出「早日入閩，一鼓作氣以取臺灣」，師法孫臏「圍魏救趙，直攻大梁」，及曾國藩「直搗金陵，拔其（太平天國）根本」的戰略。三野遂於1949年8月「提前」進入福建。

蔣介石於1949年1月21日下野前，審時度勢，擬定了以臺灣為根本，空間換取時間，期待時局轉變的策略，希望在西南地區盡可能拖住共軍，相對增強臺灣防禦。1950年初，國府大陸盡失，但海、空軍優勢猶在，仍堅守臺灣、舟山、海南、大陳、金門、馬祖諸島。

毛澤東任粟裕為攻臺總指揮，策畫渡海進軍。粟裕先提出緩攻舟山、海南之策。據聞後粟曾再向毛建議「置舟山、海南

於不顧，直攻臺、澎」的戰略，但未被毛採用。

後共軍在金門大意失利，全軍覆沒。1950年春天，四野悍將韓先楚率十萬大軍強渡瓊州海峽，進取海南島。蔣介石令薛岳將大部分（六七萬）軍力撤往臺灣，同時囑石覺將舟山十二萬軍民完整地轉運臺灣，使臺灣防衛實力倍增，號稱「六十萬大軍」，分別部署於金門、馬祖、大陳、澎湖及臺灣本島，並控制臺灣海峽，鞏固了臺、澎防衛。蔣介石敗而不餒，挽救了臺灣，不失為一世英明，也正與粟裕所見略同。

此時，粟裕向毛澤東提出「三野攻臺兵力不足」的憂慮，希能增兵再圖，並請以林彪四野，或劉伯承二野為主力攻臺，也未能被毛採納。

春、夏之際，臺灣海峽風浪較平緩，歷史上鄭成功、施琅均於此時過海攻臺。但中共在1950年錯過了這個千載難逢的時機。是年夏日，朝鮮戰爭爆發，美軍侵入北韓，毛澤東決定擱置攻臺，而出兵朝鮮。原欲調粟裕為「抗美援朝志願軍司令」，但粟裕稱病，遂前往青島療養，後擔任解放軍副參謀長，接著升任總參謀長。

粟裕原為小學教師，未曾受過正式軍事教育，由戰鬥實踐中吸取經驗，卻能做到運籌帷幄之中，決勝千里之外，善於指揮大兵團作戰。而其用兵奇正、變化無窮，戰無不勝，功無不取，為中國自古以來不可多得的戰將。

林彪個性孤僻，與人寡合，唯喜與粟裕談論作戰、兵事，英雄相惜，知其才也。然粟裕身形瘦小，為人謙和，頗似太史公司馬遷評張良之貌：「余以為其人，計魁梧奇偉，至見其圖，狀貌如婦人好女。」可見粟裕城府深謀，有張良之風，

非常人可比。

未封元帥

　　對於粟裕在1955年未能被封為元帥，而淪為次級的「大將」，中共的主要解釋是由周恩來出面發言。他說曾與粟裕談過，但粟裕「提出請求辭帥，態度很誠懇，他說：『我黨、我軍許多老前輩在，他們資歷更老，威望更高，貢獻更大，應該首先考慮他們，有利於全黨、全軍團結。』」這個解釋很難令人信服。

　　多年來，中國大陸各界對粟裕的未能被封為元帥，意見很多。當1955年評軍銜時，民主人士黃炎培即大力呼籲：「粟裕應該評元帥，這是眾望所歸啊！」筆者曾到山東萊蕪、孟良崮等古戰場訪問，當地百姓為此事意見很大，均為粟裕抱怨。

　　毛當年封元帥要顧及歷史因緣，搞平衡。葉劍英、羅榮桓、陳毅三人實非帶兵作戰的將領，缺乏指揮戰鬥經歷。但葉為「廣州暴動（起義）元老」，羅是毛的「秋收班底」，而陳為南昌暴動（起義）殘軍中唯一未脫隊，並協助朱德上井岡山的領導，所以毛將這幾個「元老」封為元帥。

　　粟裕戰功雖大，但一再更改、質疑「毛主席偉大的戰略思想」。這是毛的隱痛，怎能表揚呢？韓信不也是先被封齊王、楚王，再降為淮陰侯嗎？

　　粟裕為人謙和，曾兩讓司令，但在毛澤東得到天下後，論功行賞時，卻落得個「次級」。據聞在1955年授銜典禮時，粟裕曾痛哭失聲。有人說他感動於毛主席的賞識，但也有人說他心中深感委屈。孔子曰：「君子無所爭，必也射乎！」怎能

「揖讓而退」呢？

《孫子兵法·始計篇》開宗明義地說：「將孰有能？……賞罰孰明？……吾以此知勝負矣！」諸葛亮於〈前出師表〉中告誡後主：「陟罰臧否，不宜異同」為治國之根本。賞罰不明乃治軍必敗、治國必亂之始也。

批鬥釋兵權

1958年3月，毛澤東在成都舉行的中共中央會議上批評：「軍隊落後於形勢，落後於地方。」指示彭德懷召開一次軍委擴大會議，用「整風方式檢查、總結建國以來的軍事工作」。

是年5月24日，軍委擴大會議在北京舉行，矛頭直指粟裕與劉伯承二人。劉被指為「教條主義代表人物」。而粟裕則被稱為「資產階級個人主義」，在大會上被千人批判，罪名為「一貫反領導」、「反黨、反領導的極端的個人主義者」、「向黨要權、爭奪軍隊權限、向國防部要權」、「兩讓司令、搞陰謀」，及「告洋狀、裏通外國」等等。經過五十多天的批鬥會議，他被「鬥臭鬥倒」。毛澤東於會後對他說：「你不能怪我哦！」遂解除了粟裕的參謀長職務，調任軍事科學院副院長，但對他的「錯誤」並沒有發表任何文件，也沒做任何結論。就此，粟裕被釋了兵權，從此被打入冷宮。

至於粟裕被鬥而釋兵權，大陸盛傳主要是他與彭德懷搞不好，也得罪了聶榮臻而引起。但召開軍委擴大會議明明是毛澤東的命令。彭、聶二人均為耿直有守之士，彭德懷沒多久就在廬山會議被鬥倒，他和粟裕同為受害者，哪有力量去鬥粟裕呢？而聶榮臻也哪有那麼大的權勢發動千人，經歷五十多天來

鬥臭、鬥倒粟裕呢?

事實上,讀者只要沉思一下,批鬥的事到底誰能拍板、說了算?就會清楚這些都是毛澤東的旨意。

毛澤東之於粟裕正如曹操之於楊修──知其才而用之,愛之、忌之,而惡之。曹操曾對人讚揚楊修,說:「吾才不及之,乃覺三十里。」最後還是借「雞肋」小事,殺了楊修。正如朱德所說:「解放戰爭中,粟裕指揮打的仗最多,消滅蔣介石的軍隊最多,給軍委提出的好建議最多。」但也正因如此,功高震主,以致招禍。曹操、毛澤東之屬的梟雄雖表面寬宏大量,實則心地猜疑、忌才。

粟裕在晚年寫了一本《粟裕戰爭回憶錄》,令人驚奇的乃是其中對淮海會戰隻字不提,這正是因為他深知「淮海功高震主」。但此舉留給史學上極大的遺憾。

粟裕(左二)指揮孟良崮戰役

　　從1957年起，毛澤東開始發起反右，次年毛又發動三面紅旗：人民公社、大躍進及總路線，還弄出個大煉鋼，搞得全國天翻地覆，民不聊生。像粟裕、劉伯承、彭德懷這幾個富於獨立思考、見義直言的人，毛此時怎能放心讓他們手握兵權呢？粟裕也就落得「一貫反領導」等罪名，和劉、彭先後被罷官了。

　　1972年初，陳毅去世，毛澤東突改多年不送葬的習慣，臨時決定參加葬禮。在八寶山公墓見到了多年未遇的粟裕，親密地與他握手，語重聲長地說道：「現在井岡山的老同志不多了！」此情正如1963年毛弔羅榮桓時所說：「記得當年草上飛⋯⋯」意思是：「想起當年我剛落草的時候，你就拿了把大刀，跟著我一起上山了！」毛對粟裕的情誼是複雜而矛盾的。

含冤而死

　　毛澤東去世以後，粟裕於1979年對時任軍委副主席的葉劍英說：「我1958年受到錯誤批判，二十多年來一直揹著沉重的包袱，長期以來黨內民主生活不正常，自己一直克制著，現在才說出來，要求組織上對這個問題做個公正結論。」當時鄧小平、葉劍英在位，但1958年對粟的「錯誤」沒有正式的文字憑據，他們兩人對這個問題也不知怎麼辦理，就擱置了。以致到1984年粟裕去世時，中共中央尚未能做出對他的「平反」，粟裕可謂「含冤而死」。

　　直到粟裕去世十年後，中共中央才於1994年2月在《人民日報》和《解放軍報》刊登了一篇文章，追憶和高度評價粟裕為革命立下的豐功偉績和高風亮節，特別明確地指出：「1958

年，粟裕同志在軍委擴大會議上受到錯誤的批判，並因此長期受到不公正的對待，這是歷史上的一大失誤，這個看法是中央軍事委員會的意見。」

焉知非福

中國自古以來，得天下的帝王對功臣大多是「飛禽盡，良弓收；狡兔死，走狗烹」：白起自刎而死，韓信慘遭凌遲，徐達背疽賜鵝，林彪折戟沉沙，這些百戰百勝、叱吒風雲的名將，哪一個得到好的下場？從這個觀點來看，毛澤東的「批判釋兵權」比趙匡胤的「杯酒釋兵權」還要「高明」，使粟裕躲過了「文革」浩劫，得以貽養天年。也許粟裕在九泉之下，還得向毛主席感謝他老人家給予的「恩賜」。

（原載於《世界日報・上下古今版》2009年3月12日）

從澎湖到馬場町
──紀念張敏之先生

2006年夏天，我趁回臺之便，順道到澎湖遊覽，徜徉於碧海藍天之際。海峽上島嶼星羅棋布，風景如畫，不禁激起了對澎湖舊事的感懷。其中最令人慨嘆的當屬張敏之先生（或謂「七一三」）事件。

1949年，山東煙臺聯中校長張敏之先生，為維護八千流亡學生，挺身抗爭，最後被送臺槍決。此乃當年國府遷臺之初，白色恐怖牽連人數最多的一大冤案。

回美後，正巧讀了張敏之夫人回憶錄──《十字架上的校長》。近百齡的張夫人王培五女士以愛的寬恕來追憶往事，令我感佩。

在臺北我曾回到孩提時代常去的馬場町，在那裏徘徊凝思良久。也許我就是張先生生前最後見到的幾個人之一了。

1949年兵荒馬亂之際，我隨父母逃到臺灣，住在水源路馬場町附近。當時那兒是臺北市郊區，地曠人稀，新店溪清澈見底，風景怡人。我常與玩伴到河邊玩耍，不久發現下午時分，經常有車輛押送「犯人」到那裏。

原來馬場町乃是當年國府處決政治犯的場所。那時我與玩伴均是幼兒，懵懂無知，只是好奇地看著受刑人被押解下車，行刑，到事後驗屍。幼小純潔的心靈哪知道暴政的殘酷，也從來沒有感到他們是「壞人」。見到受刑人有沮喪哭泣的，也有視死如歸、面目自如的。一兩聲槍響，他們就離開了人世。當

時我並未見到像大陸書刊上所描述的臨刑高呼：「共產黨萬歲！毛主席萬歲！」的情景，倒是好幾次聽到「蔣總統萬歲！我是冤枉的」的慘呼。

1949年國府大陸失守遷臺，風雨飄搖之際，當政者「寧可誤殺一千，不能放過一人」。那時老百姓有句話：「要逢年過節才能殺隻雞，但殺個人就容易多了。」當我去年夏天到馬場町懷舊憑弔時，見到昔日的刑場已改為「馬場町紀念公園」，遇見一位在附近住了幾十年的長者，他告訴我當年他有個朋友只因送了張名片給一位「匪諜」，也就被送來此地槍斃了。

張敏之先生是一位了不起的教育家，在抗戰時期，就從事於教育流亡學生的艱難工作，後任山東煙臺聯中校長。1949年，國府局勢逆轉，他帶領八千流亡學生，輾轉奔波，原望遷臺復校，但當時因入臺管制，而令其暫將學生轉運澎湖。當時防守澎湖的軍方領導因兵源缺乏，強迫這些中學生參軍。張先生為維護學生求學權益，挺身抗爭。軍方扣以「匪諜」罪名，謂其「煽動學潮，擾亂治安，組織兵運，顛覆政府」，送臺審判定罪。他和其他六位師生在臺北馬場町被槍決，一百多師生在澎湖被處決，另有許多學生被投入海中溺斃。

為什麼一個終生為教育獻身的英才，會落得如此的下場？令我不禁想起海峽彼岸，功在人民的劉少奇，不也是以「國特、叛徒」罪名冤死獄中嗎？

柏楊先生說得好：「千斤冤酷出海底，一片丹心爭日光！感謝這個時代，祝福所有為爭自由、尊嚴而奮鬥不懈的人！」我要對如張敏之先生一樣，許許多多為爭自由、民主而獻身的

人們致最高的敬意，是他們的鮮血與犧牲，衝擊了強權劣政，導致了今日臺灣的民主、自由與進步。我也要向如張夫人王培五女士一樣許許多多受害者的家屬，致以最誠摯的感佩，是她們的堅毅與寬恕，克服了艱難逆境，引導了她們的家人及社會，走到今日的安康。我願歷史的錯誤不再重蹈，舊日的恩怨逐漸消去，使臺灣走向一個更美好的明天。

今日馬場町紀念公園鮮花遺塚

與毛澤東同上井岡山的盧德銘

　　毛澤東晚年曾對別人說，他一生就做過兩件事：其一是把蔣介石趕到小島去了，另外就是弄了個文化大革命。這說明經世治國非毛所長，而板蕩爭戰則無出其右者。但毛本一介書生，從來沒有受過任何正式的軍事訓練。

　　著名影星林黛的父親，前人民代表大會副主席，程思遠先生生前曾告訴筆者，當1965年他隨李宗仁回北京定居時，有一天被邀請到中南海毛澤東寓所去游泳。在池邊，他問毛：「主席精通韜略，威震四海，不知主席的軍事雄才是淵源於我國《孫子兵法》，還是西方克勞塞維茲的《戰爭論》？」毛聽後，未做答覆，停了少頃，突然大聲地對程說：「我哪學過什麼軍事？當年被逼上了山，只得被打著就跑，跑了又打，也就這麼弄出來了一套！」

　　可見毛自認「上井岡山」是他軍旅生涯與革命事業的開始。毛澤東是如何上井岡山的？是誰率軍同他一起上井岡山的？

　　盧德銘這個名字現在對一般人來說是十分陌生的，很少人知道他是促成毛澤東開啟其武裝鬥爭和軍事生涯的人，是秋收起義的總指揮，也是中共第一個為其武裝革命犧牲的高級將領。

　　1927年春，經過三四年的國共合作，北伐成功地進展到長江流域後，國民黨開始清黨，共產黨員大多被殘殺。是年8月1日由周恩來、賀龍在南昌發起武裝暴動，旋即失敗。

盧德銘

　　繼之8月7日中共中央會議決定，派遣臨時政治局候補委員毛澤東為中央特派員，前往湖南、江西籌畫秋收起義，決定於九月八日在湘、贛兩省多處發動，然後會師奪取長沙。9月上旬毛抵達安源，召集中共黨負責人及軍事領導，統一編成「工農革命軍第一軍第一師」，下轄三個團，擁眾號稱五千人，由盧德銘任總指揮，毛澤東任前敵委員會書記。

　　盧德銘，四川自貢人，生於1905年，1924年入黃埔軍校二期，加入共產黨，先為葉挺屬下連長，參加北伐，後任武漢國民政府警衛團團長。他於8月初前往江西參加南昌暴動，失敗後來到湘、贛之界。

　　秋收起義於9月9日發動後，幾路隊伍均受挫，殘部集合到湘、贛之交的瀏陽文家市。在那裏，毛澤東召開了前委會議，討論下一步的進軍計畫。在會議中出現了「攻」與「退」兩種意見。一部分人贊成毛澤東的主張：「保存實力，應退萍鄉。」另一部分人贊成以師長俞灑度為首的意見：「取瀏陽，直攻長沙。」會開了一整夜，爭論得非常激烈。毛澤東提出到

羅霄山脈中段去當「山大王」的計畫，遭到俞灑度等多人反對。他們認為：「革命怎能到山上做大王？這叫什麼革命？」在爭論中，毛得到盧德銘及其他幾個前委員的支持，遂做出「向萍鄉退卻」的決定，其後發展成「向羅霄山脈中段進軍」及「上井岡山」，形成中共「以鄉村包圍城市」的戰略，多年後終將國民黨擊潰。

9月20日，工農殘軍約一千五百人由文家市向萍鄉進發。當時幾路敗軍滙集，軍旅雜亂。23日晨在經過萍鄉附近的盧溪，正向羅霄山脈中段的蓮花進軍途中，因放哨有誤，遭到地方部隊伏擊，軍陣大亂。盧德銘為了穩住軍心，掩護大隊撤退，親率一連兵士殿後。但所騎白馬目標顯著，有似龐統入川，不幸中彈犧牲。時年僅二十三歲，成為中共建軍以來第一個犧牲的高級將領。當時毛澤東痛失肱股，悲傷不已，大呼：「還我盧德銘！」

近年來，我在中國每當問起：「盧德銘是誰？」答案多是：「不知道。」2006年秋我與老妻前往四川自貢遊覽，見到旅遊地圖上標了一個景點──「盧德銘故居」。為好奇心驅使，乃雇了輛出租車向自貢南郊駛去，道路愈走愈難行，最後走到田埂小道，行車十分困難，幾度路絕，好在師傅技術高明，且進且退，沿途向農民問路，得他們指點向前尋索。

最後在田埂旁遇一中年婦人及幼童，我們問她：「盧德銘故居怎麼走？」她告訴我們：「沿此小徑還有一段距離，路不太好走。」又說：「我是盧家第三代媳婦，這孩子就是他的曾孫女。」我們聽了後十分驚喜，總算找到盧德銘故居了。請她們母女二人上車，帶領我們前行。在泥濘小道又走了十來分

盧德銘故居

鐘，下了一個大坡，進入一個閉塞的小山漥裏，那婦人告訴我
們：「這就是盧德銘的故居。」

　　我們四周張望，沒見到任何紀念碑，也沒見到任何房舍有
刻字標誌。一位老人指著一處告訴我們：「這裏原就是盧家的
老屋所在，但早就破毀，拆掉了，現這裏也沒有任何他的遺物
了。」老人還說：「我們沒車子，走出去要很久，平常也不大
出去。」旁邊建了幾所房舍，其前有一水塘，四周竹林環繞，
初秋之際，葉落蕭索，令人傷感淒涼，這真是我見過的最簡陋
的「烈士紀念」。

　　歸途回望，只覺人去樓空，魂何以歸？真不知盧德銘的遊
魂是否還在江西深山中遊蕩著？更不知他在天之靈是否知曉，
當年他與毛澤東同夥並肩、滿腔熱血地向井岡山進發，導致了
其後中國翻天覆地的巨變？「出師未捷身先死，常使英雄淚滿
襟！」盧德銘這個改變時代的歷史人物怎能被遺忘呢？

▎潘漢年功高知情而蒙冤

　　《孫子兵法・用間篇》道：「明君賢將動而勝人，成功出眾者，……知敵之情者也。」說明了在政治、軍事鬥爭中，情報是非常重要的一環。中國現代國共鬥爭中，出了兩個情報奇才：共產黨的潘漢年和國民黨的戴笠。他們二人都各為其黨立下大功，但潘漢年對中共的貢獻較戴笠對國民黨猶有過之。

　　潘漢年於中共建國初年（1955）突然被祕密逮捕，後被定罪為「長期暗藏在中國共產黨和國家機關內部的內奸份子」。他在監獄、勞改農場度過了二十四年飽受折磨的餘生。直到他死後三年（1982），中共中央才為潘漢年平反，發布〈關於為潘漢年同志昭雪、恢復名譽的通知〉，其中說：「潘漢年同志是我們黨的一位很老的黨員，在黨內的歷史任重要領導職務，對黨和人民的事業有過許多重大貢獻。1955年以後被錯定為『內奸』，受到錯誤的處理，蒙受冤屈二十多年。」潘漢年被稱為「中共建國後的第一大冤案案主」。他為什麼獲罪蒙冤？至今猶是眾說紛紜，真假難辨。

　　潘漢年出生為書香子弟，能文善詩，頗富機智，十七歲開始文藝工作，參加郭沫若、郁達夫等創辦的「創造社」。在第一次國共合作期間，隨郭沫若擔任政治宣傳及編輯工作，後與魯迅等建立「中國左翼作家聯盟」。他於1925年參加共產黨，最初主要在周恩來領導下與陳雲、陳賡等在上海從事地下工作，為保護當時危機重重的中共黨中央而捨身效力。後前往江

西蘇區，1933年閩變發生，潘奉命前往福建與蔡廷鍇、蔣光鼐
領導的十九路軍談判，達成〈反日反蔣初步協議〉。

　　1934年，中共中央蘇區在蔣介石「第五次圍剿」之下，情
勢危急。潘漢年與何長工兩人前往廣東與陳濟堂部進行談判，
達成停戰協定，是年10月紅軍主力得以由江西向西流竄（長
征）。在長征途中的遵義會議中，毛澤東掌握了軍政大權，乃
派潘漢年及陳雲離隊前往蘇聯擔任聯絡工作。1935至36年間，
潘漢年代表中共奔波於莫斯科、香港、南京、西安之間，與國
民黨鄧文儀、張沖、陳立夫、張學良等密談，探討國共第二次
合作、建立民族統一戰線以及紅軍與東北軍的合作。1936年
12月，西安事變發生，潘由上海前往南京會見宋美齡、宋子文
等，為事變的和平解決做了許多工作。事變和平解決後，潘多
次隨周恩來與蔣介石、陳立夫、張沖等會談，達成國共第二次
合作，聯合、統一對日抗戰。

　　抗戰期間，潘活動於香港、上海、南京等地，打入敵偽、
日本軍政界，並與軍統、中統鬥爭，為中共擴展華北根據地而
努力。1941年夏，潘事先獲知希特勒將發動攻蘇，及日本將摒
除「北進」而計畫「南進」，向太平洋發動戰事的情報，使得
中共中央得以有效策畫以應時變，繼續擴大發展。1945年，抗
日勝利後，在與國民黨爭奪接收日、偽投降中，潘漢年領導的
情報系統提供了大量的情報，使得共軍搶占許多城鎮。其後全
面內戰爆發，潘卓越的情報工作成為共軍擊潰國軍的主要原因
之一。中共建國前夕，潘漢年將國內外大批的「民主人士」祕
密護送前往解放區，以統戰瓦解國民黨。當時毛澤東對潘的工
作一再讚賞，親切地呼其為小開（註：綽號，意為小老闆）。

建國後，潘隨陳毅工作，擔任上海常務副市長、市黨組書記，負責恢復生產、治安及管理工商。1955年春，潘漢年前往北京參加中共全國代表會議，4月3日夜在北京飯店突被祕密逮捕，送往秦城監獄羈押。

　　據中共官方聲稱，潘之獲罪是由於他於1942年9月在南京被敵偽特務頭李士群和胡均鶴「挾持」去見了汪精衛，但一直沒有向上級報告。1955年3月在北京召開的中共全國代表會議中，「高崗、饒漱石反黨聯盟」的報告是主要的議程。毛澤東囑參加會議的人自行做檢討。潘漢年乃私下向陳毅呈交了一份報告，「坦白交代」了1942年他去見汪精衛的事。陳毅拿了這份報告去見毛，毛見到潘的報告後，當場大怒，立刻批示：「潘漢年此人從此不能信任，並應立刻逮捕審查！」4月3日夜，由公安部部長羅瑞卿親自率屬下去北京飯店押解，送往秦城。

　　接著由時任情報部長的李克農主持，經過三個月的詳細調查，做了一份報告，認為：「潘漢年一再打入敵偽組織，利用漢奸、叛徒進行情報工作，均由上級指示而行，並有文件報告存檔，而也一直未洩露中共組織機密。潘所屬的重要關係，當時還正在起著絕祕的作用，是毛主席、周總理所知道的。」那時周恩來、陳雲也明確反對加罪於潘漢年，這個案子停滯下來，潘遂在秦城待了多年。

　　卻是到了1962年，毛澤東在「七千人大會」上發言說：「有個潘漢年，此人當過上海副市長，過去祕密投降了國民黨，是一個CC派人物，現在關在監獄裏頭，但我們沒有殺他。像潘漢年這樣的人，只要殺一個，殺戒一開，類似的人都得殺。」毛的這份「點名」發言將潘案定了性，公安部遂重

開誠篇

127

新做了報告，經毛批示：「潘漢年是暗藏黨內很久的內奸，罪行極為嚴重，論罪該殺，但是從內部查出，給予寬大處理。」1963年10月，最高人民法院宣判潘漢年有期徒刑十五年，剝奪政治權利終身。但旋即給予假釋，與妻子董慧一起被下放到北京團河農場勞改。「文革」開始後，潘於1967年5月再度被押往秦城監獄，並重判無期徒刑、永遠開除黨籍，與董慧被下放到湖南茶陵的洣江茶場勞改，直至1979年去世。兩年後董慧也含冤隨之而去。

毛澤東對潘漢年案的定性在當時就出人意料。他的罪名不是「與汪偽勾結」，也不是「高饒同黨」，而是「國民黨特務CC派人物」、「投入敵偽」。1982年，中共為潘漢年平反，全盤否定了這個謬論。但當年毛澤東為什麼一定要納潘入罪呢？國內有人說，因為潘漢年在莫斯科與王明「走得太近」，引起毛的猜疑。這個道理不太合邏輯。如果潘走王明的路線，毛早應在當時或延安整風時就把他整肅了，哪會繼續重用他，等到二十年後，王明已無大作用時才動手呢？另外也有人說，潘是被康生和柯慶施所陷害。康、柯的確是小人、奸臣，但只是「爪牙」之屬，承毛旨意辦事而已。

毛整肅潘的關鍵當然是潘與汪精衛會見的事，也有傳聞見面的時間不是1942年，而是在1943年，甚至還見過兩次。國內主流的說法是潘隱瞞了毛十二三年才向他報告，毛遂認為潘不可信。這也很不合邏輯，因為在會見之後，國民黨的報紙很快就登出這個消息，而延安也立即否認。中共組織嚴密，層層節制，連國民黨都知道了，難道中共內部不會「搞清楚」嗎？國內又強調潘漢年去見汪精衛是被李士群、胡均鶴「挾持」去

的。但只要稍具政治、行政甚至商業經驗的讀者不難知道,如果潘沒有毛的指令授權,汪是不可能見他的。

　　十來年前,中共為了紀念潘,拍了一部很有水平的連續劇──《潘漢年傳》。其中描述到汪、潘會見的情景,汪對潘說:「我與你們毛先生原來是朋友,後來被別人挑撥,產生了誤會。我要告訴你們,不要跟蔣介石搞到一起。他懂什麼?他只是個軍閥。」而潘則義正嚴詞地強調汪與敵偽應投向新四軍。這其中說明了幾點:會談中提到毛與汪的舊情、紅軍與敵偽的「合作」,及共同反蔣。

　　當今國、共雙方都忌談的一段歷史乃是:毛澤東與汪精衛的交情非比一般。汪是毛初出茅廬時的恩師、後臺。國共第一次合作時,毛澤東於1923年加入國民黨,結識了汪精衛。汪十分欣賞毛的才華,特別是兩人對詩詞愛好的相投,對毛多所關愛、提拔,使毛得以在國共合作中初露鋒芒。次年1月在廣州召開的第一次全國代表大會上被選為中央候補執行委員,2月到上海擔任上海執行部委員及組織部祕書。1925年1月,毛在中共第四次全國代表大會落選中央局委員,但是年10月他到廣州後,汪將其宣傳部長的重要職位交給毛代理,後極力支持毛澤東任全國農民協會總幹事,並創辦農民運動講習所。由此可見,汪是毛政治生涯的引導人。毛澤東當時在國民黨幹得很起勁,曾受到蔡和森的指責。柳亞子也曾警告他國共合作很危險,毛卻與柳極力爭辯。可見當時毛對汪感念之深。

　　潘漢年於1939年4月離開延安前往上海做地下工作時,正值汪精衛自重慶出走河內,發表豔電,主張與日本人合作,並籌組偽政府之際。據國內流傳,毛澤東曾與潘單獨面談,提到

他和汪的舊情，囑潘到上海、南京後，設法去和汪精衛取得聯繫，並轉達他的「口頭致意」。而基於當時中共發展的需要，與汪精衛、敵偽的聯繫是必要的。潘到京滬後，很快就見到李士群、周佛海等。毛澤東在抗日期間，最重要的目標就是發展、壯大中共，與蔣介石抗衡。據徐向前的回憶錄《歷史的回顧》記載，「七七」事變後，毛澤東在洛川會議上發言：「我黨要提高警惕，堅持統一戰線中的獨立自主原則，發展壯大自己，在政治上、組織上保持我黨的獨立性，以免被蔣介石吃掉。」抗戰之初，中共在華北迅速地發展，但其後遭到日軍及國民黨兩方的壓制。1939年，汪精衛籌組中方第三勢力（偽政權），毛澤東非常關注；1941、42年希特勒席捲蘇聯，蘇共搖搖欲墜，毛也必須考慮改變策略、另找出路；到了1943年，軸心國敗跡已現，戰後接收問題提上議程，當時國民黨戴笠與敵偽大部分要員都取得聯繫，毛也囑潘漢年加緊工作以備與蔣介石在戰後爭奪地盤。另外，人孰無情，不知毛這份「感念知遇之恩」又是如何教潘轉達「致意」的？

潘漢年

總之，於公於私，潘受毛指令去見汪是合理而切實的。正如1955年李克農報告所說的：「均由上級指示而行，……。潘所屬的重要關係，當時還正在起著絕祕的作用，是毛主席、周總理所知道的。」但這些都是不足為外人道哉，特別是過了十多年後，時過境遷，堂堂的「偉大的領袖」如果被傳說是被惡名昭張的「漢奸」培養、曾與「漢奸」溝通合作，那豈不是有失「英明」了嗎？而一貫宣傳的「獨挑大樑、堅決抗日」豈不是無法自圓其說嗎？1955年，潘重提舊事，他那份交陳毅轉給毛澤東的報告也許說了一些毛澤東見不得人的事，才使得毛大為震怒，認為潘論罪該殺呢？而當年在敵偽特務工作，安排並與潘同去見汪精衛的胡均鶴在抗戰勝利後投奔中共，且立了大功，卻在潘被捕前幾個月被收押，後監禁到1984年才平反、釋放。50年代時，李士群早已去世，胡成了當年潘會見汪精衛的唯一見證人。莫非此事也害了胡坐了三十的牢獄？

　　武則天曾重用來俊臣（註：「請君入甕」出自此君）監視群臣、剷除異己。最後武決定去掉來俊臣。臨刑前，來頗為泰然地說道：「我知道的內情太多了！」《孫子兵法・用間篇》道：「間事未發，而先聞者，與所告者皆死！」潘漢年莫非為「先聞者」而慘遭牢獄、蒙冤而死？

（原載於《美南週刊》2014年2月23日）

為吉星文、林彪討個公道

幾年前，筆者到江西南昌遊覽，參觀了「八一起義紀念館」，見到許多珍貴的歷史文物。展廳的牆上掛滿當年參加起義志士的相片：周恩來、賀龍、朱德、……，連郭沫若、蔡廷鍇、宋慶齡等等都赫然在望，卻少了一個人，令我有「遍插玉照少一人」之感。逐找到管理員，問道：「怎麼少了一個人？」他立刻答道：「全得很，不會吧？」我乃說：「林彪到哪去了？」管理員滿臉通紅地說道：「我們也注意到這個問題，希望將來林彪的相片能回來。」

我曾多次前往北京「盧溝橋抗日戰爭紀念館」，但沒有見到吉星文的名字。在大陸，我遇到許多青年才俊，問他們：「吉星文是誰？」答案幾乎都是：「從來沒聽過！我們教課本上沒這個人！」有關「七七」事變的文章、書籍多如牛毛，但也幾乎都沒提到吉星文。

今年（2011）8月由中國社會科學院近代史研究室主持編纂，中華書局出版的巨作《中華民國史》，以「大事突出，要事不漏」為取材原則，堪稱「正史」。全套圖書共三十六冊，其中有八冊為《人物傳》，選取民國年間，政治、經濟、軍事、外交、文化、科技等領域的代表人物近千人，撰寫人物簡傳，內容豐富，周全備至，但其中也沒見到吉星文的名字。

在《大事記》的第八卷（1937至1939年）裏記載「盧溝橋事變」中有如下兩段：「7月6日：第二十九軍第一一〇旅旅長

何基灃要求第二一九團密切注意監視日軍行動，……，營長金振中隨即召開軍事會議，要各連按何基灃旅長命令做好戰鬥準備，……。」及「7月8日凌晨：4時50分，日軍向宛平城開炮轟擊，我第二十九軍吉星文第二一九團金振中營開槍還擊，抗日戰爭揭幕。」這就是整個《中華民國史》中唯一提到吉星文的一次。似乎他所曾做的只是將何基灃旅長的命令轉達給了金振中營長，自己就靠邊站，和盧溝橋抗日根本沾不上邊。

林彪畢業於黃埔四期，後隨周恩來、朱德參加「八一」南昌暴動，失敗後為少數緊跟朱德上井岡山的紅軍幹部。其後在反圍剿、長征及平型關抗日均立下大功。國共內戰中，林彪前往東北領導全局，艱苦奮戰三年，徹底擊潰國軍精銳。接著率百萬大軍進關，克服平津，南進中南、海南。為毛澤東得天下立下首功。其後在文化大革命中為毛搖旗吶喊，成為毛的「繼承人」。但伴君如伴虎，最後落得折戟沉沙，慘死外蒙，被列為「反革命」的「壞人」。近年吳法憲、邱會作二人的自傳在香港出版，他們都說始終找不到林彪要謀害毛澤東的證據，林彪之死至今還是個謎。

吉星文少年隨其叔父吉鴻昌投馮玉祥西北軍，作戰奮勇，深愛士卒。1937年7月7日，時年僅二十九歲的吉星文任第二一九團團長，率領全團駐守宛平。當晚日軍挑釁，假借一名兵士失蹤，圖謀進城搜索。遭到吉星文部堅決拒絕，雙方在盧溝橋激戰十數日，掀起了中國的神聖抗戰。

1949年，吉星文隨國軍去臺，先任澎湖防衛副司令，後任金門防衛副司令。不幸於1958年8月23日，「八二三」炮戰中被共軍炮轟殉難。

吉星文　　　　林彪

　　吉星文開啟了全國抗日，在國民政府的史冊上一直被譽為民族英雄，家喻戶曉。但因他去了臺灣，又參加了「八二三」炮戰，被共軍殺了，成了中共的「壞人」，中共也就不能提他了。何基灃與金振中在國共內戰中都「起義」投共，立了功，成了「好人」，以致在中共的史冊上他們就篡奪了吉星文的功勳。

　　歷史是一面明亮的鏡子，提供後人珍貴的借鏡。是以史書務須求真，「在齊太史簡，在晉董狐筆」，韓信涉嫌「謀反」被誅，但本朝的司馬遷作《史記》，特為韓信立了《淮陰侯列傳》，記其生平與功績。吉星文與林彪二位在中國的歷史上影響至巨，前者乃陳勝、吳廣之輩，後者足與韓信並駕齊驅。願他們二位之名能重登紀念館，他們的豐功偉業能在史冊上真實地傳給後世！

（原載於《美南週刊》2012年7月8日）

閱人篇

夕陽西下，大寨又走過了平凡的一天。大寨曾經過了風風雨雨、轟轟烈烈的日子，現又恢復了平靜。只有那起伏的黃土山巒、樸實的村落、蜿蜒的水渠、青蔥的山林，及那阡陌良田伴隨著在此長眠的陳永貴，這個前無古人、後無來者的農民。

尋訪陳永貴故鄉
——大寨

「文革」期間，中共許多元老都被排擠下獄，但也冒出不少新秀，其中最令人耳目一新的，乃是每當重要盛會，總見到一個頭紮白巾的鄉巴佬，後來居然成了國務院副總理及中央政治局委員的農民，這就是由「農業學大寨」脫穎而出的陳永貴。

2004年初夏之際，我與幾個友人路過山西，在高速公路上見到去昔陽的指標，遂乘興前往尋訪。離高速公路約四十分鐘，到了一個坐落在昔陽縣黃土山堆中的村莊，這也就是曾名震中外的大寨。

據當地導遊說，如今雖不及「文革」時期國內外貴賓不絕、學習參拜人群如潮湧，但開放旅遊後，也吸引了一些遊客。首先，我們參觀了當年接待周恩來、江青與許多中外貴賓的招待所，牆上還保留了不少「文革」的標語：「千萬不要忘記階級鬥爭」、「備戰，備荒，為人民」和「農業學大寨」等等。江青當時常來此蹲點。我們進入她當年住的房間，還看到一張她在幹農活的珍貴相片。

另外，有一個很大的紀念館，裏面陳列了許多照片、遺物和事蹟，說明陳永貴祖上一直住在離大寨三十里路的一個窮困村落。風水先生說陳家的祖墳山勢得利，理應興旺發達，出貴人，但陳家幾代生活淒苦，朝不保夕。1915年大年初一，陳家生了個兒子，取名永貴，小名金小，想圖個吉利富貴。但老天

陳永貴

沒有回應，永貴六歲時，一年老天不肯降一場透雨。永貴的爹只得賣了妻、女和小弟，帶著永貴逃到大寨，找到一個破窰洞安了身。偏偏老天還沒給他一條活路，一年之後，生活的貧困使他再也忍受不下去了，狠下心跑回老家，吊死在祖墳邊的老松樹上。

　　父親死後，陳永貴成了孤兒，所幸村中好心的老人撫養他。他沒上過學，直到四十多歲發跡後才掃盲，據說後來能認三百來個大字。但他從小勤奮做工謀生，養成急公好義、堅毅不拔的精神。1948年加入共產黨，在土改中初露鋒芒，解放後出任大寨支部黨書記。當時大寨環境非常惡劣，四周是石山，沒有河流、湖泊，平地少，田地缺。陳永貴帶領農民從山下用扁擔挑土上山造田，「萬里千擔一畝田」，堅苦地面對大自然，開創新環境，取得連年豐收，改善了當地人民生活。1958年，在毛澤東「三面紅旗」大躍進的狂潮下，大寨成為晉中農業戰線的模範。陳永貴多年當選為勞模與模範黨支書，他的聲譽傳遍山西。

　　1964年，毛澤東提出：「搞社會主義教育，緊密結合生產。」當他在河北視察時，聽說大寨在陳永貴領導下堅持政治掛帥，而他本人總是在生產第一線勞動。毛頓時覺得陳正合其心，是個「奇人」。同年5月，毛在南京公開肯定陳永貴和大寨，他說：「要自立更生，要像大寨那樣。」是年12月，承毛的旨意，周恩來在〈政府工作報告〉中正式向全國介紹大寨經驗，一場浩浩蕩蕩的「農業學大寨」運動由此展開。

　　「文革」爆發後，陳永貴領導昔陽縣的造反派進行奪權，平步青雲，成為山西省革命委員會主要領導之一。但他注重經濟建設，沒搞大規模武鬥。1967年，陳永貴發表了一篇〈紅太陽照亮了大寨前進的道路〉的長篇發言，把大寨經驗指為「毛澤東革命與資產階級反動路線鬥爭的產物」，「批修」與「運用偉大的毛主席思想教育人」的結果，高舉「政治掛帥」的大纛為毛澤東發動的文化大革命搖旗吶喊。

　　我們在展廳裏看到許多國內高官要人、外國元首前來訪問的相片。據導遊說從1964年到1979年之間，總共有一百三十四個國家和地區，約兩萬五千外賓來大寨參觀訪問。國內到大寨參觀學習的團隊遍及二十九個省、市、自治區，高達九百六十萬人。還見到陳永貴當年紮著那招牌頭巾，與農民一起在田間工作的舊照，同時顯示了滿山梯田，麥穗飄蕩，紅旗遍插，生產猛飛。聽說有一次，一個老母雞在麥穗上生了個蛋，這個蛋停在麥穗上面，都沒能掉到地上。

　　1969年4月，陳永貴出席中共九大被選為中央委員。1973年8月再度當選十屆中央委員，進入中央政治局為中央政治局委員。1975年1月擔任國務院副總理，主管全國農業工作。這

真應了他老家風水先生的預言，陳家總算出了個貴人。展廳裏有一張毛澤東宴請他和錢學森的巨照，真可謂「上天下地，還看今朝」。陳永貴雖然貴了，可是他那頂白頭巾還是一直紮著，一方面是表示不忘其本，另一方面也代表毛主席的一塊招牌。

但好景不長，1976年9月毛澤東去世。10月6日，「四人幫」被逮捕。陳永貴於中共中央政治局會議中表示擁護打倒「四人幫」。可是到了1980年9月，他被逼辭去中央政治局委員和國務院副總理的職位。據說他下臺前，鄧小平找他去談話，鄧對他說：「你不是『四人幫』！」這一句話，保了陳永貴的晚年。

陳永貴之墓

　　見過鄧後，他又去向華國鋒道別。他兩眼紅潤地對華說：
「都過去了，好似一場夢，不過我不後悔。我這一輩子能夠和
毛主席連在一起，也算是不枉活這一場了。人總是註定要死
的，但我沒有給毛主席丟人。我作為一個農民，成為中央的政
治局委員，誰能想到呢？我敢說我是前無古人、後無來者的一
個農民。今後，再也不會有毛主席那樣偉大的領袖，會把一個
農民捧到那樣高的地位的人了。不怕你笑話，我這個人是有造
化的。這麼一把年紀，我在任何社會下都是能夠風雨無阻的
人。到了我這個地步，你想想一個農民大老粗還圖什麼呢？」華
國鋒當時也才和鄧小平談過話，他短暫的春天也到頭了。對陳
永貴又能說什麼呢？只是一再地握著他的手，表示相互保重。

　　其後，陳永貴留在北京，1983年擔任北京市東郊農場顧
問，1986年春因肺癌在北京去世。臨死前，他對去看望他的人
說：「我夢見毛主席了，毛主席讓我繼續到一個地方給他幹
事。我死以後要把骨灰埋在大寨。鄧小平是個好人，他沒有把
我關起來，還給我好吃好住的。」

　　出了展廳，我們爬上虎頭山坡，一路小徑修建得很好，點
綴著幾個亭臺，十分雅致。當年滿山的梯田多已改造成林了。
山上有一個蓄水池。據導遊說大寨原來無河無泊，全是靠天吃
飯，年成不好，沒有雨水，就乾旱成災。後來毛主席發起「農
業學大寨」運動，調了一個工兵團，從遠處穿山越嶺，開鑿了
水渠，引水灌溉，解決了缺水的問題。多虧當時政治掛帥，自
然是不計成本的。

　　走到山頂，只見四周山巒起伏，阡陌縱橫，村落稀疏。
大寨已沒有當年「喜看麥菽千里浪」的盛況，但也頗有北方的

田園風光。陳永貴的墓坐落在山峰，非常體面。這是除了毛澤東紀念館之外，我在中國見到的解放以後最壯麗而具規模的陵園。背靠青山，西向大地，用大塊山石沿坡而建。一個圓形的墓塚，前面有一個人許高的漢白玉石碑，上書「陳永貴之墓」，左右頂有兩個虎頭。幾十米高，共一百零八階的石階，其前有一牌坊，正面寫著「陳永貴同志永垂不朽」，後面是「功蓋虎頭，續鋪大地」。

最令我意外的乃是在陳永貴墓旁居然有一個「郭沫若之墓」。導遊告訴我，喜歡捧場應景的郭老當年來此朝拜，許下了宏願，死後一定要葬於此。後來郭老沒趕上「改革開放」就歸天了。他一半的骨灰被送此安葬，也算給陳永貴這鄉巴佬增添了幾分文采。

走到山下，參觀了陳永貴的舊居及小村，去看了陳的老伴宋玉玲、兒子陳明亮曾住的小屋。大寨還保持當年的純樸，村子裏還有幾家小店賣些當地的土產和紀念品。附近現有幾個工廠，大家工作無慮，大寨已不全靠種田吃飯了。據村裏人說，老人都有國家補貼，生活舒適。可見陳永貴功在鄉里，並非僅是個「文革」鬥爭的標兵。正如鄧小平所說，他不是「四人幫」！

夕陽西下，大寨又走過了平凡的一天。大寨曾經過了風風雨雨、轟轟烈烈的日子，現又恢復了平靜。只有那起伏的黃土山巒、樸實的村落、蜿蜒的水渠、青蔥的山林，及那阡陌良田伴隨著在此長眠的陳永貴──這個前無古人、後無來者的農民。

（原載於《世界日報‧上下古今版》2008年9月19至23日）

「文革」時的大寨招待所

今日大寨風光

▌張學良、趙四千古情緣

　　如果要選一個中國自古以來最動人的愛情故事，愚見以為不是司馬相如、卓文君，也不是唐明皇、楊貴妃，更不是梁山伯與祝英臺，而應是張學良與趙四小姐（趙一荻，又名綺霞）的一段情緣。

　　張學良是中國二十世紀的傳奇人物，其東北易幟、西安事變都是改變歷史的關鍵。而他與趙四小姐七八十年的相依相守最是感人心弦，乃亙古未有。

　　張、趙於1926年4月在天津初遇，當時趙才十三，不滿十四歲（註：趙生於1912年5月28日，稱虛歲十六），而張時年二十四五，已是有家有室、叱吒風雲的少帥。兩人一見鍾情，來往頻繁。

　　1928年，國民黨北伐，奉軍退回東北，張作霖被日本人炸死，張學良很快繼承他父親，做了東北王。

　　次年3月，張學良邀請趙四去瀋陽，趙欣然前往，但引起張的元配于鳳至的不滿，和張爭執不已。

　　而就在此時，趙四的父親趙慶華登報聲明：「我族……，持家整肅，……詎料四女綺霞，近為自由平等所惑，況自私奔，不知去向。查照家祠規條……，應行削除其名，……嗣後，因此發生任何事情，概不負責，此啟。」趙父這篇脫離父女關係的啟事鬧得滿城風雨。

　　最後張和于妥協，同意趙不得進門、住大帥府，不得有

「夫人」名份，只能對外稱「祕書」或「侍從小姐」。于本以為用這些苛刻條件，趙四就會知難而退。誰知她不顧一切，要留在張學良身邊，一口答應，並寫下了書約。趙四這個「祕書」一幹就是三十五六年。

于鳳至不准趙四進大帥府，趙四只好住在張學良的北陵別墅，並化名去上大學。那年冬天，趙生下一個男孩，取名張閭琳。但她在瀋陽無親無故、孤零零一個人，如何照料這個孩子成了問題。就在此時，于鳳至去了北陵，第一次見到趙四，改變了對趙四的態度，替趙安排、請人照顧孩子，並讓趙四遷進大帥府。以後兩人以姐妹相稱，一同陪伴張學良。

多年後，張學良的一位副官陳大章在其回憶錄中說，張學良原來就和趙的哥哥是好朋友，與趙四相識後，也常去趙家。當年趙四去瀋陽是張派他到天津趙家去迎接的，而且趙家全家歡天喜地地去火車站送行。其後趙父登報宣布脫離父女關係，事鬧得很大後，他曾親耳聽到張學良問趙四：「你父親既然同意你來瀋陽，為什麼又登報聲明脫離父女關係呢？這弄得多麼不合適！」趙聽後，一言未發。如此看來，趙父的確是個愛女心切，了不起的父親。他擔心的並不是趙四投奔張學良，而是張這個花花公子能留她幾天？老父演了一齣「置之死地而後生」的戲，告訴張學良，這個十六歲的丫頭已是無家可歸了！趙父的苦心讓趙四牢牢地綁在張學良身旁七十二年。

1936年底，張學良發動西安事變，于鳳至當時在英國倫敦帶著孩子上學。趙四在西安陪伴張，事變前、後均參與協助。事變結束後，張學良隨蔣赴京請罪，被囚。于鳳至從英國趕回，向其乾姐宋美齡求救，但蔣介石將張學良送到溪口監禁。

于和趙兩人輪流前往溪口照顧張學良。當時宋美齡對趙四印象很壞，覺得趙乃「不正」之屬。趙四遂被逼，帶著孩子前往香港就居，張和于的囚牢生活由溪口輾轉經黃山、萍鄉、郴州、沅陵到了貴陽附近的修文。他們度過了三年多與世隔絕的牢獄日子。這段時間，于鳳至的身體愈來愈糟。1940年3月，張學良透過戴笠向蔣介石、宋美齡請求，得到同意讓于出國就醫，而教趙四來修文陪伴張學良。

趙四當時年僅二十七歲，風華正茂，在香港自由自在。但當她接到要她前去陪伴張學良共度囚牢生活時，頓時熱淚盈眶，毫無反顧地，立即把兒子安置去美國，就奔往貴州修文。從此伴隨著張學良在修文、黔靈山、開陽、桐梓、新竹與北投度過了整整半個世紀辛酸、無奈的幽禁歲月。

1959年，張學良被「解除管束」，但還是在軟禁監視之下，並沒有得到真正的自由。

到1964年，趙四已陪伴張學良度過二十四五載的囚禁寒暑，而從她1929年「私奔」去瀋陽相隨張學良也已三十五六年了。只是趙四還一直頂著「祕書」名份，被稱為（侍從）「四小姐」。宋美齡對此事非常關心，多年來她已改變當初對趙四的看法，對趙非常敬重。加之西安事變蔣得以脫險，安全回京，而張被終生囚禁，宋與其兄子文有愧欠於張。是以宋一直照顧張、趙的生活，也希望能促成他們的婚姻。

在宋美齡的催促下，張學良去信給當時在美，而已闊別二十四五年的于鳳至，得到她的同意，先解除了她與張的婚姻關係。而當張學良向趙四提出結婚的要求時，趙頓時滿面淚痕，泣不成聲。

二十八歲的張學良

趙四風姿

　　張、趙的婚禮是於1964年7月在臺北杭州南路，張的一個美國老友家裏舉行，非常簡單，只邀請了十二位賓客、好友。宋美齡那天非常高興，盡早就趕去了。張學良的老友張群、莫德惠等都來為張、趙祝賀，主婚人是張四十年的相知、老實敦厚的黃仁霖。那時張學良已六十三歲，而趙四也五十二了。

　　張、趙婚禮規模雖小而十分隱私，卻轟動了整個臺灣及海外。臺北《聯合報》寫下一篇動人的評述：

　　　　卅載冷暖歲月，當代冰霜愛情。
　　　　少帥趙四、正式結婚。
　　　　紅粉知己、白首締盟。
　　　　夜雨秋燈、梨花海棠相伴老。
　　　　小樓東風、往事不堪回首了。

基督見證、宗教婚禮。

妾似朝陽常伴君、此情感動于夫人。

遙想公瑾當年、何曾蝴蝶翩翩。

　　趙四終於成了沒有當年顯赫的「張夫人」，她與張學良又
廝守了三十五六年。2000年夏，當趙四在夏威夷去世時，張學
良緊緊地握著她的手，久久不放，在凝思著過去的七十四個冰
霜寒暑。一年後張亦隨趙而去。

　　當1964年，張、趙在臺北結婚的消息傳出時，我還是個學
生，在學校讀到的張學良乃是一個「搗蛋的傢伙（混蛋）」。
但我至今猶記我父對我說道：「在中國歷史上，從來沒有一對
夫婦經歷過那麼漫長、坎坷的相守歲月；張學良與趙四這份絢
麗、辛酸的愛情是偉大而亙古未有的！」

（原載於《美南週刊》2014年2月9日）

張學良與趙四晚年

王國維為什麼自沉而死？

前言：中國新學術的開拓者——王國維自沉昆明湖而死是近代中國學術上不可彌補的損失。八十多年來，文史界及社會上眾說紛紜，其中最廣為流傳的乃是王國維為「殉清」而死。第二種論點是王的好友陳寅恪、吳宓提出的「自殉於傳統文化」一說，認為王國維是為「獨立自由之意志」而死。還有一種「逼債說」廣為流傳，認為羅振玉不斷向王苛索逼債，令王國維走投無路而自殺。但從近年公布的許多資料，特別是王國維家人的書信、言論看來，王當時長子猝逝，與羅誤會決裂，而其性情內向、多憂慮，一直懷有悲觀的情懷，可能屬於「躁鬱症」（manic-depressive psychosis）患者，而其家庭中也有其他的例子。這乃是其求去的最主要種因，使他走上了與梵谷、海明威、維吉尼亞‧伍爾芙相似的悲劇，自行結束了其輝煌的一生，遺憾千古。

自沉昆明湖，震驚文史界

王國維，字靜安、晚號觀堂，是中國近代新學術的開創者之一，在史學、考古學、古文字學、文學、詩詞、戲劇史及哲學各方面都有許多創作與獨到、精深的見解、造詣。譬如對甲骨文的研究，他與羅振玉兩人繼王懿榮、劉鶚之後做了有系統的發展成為「羅王之學」，帶導了中外對甲骨文以及殷商歷史的探研，因而被稱為「甲骨四堂」之一（羅雪堂、王觀堂、董

彥堂、郭鼎堂）。王國維晚年應聘為清華國學研究所導師，與
梁啟超、陳寅恪、趙元任並稱為「清華國學四大導師」。

殉清之說

　　1927年6月2日，王國維自沉頤和園昆明湖去世，震驚了
清華及中國的文史界。他死的時候僅僅留下一封百餘字的遺書
給家人，其中說道：「五十之年，只欠一死。經此世變，義無
再辱。」但並未述明求去的原因。八十多年來，文史界及社會
上眾說紛紜，其中最廣為流傳的乃是王國維為「殉清」而死。
其根據是在王死幾天後，當時寓居在天津張園的清遜帝溥儀收
到一份〈王國維遺摺〉，其中說道：「臣王國維跪奏，維報國
有心，回天無力，敬陳將死之言仰祈聖鑑事：⋯⋯並願行在諸
臣，以宋明南渡為鑑，⋯⋯則臣雖死之日，猶生之年。⋯⋯」
溥儀見到這份「遺摺」，立即「降諭」對王的「忠貞」予以嘉
獎，並賞銀貳千圓治喪[34]。

　　由於羅振玉的推薦，王曾兩度在清政府任職，第一次是
光緒三十三年（公元1907年）先後就任「學部總務司行走」和
「圖書編譯館編輯」，其次是在民國十二到十三年（公元1923
至1924年）擔任遜位的溥儀小朝廷的「南書房行走」。王一直
留著辮子，而在宣統三年（公元1911年）辛亥革命時，曾隨羅
振玉避難寓居日本四五年。但王國維並非滿清遺老、重臣，只
是他交結的國學朋友，像羅振玉等多為遺老。是以王國維這麼

---

[34]　竇忠如，《王國維傳》（百花文藝出版社，2007年）。

一個小小的「行走」在滿清亡國十六年之後還去「殉國」，的確令人難以置信。

這個「殉清」的論點直到王去世三四十年後才逐漸被人否定。首先溥儀在他晚年所作的《我的前半生》[35]中揭露，王的那份「遺摺」是當他死了三天之後，羅振玉擬寫，而由其四子羅福葆模仿王的筆跡所偽造的，這也得到羅振玉家人的證實。是以「殉清」之說不攻自破。

自殉於傳統文化說

第二種論點是王的好友陳寅恪、吳宓提出的「自殉於傳統文化」一說。在陳為王撰寫碑文：「士之讀書治學，蓋將以脫心志於俗諦之桎梏，真理因得以發揚。思想而不自由，毋寧死耳。斯古今仁聖所同殉之精義，夫豈庸鄙之敢望！先生以一死見獨立自由之意志，非所論於一人之恩怨，一姓之興亡。」陳寅恪否定了「殉清」之說，認為王國維是為「獨立自由之意志」而死。

當時國民黨北伐，聲勢浩大，接著又「清黨」，殺戮頗多。王國維、羅振玉、梁啟超之輩一直不贊同「革命」，厭惡國共強調意識形態而做的思想控制，擔心時變是事實。譬如梁啟超在那時很緊張，聽聞北伐軍槍斃湖南葉德輝和湖北王葆心（王被殺是謠傳），在他的〈給孩子們信〉中說：「近來耳目所接，都是不忍聞、不忍見的現象。……現在南方只是工人世界，『知識階級』四字已成為反革命的代名詞。……北方軍閥固然不

---

[35] 溥儀，《我的前半生》（群眾出版社，1959年）。

要臉，南方黨閥也還像個人嗎？……這兩天北方局勢驟變，……出去數日看情形如何，再定行止，不得已或避地日本。」

但當時國民黨正在「寧漢分裂」，無暇向北京進軍。張作霖還在北京稱「大元帥」，直到整整一年之後的1928年6月3日，才離開北京，次晨被日本人炸死在皇姑屯。國民黨隨後進入北京，「思想控制」也並沒弄得太不像樣。王即使對時局憂慮，還有充分的時間想辦法去其他地方，或像辛亥革命時一樣，去日本避難。他在國民黨來的一整年前就僅僅只為「擔心思想自由」而跳到昆明湖裏，也難免令人疑惑。

陳、吳提出的「自殉於傳統文化」之說理應僅是「成人之美」之言。

羅振玉逼債說

還有一種「羅振玉逼債說」廣為流傳，就連溥儀在《我的前半生》中否認「殉清」一說後，也同意世間的這種流言而稱：「王國維早年受羅振玉接濟並結成兒女親家，然而羅振玉常以此不斷向王氏苛索，將女兒退婚做要脅，令王國維走投無路而自殺。」溥儀寫這本書時已是「身不由己」；加之「水之就下」，羅是偽滿的主要人物，世間就把諸多「壞事」都推到他身上了。但從羅、王交往三十年的過程，以及近年來羅、王兩家子孫公布的許多書信及舊事，這種說法是站不住腳的。

羅、王相知與羅、王之學

羅振玉是影響王國維一生最大的良師、益友，是王學術研究的引導人、事業的提攜者及生活的扶助者。對王來說，

閱人篇

「生我者父母，知我者羅師」，不為言過。當王二十一歲時初到上海，進入《時務報》館工作，人事紛雜，前途茫茫，卻遇到羅振玉，被他賞識。羅比王大十一歲，且不像王「老實如火腿般」（魯迅語）的憂鬱、內向個性。羅善於交際、處事與理財，少年得志，享譽文壇。後自資創立「東方學社」培養日語翻譯人才。羅當時非常欣賞王的才華，推薦王去「東方學社」學習日語，從此開啟了兩人三十年的相處、共事及在學術上的合作。羅曾一再在生活上支援王，推薦工作機會，並協助王兩度前往日本學習、研究與謀生。

　　宣統三年（公元1911年），辛亥革命爆發，王隨羅到日本居留了四五年，做了大量的歷史、文學及其他領域的研究工作[36]。其中最重要之一乃是對甲骨文的研究與發展。羅振玉是甲骨文最早的收藏家與研究者之一，他於1903年就協助劉鶚出版了有關甲骨文的第一本書——《鐵雲藏龜》。劉死後，羅買下劉所有收藏的甲骨，並向其他多方收購，累積了三萬多片。他與王在日本深入地研究了這些收藏品，著作頗多，在王國維的協助下完成了《殷商書契考釋》，使甲骨文字之學蔚然成一巨觀，有「羅王之學」之稱。在這時，王國維對「商先王世數」進行了考證，證實了司馬遷的《史記‧殷本紀》，並糾正了其中的錯誤，解決了殷商歷史上的重大問題。這是自甲骨文研究以來，我國第一個人運用甲骨文的研究考證解決歷史問題[37]。郭沫若對王國維推崇備至，曾說道：「我們要說殷墟的

---

[36]　王國維，《觀堂集林》（中華書局，1959年）。

[37]　馬如森，《殷墟甲骨學》（上海大學出版社，2007年）。唐際根，《殷墟——一個王朝的背影》（科學出版社，2009年）。

發現是新史學的開端，王國維的業績是新史學的開山，那是絲毫也不算過分的。」[38]

王國維喪子，羅、王失和與王之求去

王國維一共有六男二女，因其不善理財及家務，羅一直對他及其家人的生活給予照顧。後來羅、王結為親家，王的大兒子王潛明與羅的三女羅孝純結為夫婦。王國維對王潛明寄予很大的期望，後王潛明進入上海海關工作。不幸的乃是潛明、孝純夫婦的兩個女兒都先後夭折。1926年9月26日，王潛明在上海突然得病而死，這導致了羅、王的決裂。當時王國維在北京清華任教，得知潛明過世，悲痛欲絕，精神受到了極大的刺激和傷害，立即趕去上海處理潛明的喪事。羅振玉住在天津，也盡速去了上海。據近年羅振玉之長孫羅繼祖說道：「潘夫人（指王國維夫人）處置善後偶爾失當，姑母（指羅孝純）泣訴於祖父，祖父遷怒於先生，怪他偏聽婦言，一怒而攜姑母而歸。……三十年夙交感情突然破裂，……事情鬧僵，又沒有人從中轉圜，以致京、津雖密邇，竟至避面，直至王先生逝世。」[39]

王國維的女兒王東明在晚年回憶中說：「父親最愛大哥，大哥病逝，給父親很深的打擊，已是鬱鬱難歡，而羅振玉先生又不聲不響地偷偷把大嫂帶回娘家，父親怒道：『難道我連媳婦都養不起？』然後把大哥生病時醫藥花費全匯去羅家，他們寄還回來，父親又寄去，如此往復兩回，父親氣得不言語，只

---

38. 郭沫若，《中國古代社會研究》（河北教育出版社，2000年）。郭沫若，《甲骨文研究》（科學出版社，1962年）。
39. 同註腳34。

閱
人
篇

見從書房抱出了一疊信件，撕了再點火焚燒。」隨後兩人又為了上海海關發給的撫恤金的事辯論不息。但絕沒有外人所傳的「羅逼債」之事，而是王把撫恤金寄給羅，做其三女的生活費，但羅及其女都不肯收，為此書信爭執不已。最後羅寫了封信：「弟公垂交三十年，方公在滬上，混豫章於凡材之中，弟獨重公才秀，亦曾有一日披荊去棘之勞。此三十年中，大半所至必偕，而根本實有不同之點。……弟為人偏於博愛，近墨；公偏於自愛，近楊。此不能諱者也。」儼然是一封絕交信。可見兩人失和，僅僅是為了家庭瑣事[40]。

接下的日子，王國維心情寥落、鬱鬱寡歡。曾與人說：「我總不想再受辱，我受不得一點辱！」在給學生寫的詩中也提到：「倚道向人多脈脈，為情困酒易悵悵。宦途棄擲須甘分，迴避紅塵是所長。」「生滅原知色即空，眼看傾國付東風。」「流水前谿去不留，餘香駘蕩碧池頭。」顯露了求去之心。

王和梵谷、海明威相似，可能乃「躁鬱症」患者

王國維投昆明湖自盡，羅振玉聞訊後，震驚、愧疚地說道：「靜安以一死報知己，我負靜安！靜安不負我！」羅是王一生中，相處最久、最瞭解他的人。羅的簡短數語，道出了王求去的最可能的原因。王國維性情內向、多憂慮，一直懷有悲觀的情懷。這與其遭遇的充滿憂患、動盪的世事有關，另外也淵於其天生的個性。以現代的醫學、生理學及心理學而論，王和梵谷（Vincent Van Gogh）、海明威（Ernest Hemingway）

---

[40] 《羅振玉、王國維往來書信》（東方出版社，2000年）。

及英國女作家維吉尼亞‧伍爾芙（Virginia Woolf，1882至1941年）[41]相似，可能屬於「躁鬱症」（manic-depressive psychosis）患者。他的家庭有其他相似的悲劇，其次子王高明到晚年在「文革」中也是被誣，不堪折磨，乃服毒而死[42]。

他一生最幸運的是少時與羅振玉相遇、相知，但最不幸的乃是老年失去了這個良師、益友，又正逢他喪失了其最痛愛、寄予重望的長子。這雙重的打擊使這個進入晚年的「躁鬱症」患者感到無比的失落，難以承受；內心的悲痛使他覺得整個國家與時局都是灰暗、無望，諸多有待他再建豐碑的文史領域也都成索然無味，遂說出：「為情困酒易悵悵」、「眼看傾國付東風」及「餘香駘蕩碧池頭」，不由自主地走上了絕路。

照今日的醫學、生理學及心理學的常識來看，他的自盡是應該可以疏導、理療而得以避免的，誠如他的女兒王東明晚年歎息道：「我常常癡想，如果二人不失和，父親傷心時得到摯友的勸解慰藉，迷惘時獲得勸解宣洩，或可打消死志。拉一把與推一把，其結果就不可以道里計了。」

王國維未能師法太史公憂憤成著，遺憾千古

太史公司馬遷因為李陵辯護，觸怒漢武帝，被判死刑，自請減刑受宮刑。當時他年四十八歲，與王國維自盡時年相近，身心俱殘，自謂：「太上不辱先；其次不辱身；……最下腐刑極矣。……迺欲引節，斯不亦遠乎！」但又想到：「人固有一死，死有重於泰山，或輕於鴻毛。……且勇者不必死節，……

---

[41] Virgina Woolf , Wikipedia, Yahoo.
[42] 王仲聞（1901至1969年），百度百科。

王國維

僕雖怯懦，欲苟活，……且夫臧獲婢妾，猶能引決，況僕之不
得已乎？所以隱忍苟活，幽於糞土之中而不辭者，恨私心有所
不盡，鄙陋沒世而文采不表於後世也。」[13] 隨之他又退而深惟
曰：「夫《詩》、《書》隱約者，欲遂其志之思也。昔西伯拘
羑里，演《周易》；孔子戹陳、蔡，作《春秋》；……韓非囚
秦，〈說難〉、〈孤憤〉；詩三百篇，大抵聖賢發憤之所為
作也。此人皆意有所鬱結，不得通其道也，故述往事，思來
者。」[44] 司馬遷將憂憤轉化為積極的創作，留給後世不朽的巨
作——《史記》。可惜王國維未能師法太史公，卻是掙扎於
「我總不想再受辱，我受不得一點辱！」悲劇性地結束了自己
的生命，也帶給中國近代學術上不可彌補的損失，遺憾千古。

（原載於《美南週刊》2014年2月2日）

---

[43] 司馬遷，〈報任安書〉，《古文觀止》（新疆人民出版社，1996年）。
[44] 司馬遷，《史記》（中華書局，1959年）。

毛澤東最敬畏的國軍將領
——胡璉

　　國共在大陸鬥爭二十多年，最後國軍兵敗如山倒，中共取得全面勝利。國軍的諸多將領均成昨日黃花，唯有胡璉將軍一直最為毛澤東及中共所敬畏，其後在臺海也吃了他的大虧，至今猶為中共所歎息。

　　胡璉早年畢業於黃埔軍校四期，後追隨陳誠，入「土木系」（十八軍十一師），參加北伐、江西剿共、中原大戰、第五次圍剿，屢立戰功。抗戰時，胡任第十一師師長，於鄂西保衛戰中堅守石牌要塞，獲得青天白日勳章，後升任十八軍軍長。抗戰勝利後，十八軍改稱整編第十一師，為蔣介石五大主力之一。胡璉轉戰蘇北、山東及中原，與劉伯承、鄧小平、陳毅、粟裕交鋒爭戰，屢挫共軍。1947年7月，胡率整編第十一師與邱清泉、黃伯韜兩師同屬范漢傑兵團，在山東南麻擊潰陳毅、粟裕的華東野戰軍。毛澤東曾親筆通告共軍：「十八軍胡璉，狡如狐，猛如虎，宜趨避之，以保實力，待機取勝。」

　　1948年秋，淮海（徐蚌）會戰前夕，整編第十一師擴編為第十二兵團，本應由胡璉任兵團司令，但白崇禧因陳誠之故，不予同意。蔣介石只得任黃維為兵團司令，胡璉為副司令。正巧胡璉因父喪，離開軍隊前往奔喪。11月初，黃伯韜的第七兵團在徐州之東的碾莊被陳、粟華東野戰軍包圍，第十二兵團由河南前往淮海增援。胡璉曾建議黃維捨河流重重的安徽近路，改沿長江東下再北上進攻。但黃維為節省時間，沒能採納胡的

建議。果然十二萬大軍進至澮河之畔的雙堆集時，被劉、鄧中原野戰軍及華東野戰軍包圍。蔣介石得知第十二兵團被圍後，急召在上海丁憂的胡璉到南京，於12月1日用小飛機送他進入雙堆集的包圍圈內。官兵們見到老長官胡璉來到陣地，戰志為之大振。而共軍劉伯承、鄧小平知道胡璉來到前線，不敢掉以輕心，立即發動猛攻。

第十二兵團堅守幾天後，黃維與胡璉商討，決定派胡飛往南京面見蔣介石以求救援。胡於12月7日飛離雙堆集包圍圈；據黃維晚年回憶，胡臨上機前，他對胡璉說：「第十二兵團大數已定，但千軍易得，一將難求！你應留在南京，不要再回前線了。」胡到南京，見到蔣介石，蔣告訴胡，他已沒有援兵可派，教第十二兵團自行突圍。胡遂要求再回前線與袍澤同生死。兩天後（12月9日），他又飛回包圍圈。黃維見到他，對其再度赴險，十分詫異，遂一面堅持抵抗，並計畫突圍。12月15日，第十二兵團各個陣地全被突破，黃、胡於當晚分散突圍，只惜在冰天雪地、共軍重重包圍中脫險十分艱難。黃維及幾個軍級領導都不幸被俘，僅胡璉與師長尹俊（註：上世紀60年代，筆者在金門服役時，尹將軍為金防部司令）突圍成功，回到南京。

蔣介石在下野（1949年1月21日）前召見胡璉，囑其到江西重組第十二兵團。其後胡在贛、閩、粵三省作戰，堅持到秋季。是年9月，共軍十餘萬入閩，陷福州，遂圖攻金、廈兩島。當時李良榮率第二十二兵團防守金門，兵力僅兩萬，而裝備薄弱。蔣介石與陳誠遂決定由胡璉率第十二兵團接替李良榮

防守金門。第十二兵團所屬第十八軍由高魁元軍長率領於10月上旬離開汕頭,12日抵達金門。共軍在15日開始進攻廈門,兩天後占領全島。據共軍主帥葉飛回憶,共軍當時不知胡璉部隊已部分抵達金門增防,而尚有劉雲瀚第十九軍也在海運來金途中,十分輕敵。25日凌晨,共軍僅發動首批三個團過海向金門攻擊,在嚨口至古寧頭一線的海灘登陸,遭到國軍激烈抵抗。攻擊開始時,胡璉正在由基隆趕往金門的海途中,而劉雲瀚軍已抵達料羅灣,金門國軍實力已數倍於來犯共軍。胡於26日上午登岸後,立即與李良榮一併指揮全殲共軍,取得古寧頭大捷。此役重挫共軍攻臺的企圖,奠定了臺海六十年來分治的格局,在歷史上堪與赤壁、淝水之戰相較。

49年末、50年初,毛澤東任命粟裕為攻臺總指揮,臺海局勢非常緊張。一般人估計50年在春、夏之交,臺灣海峽較為風平浪靜的時候,中共就會渡海攻臺。美國政府認為國民政府撐不過這年夏天,已撤離在臺工作人員及家屬。是年4、5月,國軍將海南、舟山兩地的重兵撤到臺灣及其外島,金門遂成為防衛臺灣最重要的前哨。胡璉首先改組第十二兵團,擴充到十三個師的兵力,鞏固了金門的防禦。共軍主帥粟裕面對「老對手」也十分謹慎,遲遲沒有進軍。是年6月25日韓戰爆發,兩天後美國派第七艦隊協防臺灣,毛澤東宣布暫時擱置攻臺,國府度過了最艱難的日子。7月下旬,共軍派了一個加強營登陸金門前哨的大、二擔島,在國軍奮勇反擊下,共軍再度全軍覆沒。從此,共軍再也沒有登陸進犯金門諸島。

1954年6月,胡璉回到臺灣,擔任第一軍團司令。三年後,臺海局勢再度緊張,蔣介石遂派胡璉重回金門擔任金防部

司令。次年「八二三」炮戰發生，毛澤東意圖試探國軍與美國對防守金門的決心，但遭到國軍在胡璉指揮下的堅決抵抗。炮戰四十四天後，共軍宣布停火，其後改為單打雙停，情勢趨於緩和。古寧頭、大二擔與「八二三」之役捍衛了臺灣，奠定了六十年來兩岸分治、臺灣進步繁榮的局面。

毛澤東曾說：「在大陸，蔣介石輸了，我們贏了；在臺灣，我們輸了，蔣介石贏了。」胡璉在臺海戰役中功莫大焉。

筆者於60年代在金門服役時，聽到許多軍民對他的懷念：譬如防衛金門的早期，百姓生活非常困苦，甚至無以為炊。胡璉下令，沒飯吃的百姓就到附近的部隊「搭伙」（免費吃飯）；百姓去鎮上辦事、購物，往往要步行良久。胡璉規定，所有軍車過路見到步行的百姓必須停車，搭載他們；胡璉鑑於金門荒突，風沙漫天，大力展開植樹，及造蓄水庫，積極建設金門，改善軍民生活；他引進高粱，種植滿島，發展釀酒，成為今日享譽臺灣的金門高粱，帶給軍民極大收益。凡此種種，體現了胡璉愛士卒、念百姓的高度情操。

胡璉於「八二三」炮戰結束後的年底離開金門，進入國防研究院受訓。1964年，他被派往越南擔任大使，在任長達八年。1972年返臺，1974年申請進入臺灣大學歷史研究所，受教於李守孔教授，研究現代史與宋史。經常拿著書包，在臺大文學院及圖書館，勤學認真，怡然自樂。當時臺大的學生很少知道這位逾齡的老同學乃是當年叱吒風雲，捍衛臺灣的胡將軍。

1977年，胡璉於在臺北去世，享年七十歲。遵其遺囑，他的骨灰葬在大、小金門之間的海底，與那在驚濤裂岸的日子

胡璉

裏，許多犧牲的英靈同眠於他們獻身捍衛臺灣之所。

綜觀胡璉的一生，北伐、抗日、國共內戰中「剿匪」、「決戰中原」、淮海（徐蚌）會戰中兩度悍然進入包圍圈，及兩度「捍衛金門」，是與共軍作戰最多、最成功的國軍將領之一。特別在風雨飄搖中，力挽狂瀾，對保衛臺灣做出了重大貢獻。毛澤東讚譽他：「狡如狐，猛如虎。」至今猶為解放軍所敬畏。

胡璉官階雖是二級上將，但他的職位一直不高。有一個傳聞，是蔣經國某次去金門，胡璉沒親自去迎接。事實上胡乃陳誠「土木系」大將，是以一直沒能打入經國先生的「門生」，外放八年，歸國後研讀歷史，韜光養晦，頗有孫武「息武立言」之風。他是一個不可多得的戰將，也將留芳青史。

（原載於《美南週刊》2011年6月12日）

創建及瓦解臺共的蔡孝乾

　　如今人們談到臺共的歷史，大家只知道臺灣彰化女傑謝雪紅，卻不知還有一位被遺忘的重要人物——蔡孝乾。蔡孝乾是臺共創始人之一，也是唯一參加「二萬五千里長征」的臺共。抗戰勝利後他回到臺灣，領導「中共臺灣工作委員會」，擔任書記，經歷「二二八」事變，逃往大陸。1949年再度赴臺，不久就被國民黨逮捕，供出大部分臺共幹部資料，基本上瓦解了臺共。其後蔡任職於國民黨保密局及調查局三十多年，最終病死在臺灣。在蔡孝乾投奔國民黨後，雖然臺灣在白色恐怖之下，「匪諜」事件層出不窮，但大多是權力鬥爭下產生的「假臺共」。

　　蔡孝乾1908年出生於臺灣彰化，1922年畢業於臺灣彰化公學校，後留校任代教員一年。1924年至1925年在中國共產黨創辦的上海大學社會科學系讀書，受到瞿秋白、任弼時等人的思想影響，組建旅滬臺灣同鄉會。1928年4月，遵照共產國際的指示，蔡孝乾在上海召集臺省留滬青年林木順、謝雪紅等組建「臺灣共產黨」（日本共產黨臺灣民族支部），當選為臺共中央常務委員，負責宣傳部工作。不久，大部分幹部被駐滬日本官方逮捕，其後蔡孝乾潛回臺灣發展。1931年再度被臺灣日警偵破，臺共一蹶不振，銷聲匿跡，蔡孝乾遂離開臺灣到福建漳州。1932年4月前往江西瑞金中共中央蘇區，在列寧師範學校（團校）任教。

晚年投誠國民黨後的蔡孝乾　　　吳石

　　1934年1月，蔡作為臺灣代表參加中華蘇維埃第二次全國代表大會，被選為主席團成員、中華蘇維埃共和國中央執行委員會執行委員。10月參加中共紅軍長征。1935年10月到達陝北後，任反帝聯盟（後改為抗日聯盟）主席。抗戰爆發後，到八路軍總部工作，隨總部赴抗日前線，任八路軍總部野戰政治部部長兼敵工部部長，後調回延安工作。1941年被選為各民族反法西斯大聯盟執行委員會委員，及東方各民族反法西斯大聯盟常委。

　　抗戰勝利後，蔡孝乾於1945年底離開延安先到上海，1946年7月回到臺灣，建立「中共臺灣省工作委員會」，擔任書記，領導開展共黨地下工作。中共並派遣華南局幹部張志忠、林英傑、洪幼樵赴臺協助。1947年「二二八」事變發生，共黨在臺組織武裝暴動，失敗後，蔡逃往大陸。

　　「二二八」事變之後，為了統戰工作，中共於1947年11月12日成立「臺灣民主自治同盟」，由謝雪紅擔任主席。謝於1949年10月1日中共建國大典時登上了天安門，還留下一張站在毛澤東身後的相片，可謂「寵幸有加」。但時過境遷，漸漸

地她成為一個沒有利用價值的過氣人物。「文革」中慘遭批鬥，被指為「二二八的逃兵」，於1970年因肺癌死在北京一間醫院的走廊上。

蔡孝乾當時沒在「臺盟」中擔任要職。1949年，中共在大陸取得全面勝利，在籌備建政的中國人民政治協商會議中，蔡孝乾當選為第一屆全國委員會委員。中共建政後，他被任命為華東軍政委員會委員。為配合中共「解放臺灣」，蔡孝乾於是年再度被派遣去臺灣領導「省工會」工作，與張志忠、洪幼樵成立「武裝工作隊」，並開展鄉村、深山工作，醞釀暴動。但在1950年1月被國民黨逮捕入獄，後尋機逃脫。三個月後再次被捕，遂表示願意與國民黨「合作」，供出大部分臺共主要幹部的資料，促使四百餘人被捕入獄、肅清，並揭發了隱藏於國軍國防部，為中共提供軍事情報的吳石將軍及中共派往臺灣聯絡的朱諶之女士，使得吳、朱被捕、槍斃。其後臺共在苗栗、汐止、三峽等地山區的餘黨因無法「發展群眾」，加之山區生活困難，紛紛棄共「投誠」，整體崩潰。

蔡孝乾的投奔國民黨基本上瓦解了中共在臺地下工作的發展，他投靠國民黨後任國防部保密局設計委員會委員；1956年任國防部情報部研究室少將銜副主任、兼司法行政部調查局副局長。但他一直隱名埋姓，很少在公眾場合露臉，也無親無故，1982年10月在臺灣孤獨地病死。

發人深省的乃是當蔡孝乾拋棄其二十餘年為臺共奮鬥的歷程，投奔國民黨之際及其後，臺灣不斷地發生「匪諜案件」：澎湖流亡學校校長張敏之案、《自由中國》雷震、劉子英案、

朱諶之於馬場町就義前留影

陸軍孫立人案、財政廳任顯群案、臺灣製片廠白克案、作家柏楊案、中國廣播公司崔小萍案等，不勝枚舉。但這些「匪諜」、「臺共」都沒有一個是「貨真價實」，全是「假貨」，近年來均被證實乃是在白色恐怖下的權力鬥爭中產生的「子虛烏有」之案。臺灣當局也都對這些案子一一做了「平反」，還其清白，並對其家人表達了歉意，給予了賠償。

綜觀蔡孝乾的一生，他參與了臺共的創建、發展及導致其崩潰；經歷了日據、長征、抗日、國共內戰；其後又沒沒無聞地度過了三十餘年的白色恐怖時期。他的一生，與其老夥伴謝雪紅相似，充滿了傳奇與神祕，也都落得晚景淒涼，標誌著臺共經歷之艱辛及其窮途末路。

（原載於《美南週刊》2011年9月12日）

▌毛澤東的猛將許世友

　　許世友是毛澤東手下的一員猛將，驃悍過人，忠心耿耿，十足老粗，也替毛打天下立下大功，與唐代李世民手下的尉遲敬德頗為相似。

　　尉遲敬德原非李世民部將。隋末天下大亂，尉遲隨劉武周起義。後李世民伐劉武周，收降了一批劉的部屬，尉遲亦隨眾歸降。不久，原劉武周部皆叛而去，只有尉遲沒能走脫，被囚於軍中。李世民的幕僚認為尉遲「勇健非常，即被猜貳，留之恐貽後悔，請即殺之」。但李卻將尉遲單獨召入內室，贈予金銀，對他說：「丈夫以意氣相投，勿以小疑介意，……必應欲去，今以此物相資，表一時共事之情也。」尉遲為之感動，從此死心塌地跟隨李東征西討、平定天下。當時李世民與建成、元吉矛盾日深，尉遲向李建議先發制人。玄武門事件中，尉遲與武功高強的元吉搏鬥、擊殺之，並前往李淵泛舟的海池宿衛（註：逼宮），李世民得以繼位。後李世民將尉遲列入凌煙閣二十四功臣圖中，並繪為門神以禦建成、元吉冤魂。尉遲死後，陪葬李世民昭陵。

　　許世友原來也不是毛澤東的部屬。他於1905年出生在河南信陽市新縣，少年時到少林寺當和尚，練得一身好武功。後想家、思母，乃還俗。1920年投靠北洋軍閥吳佩孚。1925年，任湖北省防軍獨立第一師排長。1926年，該部改編為國民革命軍湖北省防軍第一師，許世友任第一團四連連長。1927年參加黃

麻起義，加入共產黨，深得張國燾賞識、重用，任紅四方面軍的團長。1935年8月，升任右路軍紅四軍軍長。在毛、張鬥爭中緊跟張國燾。1936年底隨張北上陝北，進入紅軍大學學習。未久，延安展開批鬥張國燾，四方面軍諸多將領亦遭牽連。許世友十分氣憤，牢騷滿腹，於1937年4月暗地會聚了一批原四方面軍袍澤，準備集體攜械逃回川北老根據地去打游擊。臨行前幾天，同夥王建安認為不妥，改變主意，並密告校方上級，許世友等被捕。

中共一向對「叛徒」絕不手軟。叛逃、聚眾、攜械，三罪齊發，許世友當時可謂絕無生路；連他的革命侶伴──妻子雷明珍也立即「深明大義」，公開宣稱與許「畫分界限」，脫離夫婦關係。

許世友在牢房內萬念俱灰。有一天，獄卒突然對他客氣地說：「許軍長，有人來看你。」許感到納悶，落到這個地步，連老婆都跑了，誰還想、還敢來看他？正想著，只見毛澤東已走進牢房，手上還拿著一盒「哈德門」名牌香煙。許下意識地覺得，這不是個好東西，不搭理他。毛卻笑嘻嘻地說：「你這個許世友啊，就是不愛聽別人的話！」話不投機，毛留下香煙，就走了。過了沒幾天，毛又回來，對許說：「將來你就會知道，跟我幹對，還是跟張國燾幹對？」

毛下令不得對許進行審判、定罪。不久，「七七」事變爆發，抗戰軍興，毛立即將許釋放，並派往前線殺敵。許心喜欲狂，從此對毛死心塌地、忠心耿耿。毛此舉也安服了當時諸多四方面軍將士的軍心。

　　抗戰之初，許世友任一二九師三八六旅副旅長，隨徐向前挺進山東，後負責膠東地區的戰鬥，發展壯大共軍，建立了中共在山東紮實的根據地。

　　抗戰勝利後，國共內戰又起，山東成為上接平津、下連淮海的樞紐戰略要地。許世友參加了萊蕪、孟良崮、膠東等戰役，戰功累累。

　　1948年9月，中共在東北、華北開始與國軍決戰。在華北戰場上的突破點為濟南，當時國軍在濟南有十多萬重兵，防禦森嚴。國府山東省主席兼第二綏靖區司令王耀武為抗日名將，深知山東情勢，深謀穩戰，共軍進攻濟南是一場艱難的硬仗。當時許世友任山東軍團司令，這個重任自然由他來擔負。開戰前，許正患重感冒，部屬均勸他多保重，不要冒險去前線。但毛澤東知道後，衡量此役成敗至為關鍵，乃親自下令囑許務必帶病上陣，到前線指揮。許乃一把鼻涕，抱病親臨一線發動猛攻，激戰九日（9月16至24日），攻陷濟南，全殲國軍，接著攻占臨沂、煙臺等地。山東除青島外均為共軍所有，為其後淮海、平津兩大戰役奠定基礎。中共得以取得天下，許世友在濟南之役功莫大焉。

　　中共建政後，許世友曾參加韓戰，後任南京、廣州等軍區司令，並於1979年指揮對越南之戰。1985年3月在上海去世。

　　許世友乃老粗型猛將，為人耿直，善待兵士，趣聞頗多。譬如他在軍中提倡武術，曾宣布要其屬下與他比武，但沒人敢應戰。他一再催促，兵士乃推出一個小兵。許首先言明不得「裝輸」，否則嚴辦。誰知那士兵還真有兩手，兩人對陣幾下，許就被打倒在地。許卻面無難色，大力嘉獎此士兵。可見其愛待士卒之誠。

許世友教兵士打拳

　　許世友說話直爽，言詞粗魯。他原與粟裕各屬一方，不相往來，後粟裕總攬、指揮華東作戰，許為其下屬。但許覺得粟裕「面似柔弱，行事遲疑」，瞧不起他。在萊蕪、孟良崮戰役之初，每當粟裕來電話指揮，許總是粗言頂撞。粟裕也不對他發火，只將電話交給身旁的陳毅。陳毅接過電話，也不等許世友發話，就用他那一口四川話說道：「格老子的，有意見啊！我給你說，粟總的話就是我陳毅的話！明白了吧？」許只得遵令照辦。但這兩仗全殲敵軍後，許對粟佩服得五體投地。到了1955年，中共授軍銜時，許世友得知他沒能被列在「大將」榜上，而只被封了個「上將」，大為不滿，到處抱怨。後周恩來找他去，對他說：「粟裕也只弄到個『大將』。」許聽後，立即說道：「論功，我遠不及粟裕，怎能與他平級！」乃心悅誠服，不再抱怨。

　　毛澤東對許世友「非常放心」，一直把他放在重要的地方坐鎮，任軍區司令，對臺灣、越南及其他外力防備，同時也

對內部做政治上的防範。1976年9月9日，毛澤東去世當日，許前往「瞻仰遺容」，發現毛身上有幾道可能是搶救時被刮出的傷痕，乃大吵大鬧，認為毛是被害而死。可見他乃「性情中人」，也表露了許對毛之「忠貞」。

　　許世友在1985年臨終前上書中共中央，說他自幼參加革命，報效生母不足，活著盡忠，但希死後葬在母親墳邊，以盡孝道，並敘未能奉養之疚。但中共自開國到那時，只有毛澤東和任弼時兩人沒有火葬，是以誰也不敢做主，只得請鄧小平拍板。鄧思前顧後，想到許世友畢竟是個「奇人」，在六十年戎馬生涯中，戰功赫赫，百死一生，是一個具有特殊性格、特殊經歷，與特殊貢獻的特殊人物，遂在許的報告上寫了八個大字：「照此辦理，下不為例！」許得死後陪伴母親盡孝。

　　總的來說，許世友是一個難得的勇猛、忠實的好將領，為毛澤東威加四海、安守四方，立了大功。毛澤東學到李世民賞識、收納尉遲敬德的明智，能在紛亂中審勢，識英豪，免其死而倚以重任，誠乃不失知人善任之明矣！

（原載於《美南週刊》2011年3月12日）

▌柳亞子與毛澤東

　　柳亞子是中國二十世紀的大詩人與愛國志士，在中國文學史上居於重要的地位，也是當代知識份子圖強救國的典範。

　　他是一個書香世家子弟，於1887年生於江蘇吳江市黎里鎮。柳家自其高祖起，世代邊耕邊讀。柳的母親費氏系出江蘇武進名門，為費孝通的族人，頗具才華。柳自小由其母啟蒙，五歲入私塾讀書，有嚴格的家教和師規，打下深厚紮實的國學基礎。

　　柳生於清末國家多難之際，激起其圖強報國之志。年十六，加入「中國教育會」，得識鄒容、章太炎、蔡元培等人，並協助鄒容出版了震驚當世的《革命軍》。

　　1906年，柳亞子加入「同盟會」，三年後（1909年）與陳去病、高文梅發起創立「南社」，結合有志的知識份子，宣揚推翻滿清政府，其後發展到三千多社友，魯迅、陳布雷、于右任、張繼、汪精衛等均為該社成員。

　　1911年，辛亥革命成功。次年初，孫中山在南京就任臨時大總統，聘請柳亞子為總統府駢文祕書，但當時南京政府瀰漫著與袁世凱和談的氣氛，柳表示反對。他覺得袁世凱是個不可與謀的野心家，與虎謀皮，後果不堪設想，寫了〈感事〉：「龍虎風雲大地秋，……功名自昔羞屠狗，人物於今笑沐猴，……不如歸去分湖好，煙水能容一釣舟。」幹了三天，就辭職去了上海。經好友陳布雷介紹任《天鐸報》主筆，揭發

袁世凱的陰謀，與其南社社友于右任、邵力子針鋒相對，進行筆戰。

柳亞子最初對新文化運動持反對態度。胡適曾作白話詩嘲笑南社社友的舊詩，柳大力反駁，謂：「若胡適者，所謂畫虎不成反類犬，寧足道哉！」但自「五四」後，柳對新文化運動轉為大力擁護，並推崇胡適在新文學運動中揭竿而起之功。

柳年少時對汪精衛非常佩服，兩人結為深交。但後來汪清黨，最終淪為漢奸，柳大力誅伐，說道：「荃蕙（註：香草，出自屈原《離騷》）化茅，不乏舊侶，最所痛心。」

柳曾組「酒社」，與友人飲酒賦詩，暢論國家大事，以天下為己任，集會常有「風景不殊，正自有山河之異」的新亭對泣。他一生提攜、鼓勵後進，常聚少年飲酒闊論，不以年長、盛名及文才而自傲。1945年秋，曾與尹瘦石合辦「柳詩尹畫聯展」。當時尹年僅26歲，初出茅廬。柳以「國士」之資，未覺「妄自菲薄」，可見其提攜後進之熱衷。

1926年，柳赴廣州參加國民黨二屆二中全會，適逢「中山艦事件」發生，蔣介石開始制裁共產黨。柳去黃花崗弔唁老友廖仲凱，寫了：「亂草斜陽哭墓門，從知人世有煩冤，……何止成名嗤阮籍，最憐作賊是王敦。匹夫橫議誰能諒，地下應招未死魂。」

當他與蔣介石見面時，柳大聲斥責蔣不執行孫中山的「聯俄、聯共、扶助工農」的三大政策，令蔣滿面通紅，默然不語。當夜柳去找時任黃埔軍校政治部主任教官的惲代英（註：〈黃埔軍歌〉：「怒潮澎湃，黨旗飛舞，這是革命的黃埔！主義需貫徹，……發揚吾校精神！發揚吾校精神！」為惲作詞），

告訴他，蔣是陳炯明第二，將來為禍更大，建議惲代英派人刺殺蔣介石，但為惲所拒絕。五年後，惲代英在南京被蔣槍決，柳感慨地寫了：「百粵重逢日，軒然起大波。我謀嗟不用……回天事已訛。蒼茫揮手別，生死兩蹉跎。」

　　幾天後，柳亞子到珠江畔的茶樓，遇見了一個年輕人──毛澤東。柳有識人之才，十分賞識其人才華，兩人一見如故，品茗縱論天下大事，開啟了兩人多年的交往和友誼。柳向毛提出倒蔣建議，但毛不表同意，告訴柳，這樣做會損害國共合作。柳當即感慨而言：「你們不聽我話，將來要上當的！」

　　1927年，北伐勝利進軍南京、上海，國民黨開始清黨，柳被列為「國民黨左派」，在通緝名冊中，柳只得亡命去了日本。毛澤東也上了井岡山，開闢中共武裝革命根據地。

　　1929年，柳在上海聽到謠言傳聞毛在戰鬥中喪身，感觸而寫了：「神烈峰頭墓草青，湖南赤幟正縱橫，人間毀譽原休問，並世支那兩列寧。」

　　後柳得知毛並未喪生，猶在江西「反圍剿」，於1932年又作了：「平原門下亦平常，脫穎如何竟處囊？十萬大軍憑掌握，登臺旗鼓看毛郎。」在毛初起之時，柳亞子已給予他極高的評價。

　　1941年，柳亞子因「皖南事件」發表意見，被蔣介石開除了他幾十年的國民黨籍。

　　柳與毛的重逢是在1945年夏、秋之際，毛澤東應蔣介石的邀請由延安飛抵重慶，進行會談，逗留了四十三天。自柳、毛廣州珠江畔初遇，兩人已闊別十九年，但情誼益深。毛在重慶曾與柳頻頻相聚，當時柳夫人因病入院手術，毛再三表示關懷。

　　柳作了許多詩詞勉勵、讚揚毛澤東，把毛一直比作「有為後進」。毛也敬重柳的文學造詣與愛國情誼，認他為「前輩」與「詞長」，曾說：「先生詩慨當以慷，卑視陸游、陳亮，讀之使人感發興起。可惜我只能讀，不能作，但是萬千讀者中多我一個讀者，也不算辱沒先生，我又引為自豪了。」

　　毛在臨離重慶前幾天，送了一闋詞請柳亞子「審正」，柳亞子當夜審閱了毛詞，立即寫了一首和詞，還找人替毛刻了兩個印章，於次日去找毛澤東未遇，但留信請他將「原詞重抄一遍」。這就是以後成為「千古絕唱」的〈沁園春·雪〉：「北國風光，千里冰封，萬里雪飄，……惜秦皇漢武，略輸文采，唐宗宋祖，稍遜風騷，一代天驕，成吉思汗，只識彎弓射大雕。俱往矣，數風流人物，還看今朝。」柳的和詞為：「二十載重逢，一闋新詞，意共雲飄，……君與我，要上天下地，把握今朝。」

　　這兩首詞，當時在重慶引起了極大的轟動，首先周恩來堅決反對在《新華日報》發表毛詞，認為會造成對和談的「不良影響」。其後被文人吳祖光在「柳詩尹畫聯展」中抄錄，登載於《新民報·晚刊》，立即引起國民黨文人的大力誅伐，群起而攻，謂之有「封建帝王思想」，回詞囑毛「放下屠刀」、「一品當朝」。

　　而左傾文人以郭沫若為首大力反駁，謂該詞「絕無封建帝王思想」，其中「數風流人物」是指「人民群眾、無產階級」。耐人尋味的是柳亞子一反常態，沒參與筆戰及任何爭議，但被人指責為「從龍附鳳」，進而盛傳《沁園春·雪》乃出自柳的「手筆」或為其「大力潤色」而成。

1949年初，中共已在北方擊潰國軍，柳亞子應邀由香港來到北京。毛澤東禮賢下士，在百忙之中親自到頤和園柳的住所登門造訪。那一陣，柳寫了十多篇詩詞給毛澤東，其中最有名的是〈感事呈毛主席〉（1949年3月28日）：「開天闢地君真健，說項依劉我大難，奪席談經非五鹿，無車彈鋏怨馮驩。頭顱早悔平生賤，肝膽寧忘一寸丹！安得南征馳捷報，分湖便是子陵灘。」毛澤東作了和詞〈七律・和柳亞子先生〉：「飲茶粵湖未能忘，索句渝州葉正黃。三十一年還舊國，落花時節讀華章。牢騷太盛防腸斷，風物長宜放眼量。莫道昆湖池水淺，觀魚勝過富春江。」事實上當時柳亞子已感覺到毛澤東及中共被勝利沖昏了頭，在軍事上及政治上裹足不前，賦詞提醒毛澤東加緊統一大業及開放言論。果然柳的這闋〈感事呈毛主席〉以後成為「文革」時批柳的把柄。

　　其後，毛邀請柳亞子夫婦一起去拜謁孫中山的衣冠塚，又同赴毛住所與朱德、江青共敘。主要談論古典詩詞，包括南朝劉宋謝靈運〈登池上樓〉中的「池塘生春草，園柳變鳴禽。」隋代薛道衡的〈昔昔鹽〉：「暗牖懸蛛網，空樑落燕泥。」以及宋朝蘇東坡的〈題惠崇春江晚景〉中的「竹外桃花三兩枝，春江水暖鴨先知」等等。

　　毛澤東對柳說：「先生有清醒的政治頭腦，是一位政治家，也是一位大詩人。你寫的詩我最愛讀，有趣味，有意義。有千百萬讀者喜歡你的大作，我就是千百萬讀者中的一個。」繼重慶相逢後，毛再度表露了推崇柳亞子為其「詞長」及「前輩」的態度。

　　次年10月，中共建國一週年，毛澤東邀請柳亞子一同在懷

仁堂觀看各民族歌舞表演，囑柳填詞以記盛況。柳遂寫了〈浣溪沙〉：「火樹銀花不夜天，……不是一人能領導，哪容百族共駢闐？良宵盛會喜空前！」毛寫了和詞〈浣溪沙‧和柳亞子先生〉：「長夜難明赤縣天，……一唱雄雞天下白，萬方樂奏有于闐，詩人興會更無前。」毛澤東意氣風發、躊躇滿志，頗有當年曹孟德赤壁「橫槊賦詩」之概。

其後，毛不斷發起鬥爭運動，壓抑知識份子，柳漸被冷落。直到1958年，他在北京去世，尚可謂善終。

1966年驚天動地的「文化大革命」開始了，全國鬥得如火如荼，柳老雖已歸天國，卻也沒能逃過。由康生帶領，檢查了柳的女兒於1963年捐獻的六千多件柳亞子遺留的文物。這些文物根據周恩來指示，放在中國革命博物館。康首先指出其中有三枚柳於1945年請人刻的「反動印章」：（一）兄事斯大林弟畜毛澤東；（二）大兒孔文舉小兒楊德祖前身陶彭澤後身韋蘇州；（三）前身禰正平後身王爾德大兒斯大林小兒毛澤東。

康生認為稱毛主席為「小兒」及「弟畜」乃「大不敬」。柳自比「不為五斗米折腰」的陶淵明和清廉剛直的韋應物，並自詡為有才辯傲物的禰衡，和英國唯美主義、反對市儈及傳統道德之稱的王爾德，涉嫌「侮辱」毛主席。另又追溯到1949年柳寫給毛的〈感事呈毛主席〉，謂柳當時要車、要頤和園，「怒氣沖天」。康指令文化部徹底追查，責問中國革命博物館：「是革命博物館？還是反革命博物館？」矛頭直指周恩來。

柳亞子的「詞弟」及「後生」毛澤東沒將他列為「保護」名冊，柳慘遭批判，在大字報上被點名為「老反革命份子」。

柳亞子與毛澤東

柳的家人受到迫害，他的大部分遺物均被銷毀。柳老也許早有
「預感」，1945年在重慶，他不是就寫了：「君與我，要上天
下地，把握今朝」的和詞嗎？

　　筆者曾於2007年夏前往江蘇吳江市黎里鎮柳亞子故居尋
訪，這是柳家幾代居住的一個古色古香的幾進大院，現已闢為
「柳亞子紀念館」。進門大廳兩旁有毛澤東寫的〈沁園春‧
雪〉與柳亞子的〈沁園春‧次韻和毛潤之〉，其內有柳亞子幾
代的居室。第五進樓下東邊是柳亞子的書房，牆上一副橫匾
「磨劍室」，取名源自賈島的〈俠客〉詩：「十年磨一劍，霜
刃未曾試，今日把示君，誰有不平事？」表露了柳亞子一生不
斷磨礪自己、為文求進、報國為民的氣概。

　　據管理員說，柳有四千冊藏書，一生曾作了一萬多首詩
詞，現有五千首編在《磨劍室詩詞集》內。房舍的東邊牆上有
一副對聯：「青兕後身辛棄疾，紅牙今世柳屯田。」是柳的南

社故友傅鈍銀所贈，形容柳的詩詞一方面像北宋柳永：「合十七八女郎執紅牙板，歌楊柳岸曉風殘月。」描寫婉約動人；但另一方面接近南宋辛棄疾憂國憂民，像犀牛那樣，敢於衝鋒陷陣，犀利而老辣，氣魄萬千。二十世紀大文學家郭沫若曾作文稱讚柳亞子為「今屈原」，是十分恰當的。

我在柳故居的磨劍室，最令我感觸的乃是，管理員告訴我，柳的大部分遺留文物都已在「文革」中被銷毀，現剩下的柳手跡已很少了。真不知毛主席在九泉之下見到他這位「前輩」及「詞長」，還能像當年一樣，有雅興與他賦詩和詞嗎？

闡史篇

中國的歷史正如大渡河的洪流一般，川流不息。太平天國、石達開和中共均在不同的時代及主觀內涵下完成歷史交付的使命。大渡河畔曾發生過的事蹟：石達開的覆滅及中共紅軍長征的成功極致地標誌了他們各自爲其崇高的革命理念奮鬥的精神。這些事蹟都是中國歷史的光榮，可歌可泣，均將永垂不朽！

▎憑弔葡萄牙亨利王子紀念碑
──為什麼鄭和沒能開啓航海大發現？

我與老妻於2008年到葡萄牙首府里斯本遊覽，在海邊參觀了航海大發現紀念碑（Monument of the Discoveries）。石碑雕塑亨利王子帶領航海探險的健兒們，眺望著遠方的大海以及未來的世界，開啟了近代航海大發現的創舉。我徘徊良久，感觸萬千，為什麼是亨利王子，而不是我國偉大的航海家鄭和，開啟了近代航海大發現，改變了全世界？

亨利王子開啟歐洲近代航海

航海家亨利（Henry the Navigator）生於1394年。他是葡萄牙王約翰一世的第三個兒子，從小生活嚴謹，對人謙和有禮，富於宗教熱忱，崇拜在十字軍東征中病死在非洲的法王路易九世。

葡萄牙位於伊比利半島西南角，當時人口僅一百多萬，是個蕞爾小國。自第八世紀回教摩爾人（Moors）侵入伊比利半島後，基督教的諸多城邦經過六七個世紀的奮鬥，到了十四世紀中期，已從摩爾人手中奪回大部分領土，然尚對峙於半島南部，是以對付摩爾人成為葡萄牙人的首要政治目標。

據中世紀的古老傳說，撒哈拉沙漠以南，尼羅河上游，有一個信仰基督教的國家，被稱為「約翰神父之國」。就如同漢武帝派遣張騫出使西域，以夾擊匈奴一樣，葡萄牙人想從非洲西海岸南下，越過撒哈拉沙漠，到其南的幾內亞（Guinea），

把幾內亞人改成基督教徒，再向東聯合約翰神父之國，最後把摩爾人在非洲的勢力剷除。

葡萄牙地處歐洲西南角，加上歷史上受西班牙制約，使其難以向歐洲發展，唯一的出路就是向非洲及大海進軍。

當亨利二十一歲時，他勸說父王約翰遠征北非休達港（Ceuta），也就是今日在摩洛哥，直布羅陀海峽南岸的休達城。這裏從前是阿拉伯海盜聚集之處，經常搶劫基督教國家船隻，而歷次摩爾人攻打伊比利半島，都在此整軍出發，被稱為「基督教國家的剋星」、「西班牙半島之魔鬼」。約翰起初覺得遠征勞師動眾，也沒有經濟價值，表示猶疑。所幸王后菲利白勸說，才下令全國總動員，於1415年（明成祖永樂十三年）從里斯本出發，8月下旬，攻占休達港，只是摩爾人已跑光，剩下一個空城，未獲得任何財物及人力。但遠征休達港可謂西方航海大發現之濫觴。

請讀者注意，亨利的首次航海遠征休達也正是我國鄭和下西洋的時候（1405至1433年）。

亨利參加了這次遠征，其後被任命為休達港鎮守使、基督團團長，及亞爾加爾地方知事，直接領導大軍對抗摩爾人。接著亨利就著手前往西非幾內亞的探險。當時歐洲人心目中的非洲西海岸是「黑暗海」，無法越過波查多爾角（Bojador），因為那裏暗礁很多，海流湍急，常有大霧籠罩，而風向變幻無常。甚至有人迷信，認為那裏就是《聖經》中所說的地獄入口。這種種因素帶給亨利航海很大困難。1419年，他終於得到經費及人員，親率兩艘船南下遠征。因遇暴風，偏離航線，卻意外地到了馬得拉群島（Madeira）。次年他再航行到

此，又發現了波托桑托島（Porto Santo）。他任命Bartholomeu Perestrello出任該島的世襲總督。多年後，這位總督有個義大利籍女婿，那就是鼎鼎大名的哥倫布，也可以說哥倫布是受亨利影響很深的。

此次航行，亨利沒能越過波查多爾角，一直到十多年後（1434年）他才由Gil Eannes繞過波查多爾角，1436年又由Affonso Gonsalves Baldaya起航到達里約奧羅（Rio de Ouro）。亨利的遠航非洲，其原本動機固然是宗教和政治，但經濟因素也必然占有很大的份量。航海遠征費資巨大，除了要政府大力支持，也必須爭取經濟回收才能持續不斷。另外葡萄牙人在歐洲貿易打不開局面，如何開源就成了國家的要務。亨利最初二十年的航海都沒有什麼經濟收穫，當1436年到了里約奧羅後，就開始了販買黑奴的勾當。但開始成效不彰，只抓了幾個婦女與小孩，另外搶了一些海豹皮和海豹油。

1437年亨利又率艦遠征，當時葡萄牙許多大臣反對，所幸他的大哥愛德華做了國王，支持他。他到了北非，準備攻下直布羅陀海峽西端的Tangier，卻遭到慘敗，並犧牲了其弟費爾南，航海事業因之一蹶不振。

直到1441年，亨利的二哥彼德攝政，恢復支持航海。亨利已年老體衰，無法親自遠征，就派Antam Goncalvz和Nuno Tristam兩人分乘兩艘船南下西非，在里約奧羅登岸，強抓黑奴，並搶了些金粉與鴕鳥蛋。1443年，Tristam繞過布浪科角，到了阿爾金島（Arguin），滿載黑奴而歸，獲利頗豐，葡萄牙人才一改以往對耗資航海的反對，全國讚賞不已。亨利成了葡萄牙走向富強的功臣。其後葡萄牙許多商人向亨利申請成立公

司，打著基督教的大旗，到非洲去從事大規模的黑奴販賣生意。

葡萄牙掀起了一片非洲熱，非洲西海沿岸的葡萄牙船隻千里絡繹不絕，直到1445年，Lanzarote率領二十六艘船遠征非洲，其中三艘找到了幾內亞的塞內加爾河口，歷時三十年的幾內亞探險終於完成了。

其後亨利又派遣Ca da Mosto和Antonio de Nola率艦越過維德角（Verde）到達剛比亞河（Gambia），進抵羅鎖角（Roxo）的南方，並發現維德角群島，獲得大量的黃金、象牙，其利潤比販賣黑奴更上一層。

1454年，羅馬教皇應葡萄牙王之要求，正式發布規定，沒有葡萄牙王的准許，任何其他國的船隻不得在西非海岸及大西洋近海航行。到1460年亨利去世時，葡萄牙人的足跡已到達塞拉勒窩（Sierra Leone）。

亨利花了四十多年的心血，從事西非及大西洋近海的探險，培養了大批的航海、天文、地理、數學、製圖的人才，也取得了許多技術新知及航海經驗，但他一直沒找到約翰神父之國，也沒能將摩爾人趕出非洲，卻激起歐洲人打破阿拉伯人壟斷，阻塞西方前往東方的意念，加之受到馬克勃羅《東方見聞錄》的影響，尋找海上前往印度、中國之路遂成為歐洲遠洋探險的嚆矢。

大航海、大發現及殖民時代

1488年，狄亞士繞過好望角，到了非洲東岸，下個目標就是遠航印度。

不久哥倫布也來到葡萄牙，向國王訴說，他可以帶船向西航行，會更近、更快地到東方，但被認為是荒誕無稽，轟了出

門。他又跑去找西班牙人，皇后伊麗薩白給了他三艘船。1492
年，哥倫布向西航行了七十一天，見到一群島嶼，於是他宣布
已到了印度，見到了印度人（Indian）。其後他又三次航海，
直到哥倫布死，他堅持他乃是最先到東方的西方航海家。有
人說哥倫布是「騙子」，他一輩子沒能為他吹噓的東方之行交
卷，但後人證實，他意外地找到了新大陸。

1494年，葡、西兩國簽訂「托德西拉斯條約」，規定以大
西洋中的維德角群島西方370里格為分界，葡萄牙向東、西班
牙向西，各自發展航海探險。

最先航海到印度的歐洲人是達伽馬，他於1497至1499年繞
過好望角抵達印度，做了大批買賣，為葡萄牙人帶來大量財富。

其後土生土長的葡萄牙人麥哲倫又向國王提議向西航行
環繞世界，與西班牙人搶地盤。可惜和哥倫布一樣，他又被轟
出門外，只得做了「葡奸」，去為西班牙人效勞。1519至1522
年，麥哲倫的船隊完成了環球一周的壯舉（只惜他本人中途死
在菲律賓）。

葡萄牙與西班牙的航行掀起了歐洲諸國的大航海、大發現
及殖民時代，改變了人類的歷史。

史學家俾斯利曾說：「狄亞士、哥倫布、達伽馬、麥哲倫
四大航海家的偉大成就，如果沒有亨利王子前四十年（1419至
1460年）的艱苦奮鬥，隨後四十年（1480至1520年）征服海洋
的驚人成果，就不知道要延到何年何月了！」

為什麼是亨利王子，而不是鄭和開啟航海大發現

亨利王子與鄭和（1371至1433年）生長在同一時代。鄭和

七次下西洋（1405至1433年），他率領的船隊大於亨利西非探險船隊百倍，他的航程也是亨利的幾十倍，他有明成祖舉全國之力支持遠航，當時中國富強鼎盛。但為什麼亨利的西非探險開啟了近代航海大發現，而鄭和七下西洋之後，中國的航海卻銷聲匿跡了？這是一個很發人深省的問題！

（1）西方進入文化復興，中國文化走向僵化

　　歐洲自十四世紀開始，以義大利為中心，掀起了文藝復興（Renaissance）運動。文藝復興是打破中世紀黑暗時代宗教的枷鎖，再生希臘、羅馬古文化而起，但逐漸形成一種絕非開倒車的復古運動；思想上再生，藝術上認識人與世之美，科學上理智性的解放，宗教上得到自由，使整個文化提升了朝氣與智慧，樹立了以全面自由開放為本的政治改革。

　　在文藝復興的影響下，歐洲對天文、航海的概念從天圓地方逐漸轉變成地圓說；數學物理的發展使歐洲人用從中國引進的羅盤針改良成更適於遠洋航海的工具；由地中海貿易中，發展了海圖的製作；此外造船技術也突飛猛進。總的來說，十四五世紀的文藝復興打破了中世紀的迷信與封建思想，不僅帶來新的造船、航海技術，也產生了新的航海知識與思想，培養出以亨利王子為首的許多有膽識的偉大航海家。文藝復興提供了航海大發現的社會條件。

　　反觀中國，唐、宋時代文化遠超於歐州，但元代蒙古人以武力征服中國，卻未能繼承中國文化的精華而發展。明代再建以漢人為主體的國家，但沒能消除元代的流弊。更有甚者，乃是朱元璋廢除宰相制，破壞了中國自秦漢以來的君相制衡的政體；控制思想，倡文字獄，甚而對大臣、知識份子行「廷

杖」，壓制言論；科舉不再重視對時務的策問，而以八股申述儒家思想，堵塞了文化與思想的元氣，造成明代政治上基本是保守的格局，缺乏進取，更使中國文化體系走入僵化。

滿清以少數民族入主中原，清初即頒「剃髮改服」，並擴大文字獄，未能正確處理民族矛盾，另一方面承續了明代科舉八股，壓制思想等文化桎梏，使得整個文化擺脫不了僵化狀態。

當西方正進入思想澎湃、百花齊放、冒險創新、走向世界的時候，中國卻是在推行「一言堂」、壓制思想、守舊退縮、閉關自守，以致航海大發現的任務只得由歐洲人開啟了。

（2）海盜與海禁——政府政策與人民利益之矛盾

中國有漫長的海岸線，常言：「靠山吃山，靠水吃水。」沿海百姓素有出海闖蕩的傳統。在浙江餘姚發現的河姆渡文化的物證，說明早在七千年前的新石器時期，這裏的人民已開始航海。

至於沿海百姓出外航海、貿易，自唐、宋以來就十分發達。譬如泉州在宋代就是與阿拉伯人貿易的大港，而人民出海謀生無遠弗屆，蘇門答臘、馬來亞早已有大批中國移民。近年來在澳洲北岸曾發現約五百年前的中國佛像，說明當時中國的老百姓航海探險可能已到澳洲。這比庫克船長的「發現」澳洲，要早了兩百多年。

中國自古以來，由於地主兼併土地、官府橫徵暴斂，沿海人民被逼出海為盜。宋、元時期，航海貿易逐漸興盛，政府設「市舶司」壟斷海外貿易，海盜活動遂加速發展。元末吏治敗壞，民不聊生，四處謀反者群起。而最先「首亂」推動群雄起義者為浙江黃岩人方國珍。方擁眾十餘萬、艦船千餘艘，亦

商，亦盜，亦戰，縱橫沿海十九年，後降服於朱元璋。

　　元末明初，日本原為足利義滿當權，後足利家族失去控制，進入戰國時期。諸侯紛爭，民生困苦，百姓入海為盜，侵擾中國。倭寇已是我國海疆問題，但尚未成大亂。

　　朱元璋統一全國後，為對付殘餘的方國珍、陳友諒海盜勢力與倭寇侵擾，實行海禁，強迫遷徙東南沿海島嶼上的居民，「墟其地」。洪武四年（1371年），就詔令沿海人民不得私自出海；建文四年（1402年），明廷派使諭各國，遣返中國人民；永樂二年（1404年）又下詔禁民入海。鄭和下西洋，曾逮捕、誅殺海外的「叛逃棄民」陳祖義。其後海禁時行時放，大多時間是對外閉關的狀態，直到以後民間海上貿易繁盛，無法阻擋，才於穆宗隆慶元年（1567年）開放海禁。長年的海禁嚴重地破壞了人民的生計，百姓被逼鋌而走險，紛紛出海為盜。王直、徐海、林道乾、林鳳及其後的鄭芝龍均聚眾成千上萬、艦船千百，和日本及東來的葡萄牙、荷蘭、西班牙私通貿易、來往。促進東西交流的這個時代重任，政府沒能開創、引導，卻由民間的海盜們擔負了。

　　除了海禁之外，明廷在寧波、泉州和廣州設「市舶司」主持外國「貢市」，同時派太監到港岸監辦，與民爭利。寧波被指定為對日港口，規定十年一貢（後改為三年）、船不過兩百（後加到三百），遠不足中、日民間貿易發展的需求。到了世宗嘉靖元年（1522年）竟然頒布「罷市舶」，致人民死活不顧，苦的是依靠大海生活的百姓。

　　海禁與罷市舶造成適得其反的後果，促成海盜與倭寇合流，致使「沿海數千里，生民靡不荼毒」，「積骸如陵，血

流成川」，東南沿海城鄉遭到嚴重破壞，人民生命財產損失慘重。

　　滿清入主中原後，先與明鄭在東南海疆對峙數十年，實行海禁。施琅征臺（1683年）後，清朝早期基本上採取閉關自守，限制人民出海。百姓無以為生，出海為盜不絕，蔡牽、朱濆、鄭一嫂等縱橫海上，且盜且商，並與葡萄牙、西班牙、荷蘭海師抗衡。

　　再拿移民臺灣的歷史來看，臺灣距福建一水之隔，僅約一百海里。早在三國及隋代已有政府船隊來到臺灣，元代在澎湖設制巡使司，但臺灣與沿海許多島嶼卻一直只是海盜聚集之處。明末天啟元年（1621年），海盜顏思齊、鄭芝龍率眾到臺灣北港建立屯墾基地，才開啟了漢人開發臺灣的宏圖。其後荷人染指澎湖，明朝政府把他們趕到臺灣去（1624年），使荷蘭統治臺灣達三十八年之久。所幸鄭成功趕走荷蘭人，光復臺灣。當時閩、粵耕地有限，為了生計，漸多百姓渡海墾荒，但清初政府嚴禁出海，以防明鄭。即使到清代中期，朝廷也一再限制百姓去臺灣。由此可見明、清以來，中國政府對老百姓出海謀生多視為「亂民賊子」，嚴加限制、防範。

　　總的來說，中國明、清兩代的大部分時間，老百姓出海貿易、謀生的經濟所需與政府的政策往往不相吻合，自然得不到政府的支持。鄭和下西洋，朝廷的目的原為「宣揚國威」，而其後也未能發展、演化到與老百姓的生計利害與共的階段。這與近代歐洲諸國在航海事業方面，在逐漸發展演化中，政府與人民經濟利害趨於一致的情況差異很大。這導致了中國未能走上大航海、大發現的道路。

（3）缺乏對國際航海有遠見的國家領導

　　鄭和之所以能有龐大船隊遠船海洋，主要有明成祖的全力支持，但其後明、清兩代再也沒有對國際航海有遠見，而大力支持的國家領導了。

　　明成祖是一個有作為、敢於開創的君主，他原為燕王，後發動靖難之變，奪取帝位。為了針對五代以來北方少數民族興起的格局，他將首都由南京遷至北京，這是有遠見之舉。五次親征蒙古，最後死在北征歸途中，乃是為了開拓疆土，安定邊界。另一方面，他也效仿漢、唐，欲遠方「萬國臣服來朝」，與周邊三十餘國通使通貢，遣使封冊、慶弔。在與諸國的交往中，採取「厚往薄來」的方針，對外國使節也執行「懷柔遠人，毋阻向化」的手段。另外，明成祖對安南用兵，並設交趾布政司，開疆拓土。他瞭解到海權時代的到來，面向南海，放眼世界。

　　明成祖在歷史上做的最有意義的事之一就是派遣他的親信鄭和遠航西洋。在一些人心目中，鄭和下西洋其目標，動機不明，以致虎頭蛇尾，有始無終。史書上說明鄭和下西洋的目的有二：一為「尋找惠帝」，二為「宣揚國威」。事實上「尋找惠帝」不太合理，多屬民間傳言。是以「宣揚國威」乃是唯一的動機。

　　這是一個放眼世界的壯舉。當時中國與阿拉伯人海上的貿易已非常興盛，中國也有許多移民到了南洋，加上陸上東西交流貿易的絲路被崛起中亞的帖木爾帝國切斷，導致海運更加興盛。帖木爾四處征戰，建立了從帕米爾高原至阿拉伯半島、小亞細亞的大帝國，志在恢復其祖先成吉思汗的光輝，他於1404

年末（永樂二年）率二十萬大軍起程遠征中國，但幾個月後在征途中病逝，其後成祖恢復與帖木爾帝國的友好。有的學者認為鄭和下西洋曾在幾處設兵站，一方面是瞭解海外情況，也可能是為刺探帖木爾帝國動向的戰略考慮。

鄭和在明成祖在位時，從永樂三年（1405年）到十九年（1921年）曾六次出航，每次人數約為兩萬七八千人，船艦六十多艘，南抵爪哇，西達東非，弘揚了中華文化，進行了經濟交流，也顯露了中國走向世界的決心。

就正如亨利王子西非探險一樣，其航海事業並非一無阻撓，而其目標也須隨時代而發展、轉化。可惜的是鄭和龐大的船隊耗資甚巨，其貿易所得遠遠無法擔負。成祖逝世後，於宣宗宣德六年（1431年）再做了最後一次，也就是第七次航行，鄭和於歸途中，積勞成疾，死在印度古里。此後因經濟拮据，加之宣帝趨於保守，首先撤消交趾布政司，放棄面向南海、放眼世界的政治地緣優勢。其後朝廷大臣極力反對航海，甚至將鄭和帶回的許多寶貴資料、航海紀錄及船艦建造藍圖全部銷毀，腐朽之見，愚不可及，使得中國喪失了最寶貴的航海文化及科技的資料。此後明代再也沒有一個皇帝支持出海遠航，使得世界的海域只見歐人艦隊，而不見中國船隻了。

到了清初，雖國力鼎盛，但昧於海事，後施琅征臺，明鄭歸順，當時清廷大多重臣都主張「遷其人，棄其地」，連康熙皇帝最初也以為：「臺灣彈丸之地，得之無所利，不得無所損。」只有施琅積多年為海盜、明鄭將領及滿清提督的經驗，洞悉海權和臺灣對中國未來之重要性，以及臺灣人民篳路藍縷開發臺灣之艱辛，和其未來發展的遠景，力排眾議，力主保

臺。向康熙上〈留臺疏〉說：「棄之必釀大禍，留之誠永固邊疆！」打動了康熙，才決定將臺灣納入版圖。其後，乾隆皇帝在接見英國特使馬戛爾尼時告訴他：「天朝物產豐盈，無所不有，原不藉外夷貨物以通有無。」拒絕了英人要求的建立外交、商務關係，就更不要談對外遠航了。明、清對琉球、臺灣忽視，民國蔣介石開羅會議拒絕考慮羅斯福提議的託管琉球，中共毛澤東閉關自守，海權不張，貽害當今釣魚臺、南海問題。由此種種可見最近幾個世紀以來中國少有對海權具有正確認識的國家領導人。

鄭和的航海偉績沒能像亨利王子航海一樣後繼有人，一直有政府大力的支持，不斷地克服艱難，充實目標，擴大到全球貿易、殖民以及大發現，開拓新航線、新大陸。中國的航海卻是由於領導人的缺乏遠見，有始無終、銷聲匿跡了。數百年後，當西歐列強的侵略到來才驚動了舉國上下。

結語

回顧中西過去五六個世紀航海以及歷史的發展，作為一個中國人應感到沉痛。近代中國飽受侵凌，激起了許多愛國志士獻身於圖強救國，向西洋學習。只惜往往僅認識到問題的表面，而未知其根本所在，力求船堅炮利，圖財逐末，走過許多曲折偏差的道路。

亨利王子與鄭和兩位偉大航海家的故事，說明了中國和西方近代走的道路是始同而道殊，這應作為中國在當今走向富強康樂的道路中的一面不可忽視的明鏡！

Monument of the Discoveries（亨利王子紀念碑）

▎一個知識份子對體制改革的遠見

　　太平天國在永安（今廣西蒙山）建制，駐守半年後，於咸豐二年（1852年）春季突圍北上，大敗清軍。當時清政府欽差大臣賽尚阿上奏咸豐，稱逮捕了太平天國的「天德王洪大全」。這個「洪大全」從當時起就被清朝內部質疑，一百多年來史家也一直爭論，直到上世紀中期，史學家羅爾綱、簡又文等做了大量的考證工作，證實「洪大全」乃是賽尚阿為其永安慘敗失職脫罪而捏造的謊言。事實上當時被捕的乃是一個名叫焦亮的書生。

　　焦亮是湖南興寧人，生於道光三年（1832年），自少飽讀經史，應科舉，中秀才，補廩膳生員。他熟讀兵書，通曉史地，崇慕諸葛亮，但屢應鄉試落第，忿於懷才不遇，常批評時政，痛斥清廷。其後加入天地會，密謀革命。

　　太平軍攻占永安後，他趕去投奔，先向洪秀全上了一封兵策略，引古證今，陳述當時軍事、政治、人心向背，建議洪秀全向湖南進軍。洪對他十分禮遇，留為顧問。其後他針對太平軍的幾個缺點又上書規勸洪秀全。

　　第一，他說：「天王不能以才武制群下，而專用妖言，張角、孫恩、徐鴻儒何足法哉！開闢以來，未有以妖術成功者，宜急改之。」他認為太平天國死抱「上帝教」，雖一時可獲眾多附從，但過分依賴意識形態是不能成大業的。他也不同意太平天國反孔、改曆的措施。他說：「天王滅閏月，秦政掘孔墓，而天王鞭撻遺像，秦政燒書，而天王以經史置污穢中。觀

太平天國永安建制遺址

太平天國洪秀全寶座

天王所為，臣所不取也。」焦亮認為洪秀全對中國的文化思想瞭解不夠，光靠「破四舊」、「一言堂」是無法取信天下的。洪秀全看了，不太高興。

　　第二，他又非議太平天國大事未定，即建國而分封稱王為失策，並指責天王委政東王為極大危機，他說：「昔袁術在淮南，董昌在浙西，皆連城數十，妄自尊大，不旋踵而亡。今天王據手掌之地，崇虛名而受實禍，⋯⋯而委政於庸兒，非良策也。」指出太平天國在體制及權力結構上的嚴重弊病，強調「體制改革」為當時太平天國爭取天下的首要政治措施。洪秀全見此，更不高興。

　　第三，他又提醒洪秀全道：「天王又高拱宮中，立三十六宮以自娛。⋯⋯，罪甚於闖、獻，事將如何？」對太平天國滋生的腐敗奢淫提出警告，洪秀全讀了，大怒。楊秀清、蕭朝貴都主張殺焦亮，但洪秀全留了他的命，把他關進牢裏。

　　太平軍永安突圍時，焦亮帶著枷鎖隨行，被清軍捕獲。賽

太平天國永安城牆遺址

尚阿捏造焦亮是太平天國與洪秀全平起平坐的天地會領袖——「天德王洪大全」，將他押送到北京。咸豐雖已收到其他大臣的奏摺，對賽尚阿的作假有所知曉，卻「阿Q」式地自欺欺人，將焦亮在午門獻俘凌遲。

　　一百多年過去了，讓我們回思焦亮當年所提出的三點意見：思想僵滯、體制缺陷、腐敗奢淫，的確就是其後太平天國盤踞金陵，縱橫十數省，但終至內部殘殺，慘痛覆亡的最主要因素。而也正是中國一百多年來一系列革命、改革中遭遇到許多曲折的癥結所在，以及當今中共面臨的最大危機。焦亮當時只是一個二十歲的青年，能有如此的遠見，而又敢於斗膽直呈，雖未被採納，而慘遭清廷凌遲，卻表現了在中國社會動盪、時代轉型中，許許多多知識份子為國為民的高尚情操。從焦亮之言，後人應見微知著，引以為鑑！

（本文原載於《動向雜誌》2011年4月）

鄧小平「六四」一語成讖

毛澤東去世，「四人幫」垮臺，鄧小平復出，排除華國鋒「兩個凡是論」，全面否定了文化大革命後，中共緊接著面臨的一個問題，就是對毛澤東在歷史上功過的評價。

當時民怨頗深，國際上也十分關注中共是否會像赫魯雪夫批判史達林一樣對毛進行鞭撻。但最後鄧小平一言九鼎：「毛的功大於過，是七三開。」確定了中共對毛的「蓋棺論定」。

有趣的是，鄧在為毛作「七三開」時，還加了一句話，稱自己不及毛，功過是「六四開」。

有人說，鄧小平一語成讖，在他後來改革開放、經濟復甦、人民生活改善、學生喊出「小平您好」後，卻不幸主導了「六四慘案」。

在歷史上，鄧的一生功過，可由「六四」而明顯區分，也為中國未來的政治帶來隱憂。

鄧小平事實上是一個實用主義者（pragmatist）。據最近發表的趙紫陽生前訪問，趙曾說：「鄧小平主要是著眼於生產力，對社會主義制度中的所有制（註：即生產關係）看得比較輕，對採取什麼所有制並不在意。」

這也就是鄧的名言：「不管白貓、黑貓，只要能抓耗子，就是好貓。」但趙認為：「看來，只搞市場經濟不行，還得解決所有制關係。」

在「六四」發生之前，趙曾一再聲稱：「從歷史上看，凡是鎮壓學生運動的，都沒有好下場。」並試圖說服鄧，改變「四二六社論」對學生運動做「動亂」的定性。

但鄧的個性，是認定了的問題絕不改變，以致趙紫陽與胡耀邦這兩個改革開放的開拓功臣，都先後被鄧拋棄；也註定了鄧在歷史上作為的局限性，以及走上「六四」的悲劇。

鄧有自知之明，早就認為他在歷史上的功過可能是「六四開」。毛澤東領導中共革命、建國，最後搞了個「文化大革命」，鄧小平走向改革開放、經濟飛躍，到頭又弄出個「六四」。

孟子有云：「《書》曰：『徯我后，后來其蘇！』」中國要到什麼時候才能走到政治制度的現代化，讓人民過著舒暢與和諧的生活？

（原載於《世界日報‧上下古今版》2009年5月28日）

「六四」悲劇

憑弔大渡河古戰場
——石達開覆滅與紅軍成功之比較研究

摘要：本文通過對大渡河安順場的實地考察，從指導思想、時局、戰略、戰術、與兄弟軍友軍的配合及策應、領導們的素質、結合群眾等方面，對石達開覆滅與紅軍長征成功做了深入的比較研究和分析。

1999年與2000年初夏筆者兩度前往川西大渡河，經漢源、石棉、安順場、磨西沿江而上，徜徉數日抵達瀘定。領略大渡河滾滾洶湧，兩岸高山崇巔，景色雄偉，美不勝收。其間與當地居民多所談及一百三十多年前太平天國石達開部，與六十多年前中央紅軍奮戰於此的往事，前者不幸路絕糧盡，全軍覆沒，石達開慷慨就義。英雄末路，千古悲劇，令來者為之惋惜。後者卻經此絕路脫險，衝過山川險阻北上會師，其後重整根據地，終成革命大業。而今失敗的英雄與成功的英雄均已久遠，卻是青山猶在，大渡河滾滾依舊，觸引了多少後人無限的悲歡與驚讚。有感於此，筆者將此兩次訪遊的觀察及淺見整理，做出對石達開覆滅與紅軍成功各方面因素的比較，以供讀者指正，並期大家評鑑。

一、指導思想——主觀因素

《孫子兵法·始計篇》開宗明義提示「道」為戰爭準備的

第一要領。「道」即指導思想，用今天的話說，就是主義或政治主張。中國共產黨的革命是自十九世紀中期以來中國農村土地問題，階級矛盾激化，加之列強侵略的時代因素影響下的一系列起義後，進入理性革命階段的產物。紅軍當時的指導思想是具有馬克思階級鬥爭思想，以農民起義為主，結合工人及其他愛國陣線抵抗日本帝國主義侵略的民族解放革命，具有深厚的共產主義理論基礎，並掌握了當時中國內部農民問題及對外抵抗日本侵略的主要矛盾，形成一個以崇高理想、高層次精神武裝的革命團體，並能積極進取，上下一心，不畏艱難，屢經重創而努力不懈。其精神極致則表現在紅軍的長征。

反觀太平天國石達開處於十九世紀中葉，中國受內部封建官僚壓迫及外來列強侵略，造成農村經濟破產、農民起義洶湧的初始時際，太平天國結合了農民起義、漢民族復興與宗教力量，建立了一個紀律嚴明、勇猛進取的軍事組織與革命團體，較以往一般的農民起義隊伍要高出一個層次，這也是他能席捲南方十數省，震驚華北、京津，爭戰十數年的緣故。但受時代及人為主觀所限，其政治主張、主導思想尚屬於感性階段。與中共相較，太平天國整體的政治主張較稚嫩，內部團結與發展經不起考驗。1856年太平天國發生內訌，自相殘殺，次年5月石達開負氣而走[45]，孤軍獨去，其政治綱領淪落為「偏安為王」，對內缺乏向心力，對外難以號召，流竄六載，終歸覆亡於大渡河畔。正是「國之將亡也，先喪其志也」！

---

[45] 羅爾綱，《太平天國史》（中華書局，1991年）。

二、時局——客觀因素

（一）農民與土地問題嚴重——農村經濟困危

中國自清代中葉乾隆、嘉慶時期起，因人口膨脹，官僚體系積弊腐敗，土地分配不均，引發了中國歷史循環性的農民起義。加之1840年起鴉片戰爭失敗後，列強侵凌，中國經濟破產，加劇了農村問題。太平天國革命及孫中山的辛亥革命推進了歷史，但農民問題未能得到適當的改進，接著軍閥割據，日本侵略，百姓塗炭，深化了農民問題的嚴重性。中共的革命給予廣大的農民希望與憧憬，是以中共早期的武裝暴動在井岡山、贛、閩、鄂、豫、皖、湘西、川北、陝北、陝甘寧等各地的根據地均得到農民的大力支持[46]。這些早期的根據地雖在蔣介石大力的進剿下大部受到摧毀，但紅軍與農民一致戰鬥的共存關係已經奠定。中國共產黨已掌握了中國當時歷史問題的主要矛盾與關鍵。石達開時代農民及土地問題也是當時社會的主要矛盾、關鍵問題，這是紅軍與石達開時代背景上的一個相同點。

（二）日本侵略，民族危亡

自十九世紀中期以來西方列強對中國的侵凌，到了1930年代激化成日本圖謀滅亡中國的侵略。蔣介石及其領導的國民黨在1928年完成北伐，取得統一後猶處於軍閥割據、共產黨武裝起義及日本侵略三大「內憂外患」之下，蔣氏與國民黨核心份子鑑於明末困於外患而終亡於內亂，認為「攘外必先安內」，

張注洪，《中國現代革命史史料學》（中共黨史資料出版社，1987年）。

縱容了日本侵略的野心。

　　日本自1894至1895年甲午戰爭海陸擊敗中國，1895年4月簽訂馬關條約占領臺灣並取得巨大賠款及在中國領土上許多權益，又於1904、1905年在我國東北及海域擊敗俄國，取得在東北更多權益。1914年利用袁世凱個人欲稱帝的私心，逼其簽訂「二十一條」。1927年7月日本首相田中義一呈送天皇一份「對滿、蒙的積極政策」的密件──〈田中奏摺〉中提出：「唯欲征服支那必先征服滿、蒙，如欲征服世界必先征服支那」，確定了日本軍國主義滅亡中國及征服世界的藍本。1931年9月18日，日本關東軍發動「九一八」事變，攻占瀋陽，蔣介石下令張學良及東北軍「不得抵抗」，三個月後，東北全部淪陷（1931年）。次年（1932年）1月28日，日本又向上海發動進攻，十九路軍奮起抵抗。1932年3月，日本在東北策畫成立偽「滿洲國」。1933年1月日本軍進入山海關，春季占領秦皇島、通州。1933年5月31日國民政府與日本簽訂了喪權辱國的〈塘沽協定〉，承認冀東、察北、綏東為「非武裝區」，使華北處於日本的監視和控制之下。

　　日本的侵略令全國人民體驗到了中華民族已到危亡的時際，紛紛要求抗日，但蔣介石及國民黨核心份子堅持「攘外必先安內」，全力進行五次「圍剿」及追剿紅軍，不顧民心所向，1935年6月國民政府與日本簽訂〈秦土協定〉，中國軍隊及國民黨部隊撤出察哈爾；7月國民政府與日本又簽訂了〈何梅協定〉（註：國民黨否認曾簽訂此協定，但承認何應欽以書信承諾日方要求），中國撤退河北境內的中央軍隊及國民黨部。同年11月日寇支持漢奸殷汝耕成立「冀東防共自治委員

會」，宣言冀東脫離中央，並推動「華北自治」，激起全國抗日活動的空前高潮。1935年8月1日，中共在莫斯科發表了〈八一宣言〉，開始提出建立全民族的抗日統一戰線政策，其後12月9日北京、天津學生發動聲勢浩大的遊行，要求「停止內戰，一致對外」。

時局所迫，民心所向，全民族對日抗戰是遲早要發生的，並已成為中華民族時代的首要任務。中共意識到此首要任務，呼籲民眾及全國各階層統一抗戰，贏得了廣大人心，在長征時期起了極大的助力[47]。反觀石達開的時代，英、法等列強雖先後發動了鴉片戰爭及英法聯軍之役，逼迫中國割地賠款，對中國社會及農村經濟造成很大損害，但還未能演變為一個全民抗戰的民族解放戰爭。

（三）軍閥割據，各自為政

國民黨的北伐雖在1928年名義上已完成統一，但蔣介石統治實際可達的地區僅為長江中下游數省，其他各地軍閥交爭地盤，各自為政，對蔣介石中央政府只是陽奉陰違。中國當時是一個名為統一、實為分裂的局面。蔣介石對追剿紅軍採取「一石二鳥」的策略，一方面打擊共產黨，一方面削藩、收拾軍閥們。但各地軍閥有鑑於此，也都做了對策。中央紅軍自1934年10月由江西開始長征，廣東陳濟棠首先與紅軍取得妥協，放開道路讓紅軍通過。廣西李宗仁、白崇禧，雲南龍雲都採取「迎來送往」政策。只有貴州王家烈吃了虧，先與紅軍激戰折兵，後被蔣介石撤換，由其嫡系取代[48]。

---

[47] 《中國革命史常識》（戰士出版社，1983年）。
[48] 古屋奎二，《蔣總統祕錄》（日本產經新聞，中央日報社，1977年）。

四川當時軍閥林立，劉文輝、劉湘、楊森、鄧錫侯、田頌堯等互相征戰多年。蔣介石先支持劉湘打倒劉文輝，再藉「剿匪」名義，派中央軍進入四川，但派系複雜，軍令難達。四川諸軍閥鑑於王家烈的下場，洞悉蔣介石的意圖，對紅軍長征過川的對策主要是保存實力，避免與紅軍火併損耗，對大渡河畔道路、橋樑不予徹底破壞，讓紅軍迅速過路，以保住地盤[49]。這種種說明了蔣介石與軍閥之間的矛盾造成紅軍奮鬥生存的有利條件。中共審時度勢，針對日本的全民族抗戰即將來到，國內軍閥割劇造成革命的有利環境，依靠鄉村、組織領導農民為爭取革命前進找出最好的道路。

　　反觀石達開進入四川時（1862年），清政府的統治基本上是統一局面，對四川的政令可達基層，對土司王應元、王松林、嶺承恩等均有直接的節制力量[50]。石達開入川舉事的前一年，駱秉章調任四川巡撫，他吸取了在湖南用左宗棠等賢才抵禦太平軍的經驗，對石達開欲入川西的動向防備有方，是以石達開前有大渡河對岸唐友耕，後面馬鞍山上山道被彝族土司嶺承恩橫木攔阻，松林河北岸番族土司王應元拆了索橋堅守，而南邊南椏河又有王松林及楊應剛死攔。清軍是在一個統一指揮，協調之下造成了石達開的覆亡末路[51]。

---

[49]　《圍堵紅軍長征親歷記（原國民黨將領回憶）‧上冊》（中國文史出版社，1990年）。

[50]　蘇雙碧，《石達開評傳》（河北省人民出版社，1986年）。

[51]　郭毅生，《太平天國歷史地圖集》（中國地圖出版社，1989年）。

三、戰略

　　中央紅軍長征的戰略方針乃在轉移根據地及與兄弟軍會師。先是中央紅軍因反五次「圍剿」失敗，於1934年10月離開江西蘇區突圍西行，本欲折往湘西與第二、第六軍團（後合為第二方面軍）會師，後因受形勢所限，轉而渡湘江，西走貴州。遵義會議後決定北上與四方面軍在川西北會師，希能發展新的根據地。中央紅軍入川後，四川軍閥與蔣介石均十分震驚，調集了重兵十多萬，出動了飛機、大炮，深怕紅軍進入成都及川西平原。但毛澤東主張以鄉村包圍城市的革命戰略是以鄉村為重，不以大城市為首要目標。中央紅軍避開重兵沿大渡河而上，經天全、榮經翻夾金山、雪山而與四方軍會師，達成了戰略目的，並保存了武裝及幹部實力。以後抗日來到，歷史證明了長征戰略的正確性[52]。

　　石達開於1857年由天京出走，轉戰江南所有十一省，卻一直未能攻下一個中等以上的城市，也未能鞏固有效的根據地。因受「割據為王」指導思想所限，早有入川的打算，清政府也早有察覺。咸豐曾欲調曾國藩往四川，以據上游，但老謀深算的曾國藩認為石達開已成沒有根據地、沒有後方、到處流竄的孤軍，曾國藩在給胡林翼的信裏說：「既鈍於浙，鈍於閩，入湘後又鈍於永、祁，鈍於寶慶，裏脅之人，願從者漸少，無老巢以為糧臺，糧米須攜，子藥須搬，行且自疲於山谷之間」，乃是洞悉石達開拋棄江、皖、贛太平天國根據地，戰略上犯了

---

[52]　《紅軍長征史》（遼寧人民出版社，1996年）。

大忌，而西走流竄勢衰，已沒能力爭取控制川西盆地並攻下成都這樣大的城市。1862年2月，石達開由湖北沿長江南岸進入四川，先後攻擊涪州、綦江、橫江，欲強渡長江，占據成都及川西平原，遭駱秉章派重兵抵禦，均未能成功，損失慘重，在川、黔、滇邊境轉戰迂迴。1863年2月，石率三萬餘重兵渡金沙江入川北上，經冕寧，抄小道抵大渡河畔紫打地（今安順場），欲渡河北上經榮經、雅安、邛崍（見**圖1**），奇襲成都與川西平原，據川以為王。

筆者認為當時石達開即使渡過大渡河也沒力量攻占成都及川西平原，正如同1936年2月張國燾率紅四方面軍南下過天全進入川西平原，在雅安至邛崍之間的百丈鎮遭遇了川軍與蔣介石飛機大炮的堅強抵抗，損失了一萬多的兵力，註定南下的失敗。石達開與張國燾在戰略上均脫離了兄弟軍，且低估了敵人的實力與保衛川西其地盤的決心。石達開自從天京負氣而走，未能在江、皖、贛根據地立足，西竄多年中也未能建立鞏固新的根據地，卻主觀地想占川為王，這是戰略上的根本錯誤，導致了覆亡的悲劇。

四、戰術

（一）地形

《孫子兵法‧九變篇》道：「圮地無舍」、「圮地則行」。「圮地」乃是指山林險阻、沮澤難行之地，這種地方不可宿營，必須迅速離開。百多年來史學家都認為石達開在大渡河紫打地的失敗主要歸咎於他在那停留過久，耽誤了時機。的確，安順場處於大渡河與其支流松林河交會口，大渡河向下游

數公里處又有兩條支流——小水河及南椏河。紫打地及其附近除河道兩旁峽谷外均為高山峻嶺，迂迴的空間非常有限，正是孫子所謂的「圮地」。

薛福成在其〈書劇寇石達開就擒事〉中提到，石達開於1863年5月14日抵達紫打地的大渡河畔，原對岸無清兵，石軍先已過渡約半（一兩萬人），尋又退回。後來史家羅爾綱[53]及王慶成[54]在其論文中均有精闢的論述，認為這是不可能的。筆者在安順場曾訪問了當地居民，問到此事，當地居民很直率地否認了石達開曾半數渡河而折回一說。據駱秉章的奏稿及史書上記載，石達開到安順場後因王妃生子慶賀三天，又逢河水暴漲耽誤過河，這較為可信。

筆者在5月下旬（石達開與紅軍均在此時抵達當地）觀察安順場大渡河，正常水面寬約一百米，水溫在攝氏十度左右，水色渾灰，水流頗急，每秒約四米，無法架浮橋。當年紅軍搶渡河面寬百米，卻向下游沖了七至八百米，一次來回超過一小時，渡河非常困難。史書記載當時可能由於山洪大雨，河水突然上漲，加大水勢，更增加了渡河的艱難。在此四面環山之地久留，待敵人四面聚攏，三萬餘人困到6月13日糧盡，拖了整整一個月，焉有不敗之理？

中共中央紅軍先頭部隊於1935年5月24日夜抵馬鞍山，當晚攻破安順場守軍一連，繳獲一隻渡船，次晨即由十七壯士組成敢死隊在輕重機槍及迫擊炮掩護下強渡大渡河。強渡成功後

---

[53] 羅爾綱，《太平天國史》（中華書局，1991年）。

[54] 王慶成，《太平天國的歷史和思想：石達開大渡河戰敗事實》（中華書局，1985年）。

又獲得另兩艘船,遂沿繩索行船往來兩岸。當地居民告訴筆者,過河部隊約一兩千人。毛澤東及中央領導於26日抵達安順場,當夜他們憑弔了石達開覆亡的舊地,檢討當時渡河狀態,斷然決定分兵兩路。次日清晨主力軍立即由江右過松林河向北挺進;另一支已渡過大渡河的劉伯承、聶榮臻部隊沿江左北上,雙方爭取搶奪瀘定橋,在瀘定會合。即使瀘定橋不能得手,紅軍主力可由江右向北與四方面軍會師,或向康定發展,而江左軍則於大渡河之東自行發展,北走會師。

紅軍認識到安順場「圮地」之地形,不可停留,必須迅速通過,或渡江,或北上,或南下,是以迅速通過得求活路。中共紅軍當時在安順場分兵兩路北上的決策是明智的,這也是紅軍未步石達開覆亡的後塵,得以成功北上的關鍵之一。

(二)游擊戰、運動戰

紅軍自上井岡山起,長年在崇山峻嶺、深川之間進行游擊戰、運動戰,磨練出高度的靈活與機動。中央紅軍北上入川攻抵安順場後立即向大渡河及松林河對岸攻擊。在過大渡河戰鬥中,十七戰士從上游七八百米處下船向對岸突出點進發,同時在突出點正對岸使用機槍及迫擊炮摧毀敵方堡壘,壓倒敵方火力,紅軍得以渡河成功。強渡大渡河成功後,過江部隊沿江左而上,而主力部隊為爭取時間,由江右過松林河吊橋向北進軍瀘定橋,四十八小時行軍約二百華里,神速出乎敵方料想,得以成功飛渡搶占瀘定橋[55]。

---

[55] 楊成武,《憶長征》(解放軍文藝出版社,1982年)。

紅軍這種在游擊戰、運動戰中培養出的高度靈活機動性是石達開部所難以做到的。石達開雖多年轉戰、飄忽無定，但其行軍高山險阻的經驗不及紅軍多，加上拖家帶眷，行李又重又多，抵紫打地後既未能爭先控制松竹河吊橋，也未能守住馬鞍山可後退的來路，更未能過南椏河，經石棉向大樹堡（今屬漢源）迂迴，缺乏靈活機動，以致坐以待斃！

（三）攻敵所虛

「進而不可禦者，衝其虛也。」《孫子兵法・虛實篇第六》說明，攻擊敵人鬆懈空虛之處，可進軍而使敵人難以抵禦。集中兵力攻擊敵人弱點，造成局部優勢，是紅軍戰術的一個特徵，這也是拿破崙常用以致勝的一種戰術。中央紅軍渡過湘江後，先向貴州軍力比較薄弱的軍閥攻擊，取得在長征中的首次勝利，穩定了軍心。

過金沙江北上入川後，蔣介石判定中央紅軍將渡大渡河北上，所以親自飛到昆明部署，令劉文輝、楊森堅守大渡河左岸（東及北），中央軍薛岳部由金沙江追擊北上，總兵力十多萬，企圖將中央紅軍圍殲於大渡河以南、金沙江以北、雅礱江以東地區（見**圖2**），成為「石達開第二」。

楊森率部約二萬四千人防守大樹堡（今屬漢源）沿河下游，而劉文輝負責大樹堡、石棉、安順場對岸，直到瀘定一線沿江防禦。劉文輝原為四川省主席多年，駐成都及川西，擁兵據地頗重，後為劉湘藉蔣介石之助並聯合其他川軍所擊潰，退到川、康之間，雅安、西昌、康定一帶，苟延殘喘。這些地方地瘠民貧，物產不豐，補給困難，加之劉軍與少數民族矛盾重

重[56]。紅軍鑑於劉文輝軍為當時川軍薄弱所在，對準劉駐的安順場、大渡河兩側進攻，收到「攻敵所虛」的效果。

劉文輝也意識到中央紅軍北上過川、康地區，其軍必首當其衝，如抵抗，實力不夠，會被紅軍消滅；如不抵抗，會被蔣介石軍藉機消滅。劉曾說：「共產黨找上我這窮光蛋來了，拚也完，不拚也完！」是以其對策乃力求保存實力，守住地盤。當時劉軍在安順場對岸到大沖之間駐防一個團，而以一個營守安順場對岸監視江右。下游大沖至富林一帶尚有一個團防守，上游有一個旅守瀘定一線。大渡河上游江右派一個旅部在瓦斯溝防守去康定之路。安順場及在磨西附近也駐少量部隊[57]。紅軍在占據安順場，搶渡大渡河，及沿兩岸北上途徑，雖曾數度遭遇劉軍，但抵抗均不很劇烈，一方面由於紅軍戰志高昂、勇猛，但另一方面劉軍軍力薄弱、士氣低落而無心戀戰也是原因之一。

筆者到安順場、瀘定、磨西及大渡河兩岸觀察，有幾點頗令人費解：

1. 在安順場渡口的地形十分有利防守，紅軍只有三隻船運送部隊過河到江的左（東北）岸，十分緩慢，一天過不了幾百人，而對面江左劉軍有一營人，團部也不遠，可從上下游增援更多兵力，下游劉軍的一團，加上楊森部隊在大樹堡，趕來營救所需的時間不多。上游駐有一個

56　溫靖邦，《西南一霸劉湘》（花城出版社，1999年）。
57　《圍堵紅軍長征親歷記——原國民黨將領回憶・上冊》（中國文史出版社，1990年）。

旅，總兵力也不可謂少，而中央紅軍渡河的劉伯承、聶
榮臻兵力有限，渡江緩慢，後援困難。對川軍來說此乃
長蛇陣，首尾相救，屬最有利地形，而川軍為何沒用？

2.紅軍主力由安順場過松林河索橋，沿大渡河過江右向北
進軍。當時劉軍在安順場及江右磨西附近均有部隊駐
防，但為何不拆毀松林河的索橋，在松林河北岸布防堅
守，以斷紅軍江右北上之路？

3.由安順場對岸沿大渡河江左岸向上游去瀘定約二百華
里，一路為懸崖絕壁，險路，易守難攻，劉文輝軍為何
不破壞絕壁山道？江左紅軍為何能在過河後二三天（5
月30日凌晨2時）就攻到瀘定與江右大軍會師？

4.紅軍主力由江右北上，僅兩日（5月27至29日）就攻進
到瀘定鐵索橋畔。其間在磨西附近有輕微接戰，其他路
上均無人防守，劉軍為何不在通道口險路及橋樑布防或
破壞？

5.紅軍5月25日夜攻占安順場後，27日即分兵兩岸向瀘定
橋進軍。據當年劉軍（二十四軍）大渡河防守第六旅
旅長楊學瑞等的回憶：劉軍於5月28日夜裏二更（晚10
時）才開始由西岸向東拆除橋板，由於天雨加之士兵疲
勞不堪，部分人鴉片煙癮發作，拆除工作進展緩慢，
而江右（西岸）紅軍於5月29日天明後已抵達瀘定橋西
端，開始向江左（東岸）橋端劉軍做零星射擊，以致
拆橋未能完成[58]。筆者在瀘定訪問得知瀘定橋長為一百

[58] 《圍堵紅軍長征親歷記——原國民黨將領回憶・上冊》（中國文史出版社，1990年）。

零一米，據當地居民告訴筆者，當時僅有靠橋西端約三十米的橋板被拆除。為何有兩天時間不先徹底毀掉瀘定橋？

以上諸點可見當時劉文輝部署較弱，而其戰鬥意志低落，無心戀戰。毛澤東選擇大渡河兩岸北上，攻敵所虛，收到奇襲效果。

反觀石達開當年過金沙江北進大渡河的策略，原本也是攻敵不備的奇襲戰術，只是在戰術上未能做詳計畫，迎戰後亦未能臨機應變，攻敵所虛，突圍脫險，以致英雄絕路，困死其地。

（四）補給

拿破崙在論及戰爭致勝的三大要素曾說：「第一是錢，第二是錢，第三還是錢。」可見拿氏對補給的重視。歷史上1812年拿破崙征俄慘敗，袁紹於官渡敗於曹操，近代國民黨精銳大軍被共軍全殲於淮海，其主要因素之一即為糧草補給不濟。本文「三、戰略」一節中曾敘及曾國藩對石達開流竄勢衰的看法。另外，當石達開圍攻寶慶，聲威震驚湖南的時候，曾國藩指出石這攻寶慶的十萬大軍：「每日需食米千石，需子藥數千斤，渠全無來源，糧米攜盡，斷無不去之理。」石達開及中共紅軍在進軍大渡河時處於長途行軍，流竄狀態，沒有根據地，徵糧、補給非常困難。

在《孫子兵法・作戰篇第二》中指出了這種長征行軍作戰成敗的三個要素：（1）注意負擔，（2）就地取糧，（3）爭取時間。

這裏擬就「三大要素」比較一下石達開與紅軍：

首先，負擔方面，石達開進軍大渡河時有三萬多人，其中有許多家眷，十分累贅，補給負擔很大；而中共紅軍進抵大渡河時約為一萬多人，家眷非常少，而且也已丟了罈罈罐罐，在補給上的負擔也較石達開少兩三倍。

其次，就地取糧方面，在大渡河畔僅為荒山加上幾個非常小的村落，補充、徵糧非常有限。但紅軍善於搞好與少數民族的關係，較石達開的四面為敵的情況在徵糧、屯糧方面是有利的。

第三，爭取時間方面，本文前面曾論及石達開於1863年5月14日抵達紫打地沒能把握時間通過「圮地」，三萬大軍困於大渡河畔到6月13日整整一個月，期間徵糧困難。而原置於馬鞍山的屯糧大營被土司嶺承恩燒毀，陷入糧盡援絕的慘局，食戰馬、桑葉，痢疾流行，死亡枕藉[59]。中共紅軍鑑於石達開的教訓，抵達安順場後，全力迅速由大渡河兩岸北上進軍，逃過「圮地」前無糧草、後無救援的危機。

（五）先進的工具與經驗

紅軍長征晚於石達開敗亡七十多年。在這七十年間，科技有了長足的進步，舉其犖犖大者：當時已出現無線電、機槍、迫擊炮、近代地圖等。紅軍這些可用的工具是石達開當時沒有的。作戰方面紅軍也因時代的演進吸取了更多的寶貴歷史經驗。紅軍長征中大部分時間，即使在最艱難行軍中，均與友軍或白區用無線電聯繫。無線電有如耳目，對敵情、局勢、天

---

[59] 蘇雙碧，《石達開評傳》（河北省人民出版社，1986年）。

氣、地形均增加一定的掌握，提供紅軍戰略、戰術上策變的指南，這是石達開所做不到的。

　　紅軍在安順場強渡大渡河及瀘定過瀘定橋，兩次戰鬥中，輕重機槍和迫擊炮發揮了極大的作用。當時，安順場大渡河寬約一百米，對岸河道有一個突出點，劉軍在其高點築了簡易堡壘，紅軍船由上游約長七八百米處下水開始渡河，向突出點登陸。但紅軍主要的攻擊力在突出點正對面，設了機槍及迫擊炮陣地，距對岸劉軍的堡壘防守陣地僅一百多米，紅軍用迫擊炮擊毀敵堡壘，同時用機槍火網壓制對岸守軍，掩護十七勇士渡河成功登抵彼岸。在搶奪瀘定橋戰鬥中，中央紅軍於5月29日黎明抵達大渡河西岸橋頭，當時橋面木板已部分拆除。紅軍於29日下午4時開始總攻擊，由二十二個勇士組成前鋒先墊上被撤除的部分橋板，再向橋東端進攻。他們能成功過橋，一方面是其勇敢過人，另一方面是靠紅軍輕重機槍、迫擊炮居高臨下向對岸做火網壓制。對面劉部僅有一營，抵擋不住，也無心戀戰，最後點火燒橋，大部分急忙撤離[60]。

　　七十多年前石達開沒有這些武器，無論是渡河或過橋攻擊都是十分困難的。時代科技的演進開拓了戰爭的領域與其形式，近代戰爭顯示了許多古代不可能的戰術。另外，紅軍配合地形與天氣，使國民黨的飛機大炮無法在大渡河發生作用，集中機槍、山炮，做到以己所長、攻敵之短的致勝效果。

　　地圖是紅軍長征中的一大寶物，現代的地圖對行軍有極大的指南作用。因時代科技進步，紅軍具有且也在長征中繳獲許

---

[60] 楊成武，《憶長征》（解放軍文藝出版社，1982年）。

多現代化地圖，這在石達開時代是不可能獲得的。石部進入山林險阻，藉憑略圖、嚮導及刺探，對行軍路線情況的掌握非常困難。紫打地（安順場）附近的大渡河處於青藏高原的高山深谷地區，易守難攻。由紫打地無論是渡河，或沿大渡河兩岸北上瀘定，或東經漢源北上榮經、雅安均非易事。筆者近年兩度前往，旅途均十分艱難。在石達開時代的技術與工具狀態下，突破敵方的防守，衝過此地進入川西平原是很難成功的。

史記《項羽本紀》記載，楚霸王兵敗突圍，在陰陵迷路向農夫問路，錯誤走入大澤中，被漢軍追及，遂至烏江自刎。缺乏好的地圖，是石達開和項羽的共同遺憾。

本文前節曾敘及中央紅軍在其建軍早期培養了游擊戰、運動戰等戰術。在長征中，四渡赤水、皎平渡過金沙江戰役中更磨煉了中央紅軍在山川險阻的行軍及攻擊能力。另外，石達開在大渡河紫打地（安順場）覆滅的前車之鑑，給予中央紅軍極好的經驗與高度的警惕，紅軍在石達開失敗中找出了自己成功的道路！

五、與兄弟軍、友軍的配合及策應

本文上已敘及中央紅軍當時的戰略是北上與第四方面軍會師。四方面軍由張國燾、徐向前領導於1932至1934年在以通、南、巴為中心的川北、陝南發展了占地四萬二千平方公里，人口約五百萬的川、陝根據地，總兵力達到八萬六千人，給予四川軍閥及蔣介石很大的威脅[61]。

---

[61] 張國燾，《我的回憶·第二冊》（香港明報月刊出版社，1973年）。

中央紅軍於1934年10月離開江西開始長征，過湘江後與湘西第二、六軍團會師的目的已難以達成，遂於12月進入貴州。當時四方面軍即在川北開始配合策應中央紅軍行動。1935年1月遵義會議後，中央紅軍向西北川、黔邊境的赤水行動，四方面軍遂由川北蒼溪渡過嘉陵江西進，策應中央紅軍北上。支援中央紅軍順利進入四川成為當時第四方面軍的首要任務。四方面軍進軍中牽制了田頌堯、鄧錫侯、孫震等眾多的川軍，蔣介石也下令國民黨中央軍胡宗南部入川協戰。第四方面軍於4月抵達茂縣、理縣、懋功（今小金）接應中央紅軍北上，同時威脅成都及川西平原，提供了中央紅軍北上的有利條件。

中央紅軍於1935年春四渡赤水後，5月初在皎平渡經九天九夜渡過金沙江北進冕寧，穿越山道抵安順場，急速沿大渡河兩岸北上，5月29日飛渡瀘定橋後經榮經縣、天全，翻夾金山、雪山於6月初與第四方面軍在懋功會師。兩個方面軍的會師給予敵軍強烈的威脅，也給予中央紅軍北上途中士氣極大的鼓舞，及其後糧食、彈藥、傷亡人員的修整補充。當時如沒有四方面軍的策應，中央紅軍的入川北上進軍是難以成功且不切實際的。

反觀石達開1857年由天京出走後，不久即失去了在蘇、皖、贛、浙與其他太平天國軍成犄角之勢，相互配合策應之利。在其流竄六年中，足跡遍及長江以南所有十一省。雖各地均有大小不同的起義友軍，石達開卻未能充分有效地配合與利用。先是李永和、藍朝鼎在雲南起義，於1859年10月轉戰進入四川，擁眾三十餘萬，聲勢頗盛。可惜石達開雖久有入川之志，卻屢疑不決，當時眷念留駐故鄉廣西未北上策應。

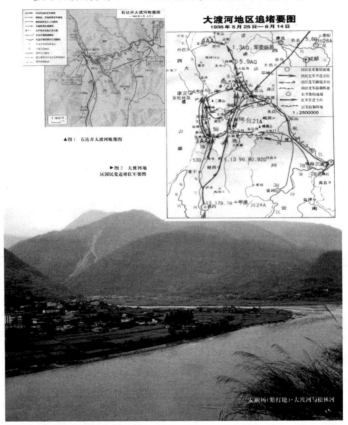

《憑吊大渡河古戰場——石達開覆滅與紅軍成功之比較研究》插圖

▲圖1 石达开大渡河败覆图

►圖2 大渡河地區國民党追堵紅軍要圖

安顺场(紫打地)·大渡河与松林河

錄自筆者《學術論壇》原文中

　　石達開於1862年2月首度入川，李、藍部已戰敗勢衰，石軍於攻涪州時與李、藍餘部相距僅一百華里，未能會師壯大軍力，乃各自流竄。1862年5月李、藍軍已轉入陝西，石軍入川成為孤軍奮戰。即在最後石達開欲西走再北上，沿大渡河奇襲成都川西平原的計畫中曾派賴裕新為前鋒先行，於1863年4月

經大樹堡（今屬漢源）過大渡河北上四川平原。另又派遣李福酋率三萬眾兵向川東進軍以迷惑清軍。但這兩股隊伍與石達開主力部隊均未能有效配合，達到互助策應的效果，卻是分散了兵力，各自走向滅亡。

六、領導們的素質

　　長征時中央紅軍的領導中有優秀的將領、教育家、學者、留學生，人才濟濟。他們有崇高的革命思想、豐富的學識與通達的眼界，是以能謀而進取，公而忘私。這種素質是太平天國石達開等領導們所欠缺的。石達開本人英勇善戰，勤政愛民，為不多得的英雄將領及政治領袖，但其幕僚缺乏人才，多為農民、武夫，眼界偏狹，學識有限，故難成大器。這一方面是時代的局限，另一方面也是際遇遭逢，人才未得其用所致。

　　石達開就義時年僅三十三歲，尚為年少，其先於天京意氣用事，負氣而走；後流竄六年，心志磨消，曾有「歸隱山林」之想，在安順場因慶得子而耽誤三日，最後殺妻就義，悲壯成仁。章太炎讚其為與項羽一般悲壯的霸王別姬式英雄[62]。其欲以個人之身保全屬下生命，固為英雄好漢本色，但不能洞悉革命起義與統治者鬥爭本質所在，未能在最後化整為零，再圖興起，而演出一幕千古悲壯的英雄末路，這種失敗的英雄自無法與毛澤東等紅軍領導由於長期革命鬥爭磨練中，飽學多識，老謀深算，不屈不撓，長征途中拋家棄子[63]奮鬥不懈的素質相

---

[62]　王慶成，《太平天國的歷史和思想：石達開大渡河戰敗事實》（中華書局，1985年）。

[63]　楊成武，《憶長征》（解放軍文藝出版社，1982年）。

較。這領導素質的差別也正是造成兩者成功與失敗的重要因素
之一。

七、結合群眾──農民、工人、知識份子、少數民族

中共革命的特點是具有馬克思階級鬥爭思想,以農民起義
為主,結合工人及其他愛國陣線抵抗日本帝國主義侵略的民族
解放革命。紅軍與工人、農民有深厚的依存關係,同時中共也
得到知識份子的支援、呼應。在對待少數民族的問題上,由於
其理論基礎及革命實踐過程產生了與少數民族的親和性。中央
紅軍於長征途中,一路展開群眾工作。進入少數民族區後,十
分重視少數民族的問題。劉伯承在去大渡河途中經過彝族住區
時曾與彝族領袖小葉丹歃血盟誓,結拜兄弟,是以中央紅軍得
到彝族的協助由冕寧穿過彝區抵達安順場[64]。其後沿大渡河兩
岸彝區北上,彝人亦給予協助帶路,這是紅軍能脫險的重要原
因之一。

太平天國革命為創時代偉大的農民起義,建立了一個紀律
嚴明、積極進取的革命團體與軍事組織,並受到廣大農民的支
持,但其宗教信仰未能深植民心,受到曾國藩等以「為名教而
戰」的強烈抗衡,終致敗亡。過金沙江北上入川途中,石達開
初過彝族區時曾向彝人表示友好、送禮,彝人受賄帶路,但後
因石達開部對少數民族認識及工作不夠深厚,加之彝人為清政
府利誘,石部與彝人決裂,以致在安順場被彝人配合清兵團團
圍住,終歸覆滅。失其民心失其助,失民心者必至滅亡,石達

---

[64] 楊成武,《憶長征》(解放軍文藝出版社,1982年)。

開在最後忽略及喪失了少數民族的民心，此乃導致覆亡的重要因素之一。

八、結語

　　張廷玉在《明史》中評贊「郭子興、韓林兒」時曾說：「帝王之興也，必有其先驅者！」太平天國、石達開處於中國近代大革命的啟蒙階段，受時局、客觀環境所限，相應地在主觀和人為上也有許多未成熟的因素，是以在戰略、戰術，與兄弟軍、友軍的配合及策應，領導們的素質以及結合群眾、統戰諸方面產生了一系列的錯誤，從而導致革命終歸失敗。

　　「前事不忘，後事之師。」中共的革命已進入了中國革命成熟及理性階段，在總結前人經驗下，前赴後繼終於完成了中國近代的革命大業。

　　中國的歷史正如大渡河的洪流一般，川流不息。太平天國、石達開和中共均在不同的時代及主觀內涵下完成歷史交付的使命。大渡河畔曾發生過的事蹟：石達開的覆滅及中共紅軍長征的成功，極致地標誌了他們各自為其崇高的革命理念奮鬥的精神。這些事蹟都是中國歷史的光榮，可歌可泣，均將永垂不朽！

（原載《學術論壇》2001年第2期，總145期）

＊本文曾於2001年1月11日發表在廣西桂平市舉行的「紀念太平天國金田起義一百五十週年大會」上。

▍對中國歷史做出重大貢獻的 北魏馮太后

　　中國歷史上出了許多傑出的女政治家，但由於封建男性中心思想的影響，史書上往往未能公正地評述她們的事蹟及對中華文化的貢獻。

　　對中國歷史做出最大貢獻的女性，無可爭議的是武則天，其次一般人都認為是清慈禧太后與漢呂太后。事實上她們兩人雖掌政長久，鬥爭手腕高明，卻是缺乏政治建樹，對人民生活改善不多，對中國文化貢獻有限。

　　往往被人們忽略的乃是南北朝北魏的馮太后，她是一位革新有成的政治家，對中華民族的發展做出了重大的貢獻。

　　馮太后的曾祖父馮跋開創北燕，祖父馮弘喪國，其父馮朗投奔北魏，任秦、雍二州刺史，後獲罪被誅。馮太后年幼因家禍而入宮，由她的姑母，也就是太武帝左昭儀撫養。年十四，被文成帝拓跋濬選為貴人，後立為皇后。她年幼入宮，飽經冷暖，習於鬥爭，養成堅毅不拔、果敢有為的個性，其後的武則天與她頗為相似。

　　公元465年，文成帝去世，獻文帝即位。獻文帝拓跋弘並非馮太后的親子，北魏有個慘無人道的家規，乃是其開國之君道武帝拓跋珪鑑於中國歷代母后臨朝、外戚當權之弊，效仿漢武帝鉤弋夫人故事，定下家規，賜太子親生母死。北魏世代沿襲此制，每當立太子時，其母即被逼「起駕歸西」。獻文帝非

親生子，馮自然免死。

獻文帝十一歲即位，馮時年二十四，被尊為太后，開始臨朝聽政。獻文帝在位六年後，被太后所逼讓位於其子拓跋宏，自稱太上皇，又六年後去世（註：也有一說是被馮太后毒害）。拓跋宏四歲即位，他就是歷史上鼎鼎大名的魏孝文帝。馮被尊為太皇太后，繼續聽政，大權在握，並曾打算廢孝文，另立新君。獻文、孝文二帝即位時均為「娃娃皇帝」，是以馮太后得以臨朝聽政直到四十九歲（490年）去世，掌權長達二十五年。

在這期間，她針對北魏政治的弊病做了幾項重大的改革，先後頒布了「俸祿制」、「均田制」與「三長制」。

鮮卑原為遊牧民族，官吏一律不給俸祿，以戰爭掠奪財富、人員，瓜分戰利品的落後方式來維持生計，使得貪污成風，勒索百姓，影響社會安定。馮太后頒布「俸祿制」，按時發放俸祿給政府官吏，整治了貪污之風，緩和了對人民的剝削，也相應減低了「階級與民族」的矛盾。

「三長制」乃是針對南北朝長期戰亂造成封建割據，中原各地多以「塢壁」為基層組織，各自為政、且耕且戰、擁兵自重的弊病，恢復古有的鄉里制度，以五家為一鄰，五鄰為一里，五里為一黨，穩定了社會基層。

推行「均田制」是中國歷史上土地制度的重要里程碑。因鮮卑原為遊牧民族，進入中原後逐漸棄牧務農，為了安定軍隊及貴族，必須實行授田法，同時遷徙人民從事農業生產。其後逐漸發展對百姓計口授田，減少豪門地主奪用農民土地，按勞動力分配土地，擴大國家編戶齊民，把農民束縛在土地上，穩

定社會並增加國家的財政收入。其後北周、北齊、隋、唐均沿用此制達三四百年。

馮太后最重要的改革在於大力推行漢化，將北魏鮮卑及其他少數民族融入漢民族文化之中。這個改革對中華民族的融合和整合有極深遠的意義，使得老成而富有睿智的漢文化注入了充滿強勁朝氣的遊牧民族的氣息，擴大了中華文化的內涵，因之產生了以後隋唐盛世，成為中國及世界文明的一個高峰。

北魏的漢化及民族融合在中國歷史上是卓越獨特的，即使其後元、清兩代蒙、滿入主中原並統一全國，卻均未能做到像北魏在民族融合上所做的貢獻，以至於這兩代在中國文化上的進步有限。另外，從全世界的歷史來看，北魏以遊牧民族主動融入漢農業民族的實例在歐洲及中東也少有發生。

北魏拓跋統治集團原對漢族及北方各族均非常歧視，也引起各族人民對北魏統治者的不滿與反抗，鮮卑與漢及其他民族間的矛盾十分嚴重。馮太后以一個沒落漢族（父系）王室之後，幼遭家變，成長在北魏鮮卑宮中，對鮮卑與漢的文化均有充分的體驗和認識，同時對兩族都具有很深的情感，這促使她對鮮卑與漢及其他各族的融合起了「帶導」之功。

史書上大多將北魏漢化的功勞都歸於魏孝文帝。事實上孝文帝不滿兩歲即被立為太子，其生母李夫人被賜死，乃由「祖母」馮太后撫養。四歲開始做「娃娃皇帝」，在位二十九年的前二十年實權都掌握在馮太后手中，套用中國當今的術語：「只有她能拍板！說了算！」馮太后死後，孝文帝又當了九年皇帝，他繼承了馮太后的政策，更加擴大漢化，並獨排眾議，將京城由平城（今大同）遷到洛陽，恢復了中原的繁華，提升

了各民族的融合。魏孝文帝固然功不可沒，但這些也都是在馮太后教養、薰陶與肇基之下發展而成的。

　　讀者如遊覽過大同雲崗及洛陽龍門兩石窟，就會領略到當時北魏文明之興盛。

　　因受「牝雞司晨，逆天違道」思想的作祟，史書上對馮太后有「行不正」的非議，指摘她有一些「內寵」，乃「淫蕩不貞」之屬。其實歷史上多少個帝王都是「三宮六院、七十二妃」，李世民殺弟奪婦、唐高宗迎娶庶母、唐明皇私納兒媳、順治強奪弟妻，史書及民間均津津樂道，少有詬議。讀者試想，連「正兒八經」的孔夫子都通情達理地說：「食色性也。」我們又怎能去苛責一個二十四歲就守寡的少婦呢？

北魏雲崗石窟

　　總的來說，馮太后是一個了不起的女傑，也是難得的政治家。她促進了中華文化、經濟及政治的進步，對中華民族的融合、成長做出了重大的貢獻。她與武則天一樣都應為後世敬仰、推崇。

（原載於《世界日報・上下古今版》2009年6月7至10日）

毛澤東〈沁園春・雪〉新探

    毛澤東喜好詩詞，常於戎馬倥傯之際，偷閒賦詩。其所發表的詩詞中，尤以〈沁園春・雪〉（**附1**）最為人所稱道，其敘景壯麗，氣勢雄偉，被推為千古絕唱。但是幾十年來，海內外廣為流傳這首詞並非出自毛澤東的手筆，而原詞是胡喬木在抗戰期間為讚頌毛澤東所作，其後經當代大詩人柳亞子修飾、潤色，始公諸於世。

    胡喬木，江蘇鹽城人，在中學時以理科成績突出，但其旨趣愛好卻偏向文史。他因發表五言古詩和〈別辭〉等佳作被視為青年才子而名滿江淮。1930年他考入清華大學文學院，對文史的修養愈來愈深厚。1937年夏，胡喬木到了延安，1941年春，出任中共中央和毛澤東的祕書。他和毛的雅好相同，經常詩詞唱酬交流，互相觀摩，此乃以文會友，「奉呈請教」之常事。

    毛澤東於1945年8月28日由延安飛抵重慶參加國共會談，逗留了四十三天，於10月11日離開重慶。據現有資料，毛在重慶時曾數度與柳亞子聚會。柳也多次賦詩誇讚毛氏。毛讀後曾說：「先生詩慨當以慷，卑視陸游、陳亮，讀之使人感發興起。可惜我只能讀，不能做，但是萬千讀者中多我一個讀者，也不算辱沒先生，我又引為自豪了。」

    當時柳正在著手選編一本《民國詩選》。他知道毛澤東有一首七律〈長征〉，已由斯諾在《西行漫記》中引錄，於是

寫了個抄本請毛澤東校閱，並親筆書錄，以備發表在《民國詩選》上。但毛並沒有抄〈長征〉，卻於10月7日託人送了一闋落款為1936年2月的〈沁園春‧雪〉給柳亞子，並附信寫道：「初到陝北看到大雪時，填過一首詞，似與先生詩格略近，錄呈審正。」[65]

柳亞子接到信後，次日在〈青年館觀高謫生畫展〉的一首詞中寫道：「湘潭與我本同心，土重水深元氣厚，新詞一闋沁園春。」[66]其中湘潭是指毛。該詞表露出柳對〈沁園春‧雪〉非常重視，當即寫了一首和詞〈沁園春‧次韻和毛潤之初行陝北看大雪之作，不能盡如原意也〉（**附2**）。當天就帶了這首和詞到紅岩村十八集團軍駐渝辦事處去找毛澤東，請毛將〈沁園春‧雪〉「重新謄寫」在一本冊頁上，並請毛蓋章。但毛沒帶印章去重慶，柳告辭後，立刻找了位篆刻家曹立庵為毛刻了兩枚印章，一是白（陰）文「毛澤東印」，一是朱（陽）文「潤之」。柳將這兩枚印章親自送到紅岩村去，但這次卻沒見到毛[67]。據多年後曹立庵在其〈為毛主席治印〉中稱：「1950年首次發表毛主席在柳亞子紀念冊上手寫的〈沁園春‧雪〉，就蓋有這兩枚印章。」[68]

[65] 李海珺，《柳亞子》（江蘇省政協文史資料委員會，吳江市文化局柳亞子紀念館編，江蘇文史資料編輯部，1999年）。

[66] 柳亞子，《柳亞子文集‧磨劍室詩詞集》（中國革命博物館編，上海人民出版社，1985年）。

[67] 費枝美、季世昌，《毛澤東詩詞新解》（中央文獻出版社，國際文化出版公司，2003年）。

[68] 曹立庵，〈為毛主席治印〉，原載《重慶談判記實》（重慶出版社，1983年），頁461。

毛澤東於離開重慶前夕（10月10日）將重新謄寫的該詞託人交給柳亞子，並附了封信：「新詩拜讀，何見愛之深！日內返延，未能續晤，期以異日。紀念冊遵命塗呈，不成樣子。弟於詩文一竅不通，辱承獎借，惟有自勵。」[69]

　　幾天之後，毛已離開重慶。柳亞子把毛落款為1936年2月的〈沁園春·雪〉和自己的和詞一併送到重慶中共的《新華日報》社，請他們決定是否發表。當時以周恩來為首的中共駐渝領導們堅決反對，認為這首詞「有問題」。若在當時國、共兩黨和談的關鍵時刻發表，恐會引起「某些誤解」。10月21日，柳之友人尹瘦石向他索要毛詞和柳的和詞，柳亞子寫了一篇跋文：「中共諸子，禁余流播，諱莫如深，殆以詞中類似帝王口吻……，恩來殆猶不免自鄶以下之譏歟！余詞壇跋扈，不自諱其狂……」但《新華日報》社採取了折衷的辦法，於11月11日發表了柳亞子的和詞[70]。

　　10月25日，柳亞子與尹瘦石在重慶舉辦的《柳詩尹畫聯展》開幕。在展覽會上陳列了柳亞子的最新詩稿，其中就有毛澤東的〈沁園春·雪〉與柳亞子的和詞。當時任《新民報·晚刊》編輯的吳祖光在10月中就風聞這兩首詞，在展覽會上一見到了柳亞子陳列的詩稿，立刻抄錄了下來，並於11月14日的《新民報·晚刊》第二版副刊《西方夜譚》上刊登了這首〈沁園春·雪〉。這立即在重慶引起軒然大波，國民黨勞師動眾，口誅筆伐，國民黨中央圖書雜誌審查專員兼《時事與政治》雜誌社社長易君左評擊毛澤東宣揚「帝王思想」。而左翼文人

---

[69]　同註腳67。
[70]　同註腳67。

郭沫若等也極力辯駁，掀起筆戰，謂該詞「絕無封建帝王思想」，其中「數風流人物」是指「人民群眾、無產階級」。耐人尋味的是柳亞子一反常態，沒參與筆戰及任何爭議，但被人指責為「從龍壯志」[71]。一時文壇盛傳〈沁園春・雪〉乃是柳亞子代為修飾、潤色的「從龍附鳳」之作。

對此質疑，筆者有如下幾點觀感：

1. 幾十年來，海內外文史界廣為流傳這首詞的原詞是胡喬木在抗戰期間為讚頌毛澤東所作，其後經當代大詩人柳亞子修飾、潤色，始公諸於世。最近國內網站有許多報導，主要陳述這首詞是胡喬木原作於1942年。劉少奇為了捧毛澤東，就要求原先是自己祕書的胡喬木（後成為了毛的祕書），把他寫的〈沁園春・雪〉託名給毛澤東。毛澤東改動了四個字，後在重慶以自己的名義交柳亞子發表。毛死後，胡喬木曾公開澄清〈沁園春・雪〉是他原創的。

2. 據報導，毛將該詞交柳，並附信請柳「審正」。柳若遵其所請而做些潤色乃屬文友詩詞酬唱往還、相互師法之常情，尤其是毛與柳論交情非比一般，因此當毛對柳稱：「可惜我只能讀，不能作。」不僅表示了他在詩詞方面虛心向柳學習的態度，也投映了柳在毛心目中是「詞長」的地位。則柳順毛所請做些潤色，不僅可能，也是合情合理的。後人固不必因毛日後在中國位居領導人之「英明」，而視毛早年之詩詞亦必無人出其右也。

---

[71] 李海珉，《柳亞子》（江蘇省政協文史資料委員會，吳江市文化局柳亞子紀念館編，江蘇文史資料編輯部，1999年）。

3. 毛於10月7日託人送了〈沁園春·雪〉原稿及附信給柳亞子。柳次日就去紅岩村找毛，即說明兩人論交情非比一般，也顯示〈沁園春·雪〉確實與柳的「詩格略近」。而柳在當代以詩詞快手聞名，為摯友「詩格略近」的作品潤色乃輕舉之事，也是理之必然。特別值得注意的是，柳帶了和詞到紅岩村十八集團軍駐渝辦事處去找毛澤東，為何要毛將〈沁園春·雪〉「重新抄寫一遍」？難免不令人懷疑莫非10月8日的版本已非10月7日毛送給柳的初稿，而是經柳潤色過的。

4. 柳向毛索詩詞，打算刊登於其正在編輯的《民國詩選》中。既然毛給了他原件，柳直接登載就是了，何必再向中共《新華日報》社，特別是向周恩來請示？從柳10月21日給尹瘦石的跋文中，可見當時柳與周為發表此詞爭論不小。如該詞真是毛九年多前寫的原件，周與毛朝夕共處，應像〈長征〉那首詩一樣，早就知道了，又何必到這時才來干涉，不成人之美呢？

5. 該詞與毛其他詩詞風格都不相同，特別是與落款時間相近（1935年10月）的〈念奴嬌·崑崙〉（**附3**）與〈清平樂·六盤山〉（**附4**）差別很大[72]。胡喬木為著名清華才子，文史底子深厚，柳亞子為二十世紀中國大詩人，被郭沫若等推崇為「今之屈原」，稱：「亞子先生的詩，於嚴整的規律中寓以縱橫的才氣，海內殆鮮敵

---

[72] 費枝美、季世昌，《毛澤東詩詞新解》（中央文獻出版社，國際文化出版公司，2003年）。

手。」[73]他飽讀詩書，對人物、典故，旁徵博引，文思如潮，詞藻優雅，氣勢磅礡。而這是毛其他的詩詞所沒能達到的境界。

6. 如該詞真如其所稱為1936年2月毛澤東橫渡黃河、東征山西所作，毛於數月前經歷長征，千難萬苦，兵殘糧盡，僅率五六千餘部隊抵達陝北，當時黨內張國燾勢大分裂，而邊區人心又歸附劉志丹，加之補給困難，不得不冒嚴冬大雪過黃河去山西搶些給養，在這種惡劣的情勢下，即使毛有超越「秦皇漢武，唐宗宋祖」之志，也難有如其詞所敘的氣勢。

7. 在重慶會談期間，毛澤東再三重申：「和為貴！」連見到江青的前夫唐納也不離這三個字。在一張與蔣介石的合影中，毛也顯得是誠惶誠恐。以當時毛的處境和對形勢的瞭解，怎會自己寫出這首有「俱往矣，數風流人物、還看今朝」，在當時必然引起爭議的詞來自找麻煩呢？

8. 一般人作詩詞，多言其心志，而少誇己能。譬如在毛的〈沁園春‧長沙〉中有「問蒼茫大地，誰主浮沉？」但沒有自誇其能。像在〈沁園春‧雪〉中自詡勝於「秦皇漢武、唐宗宋祖、成吉思汗」，還把這些人貶損一番，這與一般文人講求「溫柔敦厚」的習性不合，也與毛「誰主浮沉？」有所保留的心境不合，非情理所常。以毛對當時中國形勢的認知，不太可能用如此自詡的言

---

[73] 吳國良、殷安如，《人中麟鳳柳亞子》（吳江市文化局柳亞子紀念館編，蘇州大學出版社，1994年）。郭沫若，〈今屈原〉，《新華日報》1945年10月25日。

詞。一個合理的推測乃是「第三人稱的口吻」，也就是胡喬木、柳亞子對毛的誇讚。胡是毛的祕書、下屬，奉承、讚頌是其本職；而柳曾多次誇讚毛氏，早在1929年，毛尚在江西草創武裝革命時，柳就將他與孫中山稱為「並世支那兩列寧」[74]。文人誇飾，文詞猖狂，固為文場之常，卻是一般從政者所缺乏而禁忌的。也許這就是易君左之所以諷刺柳亞子「從龍壯志」。

9. 毛澤東在其詩詞中不常引用古人典故，僅在〈浪淘沙‧北戴河〉中有「魏武揮鞭，東臨碣石有遺篇」之句，詞中流露出他對曹操的武功與文采的激賞。從他所發表的言論、史評及文章中，毛對中國歷朝開國及立業的君主都是讚揚不已，很少有貶抑之詞，而在〈沁園春‧雪〉中將秦皇漢武、唐宗宋祖，以及成吉思汗都說得很一般，這與他的一向行事作風大相逕庭。1958年文物出版社發行了線裝大字本《毛主席詞十九首》，毛看到後，在這首詞的標題上寫了如下的註釋：「雪：反封建主義，批判二千年封建主義的一個反動側面。文采，風騷，大雕，只能如是，須知這是寫詩啊，難道可以謾罵這些人嗎？別的解釋是錯的。末三句是指無產階級。」毛的這個解釋無非是「此地無銀三百兩」罷了，卻也有暗喻：「罵人的話不是我寫的啊！」

---

[74] 柳亞子，《柳亞子文集‧磨劍室詩詞集》（中國革命博物館編，上海人民出版社，1985年）。

　　一般將帥發表文章，由下屬起稿，文士潤色，乃屬常情，自古皆然。蔣介石的〈五十生日感言・報國與思親〉文詞優美，感人肺腑，但世人皆知為蔣氏授意，而出自陳布雷之手筆。劉邦的〈大風歌〉氣勢磅礡，但略遜文思。蘇東坡非劉邦、曹操之屬，於其被貶黃州時，誤認當地赤鼻磯為三國周瑜破曹之赤壁，寫下了英雄本色、氣魄非凡、筆力超俗的〈念奴嬌・赤壁懷古〉：「大江東去，浪淘盡……」亦使黃州「文赤壁」或「東坡赤壁」聞名天下。岳飛的〈滿江紅〉，據考證並非岳飛所作，乃為元末明初漢人抗元的作品，借名於岳飛，人詞相映，慷慨激昂，讀之使人激發報國之情。

　　據口碑資料，南宋武帝劉裕起自布衣，晚年稱帝，躊躇滿志，有一次登山有感而歎：「前不見古人，後不見來者！」但劉裕文采有限，無以申述。幾百年後，唐代大詩人陳子昂依其意譜成〈登幽州臺歌〉：「前不見古人，後不見來者。念天地之悠悠，獨愴然而涕下」的絕妙好詩，千百年來一直引起人們共鳴。只是當年陳子昂不在劉裕身邊，否則今人讀到的這首好詩也就成了「宋武登山有遺篇」。

　　無論如何，〈沁園春・雪〉文詞優雅，氣勢雄偉，堪稱為千古絕唱。就像毛澤東的雄霸與胡喬木、柳亞子的文采均將傳諸百世，該詞中到底多少是胡喬木的原作？多少是毛的修改？又多少是柳的潤色？似乎將成為千古之謎。但〈沁園春・雪〉正如同〈滿江紅〉一樣，好詞讓後人吟賞，至於追究其出自誰手，那就算是「吟風弄月」的餘事了！

（原載於《美南週刊》2014年2月16日）

毛澤東與柳亞子　　　　毛澤東與胡喬木

附1：

沁園春・雪

毛澤東，1936年2月

　　北國風光，千里冰封，萬里雪飄。望長城內外，惟餘莽莽；大河上下，頓失滔滔。

　　山舞銀蛇，原馳蠟象，欲與天公試比高。須晴日，看紅裝素裹，分外妖嬈。

　　江山如此多嬌，引無數英雄競折腰。惜秦皇漢武，略輸文采；唐宗宋祖，稍遜風騷。

　　一代天驕，成吉思汗，只識彎弓射大雕。俱往矣，數風流人物，還看今朝。

附2：

沁園春・次韻和毛潤之初行陝北看大雪之作，
不能盡如原意也

柳亞子，1945年10月

廿載重逢，一闋新詞，意共雲飄。歎青梅酒滯，餘
懷惘惘；黃河流濁，舉世滔滔。

鄰笛山陽，伯仁由我，拔劍難平塊壘高。傷心甚：
哭無雙國士，絕代妖嬈。

才華信美多嬌，看千古詞人共折腰。算黃州太守，
猶遜氣概；稼軒居士，只解牢騷。更笑胡兒，納蘭容
若，艷想穠情著意雕。君與我，要上天下地，把握今朝。

附3：

念奴嬌・崑崙

毛澤東，1935年10月

橫空出世，莽崑崙，閱盡人間春色。
飛起玉龍三百萬，攪得周天寒徹。
夏日消溶，江河橫溢，人或為魚鱉。
千秋功罪，誰人曾與評說？
而今我謂崑崙：不要這高，不要這多雪。
安得倚天抽寶劍，把汝裁為三截？
一截遺歐，一截贈美，一截還東國。
太平世界，環球同此涼熱。

附4：

清平樂・六盤山

　　天高雲淡，望斷南歸雁。不到長城非好漢！屈指行程二萬！

　　六盤山上高峰，紅旗漫捲西風。今日長纓在手，何時縛住蒼龍？

徐州人心目中的「七個半皇帝」

　　貴版（《世界日報・上下古今版》）於3月27至28日刊載了〈白崇禧說：徐州出了七個半皇帝〉，令我讀來倍感親切。近幾百年來，我們徐州可算沿海最落後、貧窮的區域之一。乾隆皇帝到徐州曾說：「窮山惡水，潑婦刁民。」令徐州人一直引以為恥。貴版提到徐州在歷史上也曾出了不少「開國皇帝」，這的確替徐州人爭回了不少面子。作為一個徐州人，我非常感謝貴版及作者苗永序先生。

　　苗先生在該文的尾聲中問道：「讀者以為然否？」事實上怎麼去算這些「開國皇帝」，見仁見智，多不相同。但都是徐州的光榮，我們都高興採納。

　　徐州一般人對我們的「七個半開國皇帝」與「小諸葛」白將軍所說的稍有不同，謹列表如下，供讀者參考：

1. 漢高祖劉邦
2. 魏文帝曹丕（註：魏武帝曹操，雖生前沒做皇帝，但比他兒子更行！）
3. 南宋武帝劉裕
4. 南齊高帝蕭道成（註：其先世本居東海蘭陵縣，高祖南遷，寓居江左，僑置本土，籍貫未改，自稱「南蘭陵」人，東海蘭陵乃在今日徐州市附近臺兒莊，邳州市一帶。）

5.南梁武帝蕭衍（註：為蕭道成同族。）

6.五代後梁太祖朱溫

7.明太祖朱元璋〔註：朱元璋祖籍沛國相縣（今江蘇沛縣），他的祖父出生徐州，年長後因生活所迫，一再遷徙，先到句容，後居泗水，到他父親時才遷到濠州（今安徽鳳陽），所以徐州人稱朱元璋是我們的「自己人」，是合理的！〕

8.至於那「半個開國皇帝」，我們認為是楚霸王項羽。項羽是沛國下相人，也就是今日徐州附近的江蘇宿遷一帶，而他的「西楚」也建都彭城（今徐州市）。他雖是失敗的英雄，卻是徐州人引以為驕傲的。只是他並沒有做過皇帝，僅是個「霸王」。司馬遷寫《史記》時，將項羽生平列入「天子、皇帝」之屬的「本紀」內，所以我們徐州人沿用司馬遷的手法，稱項羽為「半個皇帝」。

芒碭山漢高祖宰蛇起義紀念碑

　　提到南唐李昇，的確他也是徐州人（籍貫海州，在當今徐州附近東邊），但他的南唐並非「正統」，屬於「僭越」。到他兒子李璟的後期就去帝號，向後周上表，稱「江南國主」。他的孫子李後主（李煜）很能寫詩填詞，「一江春水向東流」名滿天下，但稱王治國，是個「窩囊廢」，徐州人要面子，自然就不提他們了。

　　還有劉秀、劉玄兩人雖是徐州人劉邦之後，但其先祖早已於景帝時封於舂陵（今湖南寧遠縣），後遷到南陽郡白水鄉（今湖北棗陽縣），改白水為舂陵，落籍已久，自謂「南陽舂陵」人。徐州人尊重他們是「南陽人」，就不稱他們是「徐州人」了！

　　　　　　　　（原載於《世界日報・上下古今版》2009年4月9至10日）

閒情篇

去載（2009年）返臺，隨王兄回到附中。當年的舊大禮堂早已拆除，總辦公廳也已無影無蹤，總是擠滿人的內籃球場已成草坪，黃羅老師釣魚的防空壕早已填平改為暗溝，陳友仁揚威的吊環也不見了，就連高學長懷念的張書琴老師的閣樓亦已改建。王老師告訴我，從1955年新生訓練以來的五十多年中，附中經歷了千千萬萬的變化，但有一點是永遠不變的，就是：「我們親愛精誠，師生結成了一片！」

難忘的兩小時直飛

今天我由臺北直飛北京，飛機從桃園機場冉冉騰空，窗外臺灣逐漸渺茫，只見蒼海、白雲。忽然聽到機長廣播：「本次班機由臺北飛往北京，空中飛行時間為兩小時四十分鐘。」令我不禁憶起上一次由大陸直飛臺灣已六十年了。

1949年初，我隨父母在上海，有一天他們對我說：「明天我們要坐飛機去臺灣。」當時我只還是童稚之齡，聽到明天要「騰雲駕霧」，興奮得一夜沒好睡。天未破曉，父親的摯友、時任上海刑警隊長的王叔叔，安排了一輛中吉普來送我們，夜茫之中，向虹橋機場駛去。我們行李不太多，臨別，父親對王叔叔說：「過幾天，等『和談』談好了，我們就回來。」

C-46型國軍運輸機

飛機起飛了，我向外張望，上海愈來愈小，只見白雲、蒼海。那架C-46型的空軍班機在當時是最好、最新的客運機之一。但坐在裏面，震耳欲聾，也不給東西吃，連喝水都沒有，加之第一次搭飛機，令我暈暈沉沉。那飛機不比當今噴氣客機，飛得很慢。

　　估計過了兩個多小時又見到青山綠水。「卡剎」一聲，飛機在松山機場落地了，向外一望，只見青草、稻田。這臺灣可真奇怪，前幾天，上海還下過雪，屋簷下都掛滿冰條，我還同姐姐一起摘下當冰棒吃，這裏怎麼已是綠盈滿野了呢？

　　飛機在跑道上慢慢滑行，這整個機場空蕩蕩的，就只有我們這一架飛機。

　　出了機門，可比上海熱多了。當天早上沒吃東西，飛機上又沒給飯吃，把我餓壞了。來接我們的叔叔帶我們上了車，出了松山機場，一路只見稻田連綿，沒有幾個像上海那樣的高樓大廈。走了很久，終於到了一個叫「圓環」的地方。那「圓

今日松山機場

環」的米飯可真好吃！這是臺灣給我的第一個好印象。

時光苒然，「和談」可拖長了，老父未能再回大陸故里，早已作古。1985年，我回故鄉又見到了王叔叔，向他說：「我父親生前在臺灣時時在想念著你，我要謝謝你49年那天一大清早，安排車子送我們全家去虹橋機場、飛臺灣。」王叔叔感慨地對我說：「哎！我當時就是沒聽你父親一句話，你父親說：『老王，去臺灣吧，臺灣不會被解放的！』我不相信，沒去臺灣，結果被送到新疆勞改二十二年，弄得妻離子散！」（註：推測當時我父是說「淪陷」，而非「解放」。）

上世紀90年代起，我在北京工作，每年都回臺灣掃墓、省親。一來一回，都是天未破曉動身，飛去香港轉機，回到家已是夜分。這段時間已夠由美國西岸飛到臺北了。每次旅途中，我心中總是在思索：「為什麼人們要將如此近的兩地分隔得如此『遙遠』而又『漫長』？」

1972年，前美國總統尼克森首度前往中國訪問。當他參觀八達嶺長城時，對記者說：「這個偉大的古代建築以往是用來分隔人們的，今天我遠渡重洋來到這，深深覺得我們應該跨過這座長城，打破一切有形、無形的分隔人們的障礙，使人們變得更親近，世界變得更和諧！」

臺灣與大陸的直航間斷了約六十年，終於恢復了。這是人們共同的心願，也是歷史的必然發展。我相信臺灣和大陸的合作、共榮就像尼克森打開中、美長期凍結一樣，將帶給雙方人民無比的福祉。

（本文原載於《世界日報・上下古今版》2009年10月7日）

永遠不變的新店溪流水

　　上世紀60年代離開臺北，直到十多年後老父垂危，我回去看望他，發現臺北已改頭換面，非昔日可比。當時正值臺灣經濟起飛，新樓林立，一派繁華。老父告訴我：「這十多年變化是很大的，再不像當年逢年過節才能吃隻雞，啃過的骨頭才餵狗，現在是人不吃雞，狗不啃骨頭了！」

　　近幾十年來，常回臺北去掃墓、探親、訪友，每次都回到年少時流連的新店溪畔——碧潭、水源地、川端橋、馬場町以及西園等地。當年的田園風光早已逝去，如今兩岸高樓滿布，鬧市喧囂，臺北已非我少年時心目中的光景。

新店碧潭

　　還記得初中時，第一次參加童子軍露營，在碧潭下游的岸邊紮營，我還走過搖晃的吊橋，到對岸的空軍烈士墓去憑弔，後來也曾與如今的老妻泛舟潭上。現碧潭兩岸高樓滿目，露營之處已成了高架橋的橋基。

　　臺大對面的水源地，是當年暑期游泳的「勝地」，當時臺北只有一個公共的「東門游泳池」，每到夏日人滿為患。水源地成好泳者的首選。如今游泳場早已廢棄，只見濱河高速公路穿梭而過。

　　以前從萬華通往新店的火車，是繁忙的旅道，每天許多學校的學生擠滿這列火車由臺北慢慢駛往新店。其中就有以籃球隊聞名的文山中學的學生們。那時由萬華到新店要走一個多鐘頭，如今高速路十來分鐘就到了。我記得當年這條鐵路幾百米一停，經過螢橋、市立圖書館、水源地等站。有位朋友發現一種方法可以躲過查票員，搭兩三站免費車。我也跟著他試了一兩次，還真靈，省了幾毛錢。

　　「川端橋」早已更名為「中正橋」，以往狹窄的橋面也已拓寬。記得當年我提心吊膽地走過高架的橋邊人行道，到永和鎮去吃老兵的燒餅、油條，沒料到那小破攤子現在已變成了享譽四海的「永和豆漿」了。

　　川端橋的下游不遠原有兩個島，那裏曾建了一個「螢橋游泳場」，是夏日眾人游泳的好場所，現已成為一個連岸的半島。那時新店溪清澈見底，風景怡人，我們兄弟、玩伴的暑假大多是在那裏度過的。一條短褲，下水上陸兼顧，全身曬得黝黑，光著腳板，最怕走燙腳的柏油路，但個個都練成游泳好手。

河中偶有幾個石灘小島，對岸的沙灘非常怡人，遙望圓通寺，山巒秀麗。每當黃昏，夕陽晚霞對映著河水金波，美不勝收。對岸是永和鎮的竹林路，路盡頭有些竹林。當時據朋友告訴我，有一群「太保」在那裏弄了個小小的幫派，就以當地竹林為名，謂之「竹聯幫」。後來竹聯幫事情幹得還不小，名聞四海，可見這新店溪畔也算「隆興之地」啊！

　　平時河面僅一兩百米，但每當颱風過後，山洪爆發，新店溪波濤洶湧，河面有似長江大河，寬千米以上。我們總不放過這機會，去急流浪裏飛泳。那水是冰涼的，水速每秒好幾米，游過河要向下游沖去一華里多，回來還得向上游走兩三華里下水，才能游回原處。當然我們也會帶一些救生設備，以防萬一。這份頗具刺激性的急流寒泳，如今回味，猶覺趣味無窮。

　　在溪中游泳是危險的，但我們頗識該處水性，多年之間，朋友們都不曾出過事。只是每年夏天總會有些「遠來」的孩子因不諳水性而溺斃。家人淒泣之聲，令人聞之傷感。還記得有一次颱風過後，我們遇著一位由前線外島來的游泳健將，興致沖沖地準備下水，我們提醒他：水急而寒，漩渦難測。他不以為然，下水不久，就呼叫救命。眾人急著想辦法，但他已無影無蹤，不知漂去了臺灣海峽，還是永眠於新店溪河床之下了。

　　當年新店溪的採沙石業是很興盛的。採沙石的大船在河中不停地作業，沙石用小船運到岸邊工廠，最初是人工手划的船隻，後來改為機動船拖一串小舟。挖沙的工人都曬得黝黑。盛夏炎暑，他們上岸後都要吃碗「刨冰」去暑，但當時在河邊哪

有冰箱存冰塊呢？我見到他們在燙手的沙堆裏取出冰塊，用了一部分後，再塞回沙堆裏去「冷凍」。這些工人真聰明，他們的熱沙堆比冰箱的冷凍效果還好。

過了川端橋，沿水源路下游不遠的河邊就是馬場町。在孩提時，我經常與兄弟、玩伴到那兒玩耍。不久發現每當下午時分，往往有車輛押運「犯人」到那裏行刑。那時我們懵懂無知，好奇地跟著，從頭看到尾，有好幾次還聽到受刑人高呼：「蔣總統萬歲！我是冤枉的！」多年後才知道這就是所謂的「白色恐怖」，我也算是個歷史的「見證人」吧。

馬場町河堤以內，原為一個大農場，當時在那裏只要一毛錢臺幣就能買一斤空心菜，後改建為高爾夫球場。據說蔣經國有意見，認為光給少數「有錢人」打高爾夫球，還不如開放給

中正（川端）橋與新店溪

大眾，於是改建成「青年公園」。近年來我曾去過幾次，每天清晨都擠滿了早起運動的人們。

馬場町沿河向西，原為一片草原。草原上蒲公英、喇叭花、含羞草等野花綻放，還有一種野草，是餵鵝的好飼料。我幼時常去那裏採集這種「鵝草」，帶回家去餵鵝。後來索性把幾隻大鵝、小鵝放在自行車籃中，騎幾里路到那兒，把鵝放在草原上，讓牠們吃個高興，我也樂得悠然自樂。如今那裏已開闢為「河濱公園」。

再向西，原為一大片竹林，荒蕪人煙。日本人為發動侵華及太平洋戰爭，曾在那裏建了一個飛機場，稱為「南機場」，與松山的「北機場」遙相呼應。但日本人為掩蓋侵略的證據，臨去時將「南機場」徹底地破壞滅跡。童年時，我們未曾見到

復興橋與新店溪

任何機場的痕跡。只有一次，我騎車入竹林，陰森森的，走了約半個小時都不見天日。在竹林裏面，見到兩座日本兵士的墳塚，這些可憐的士兵成了日本軍閥侵略的犧牲品。

我也曾在溪中游泳時，撿到一枚二戰時美軍飛機轟炸機場丟下的小炸彈，雖已破損，可也讓一群孩子興奮不已，但不久就被長者拿去處理掉了。近年我重回建國中學對面的植物園，還見到當年被美軍轟炸過的痕跡，椰子樹幹上用水泥補的許多洞，六十多年了，戰爭留下的創痕依然如故。

臺北原為新店溪、淡水河與基隆河三面圍繞的一個沼澤區，西門町一帶原為潟湖，直到清乾隆年間，人們才開始填土開發。當國民政府撤退來臺後，臺北市人口號稱六十萬，面積一百多平方公里。但三條河流沿岸，只有少部分堤防建成，每次颱風來襲，靠河的居民常為水患所苦，總是聞颱而色變。

當年大片竹林，一直延伸到西園區的光復橋一帶。竹林對面是中和鎮及圓通寺，新店溪在此轉了一個大彎，對河支流清溪，乃是最謐靜秀美之處。如今華中橋橫跨兩岸，熱鬧非凡，當年的小溪已成污染嚴重的排水溝。

隨著光陰的逝去，舊地可謂千變萬化，但亦可追尋出幾許永遠不變的情景：碧潭的水依然是碧綠怡人；美麗的吊橋猶懸跨湖面；空軍烈士公墓還屹立山頭；與如今的老妻泛舟潭上的小船尚點綴如故；新店溪沿岸，建了許多河濱公園，重現了許多往昔的河畔風光；馬場町已改為「馬場町紀念公園」，讓人們永遠不要忘記那段辛酸的歲月；二十年前黑色的溪水，近年來環保工作的改善，又略現當年的潔淨，去年我到河邊，

居然還見到幾位垂釣的雅士，他們還釣到一尺長的大魚；最令我驚訝的是，我在河濱的草原上，又見到了童年常見的「鵝草」。

　　誰能說逝去的光景不再復返呢？永遠不變的是新店溪的流水，它還在那靜靜地流淌著，似乎在述說著那許多逝去的年華！

（原載《世界日報・上下古今版》2012年6月30日至7月2日）

中國最具規模的酒廠
——五糧液

　　中國現今各地都有其地方特色的好酒，但名酒最多的地方首推四川。其中最有名，也是當今全國最暢銷的乃是產於宜賓的五糧液。

　　宜賓雨熱同季，氣候溫和，空氣濕潤，最適宜釀酒所需微生物的生長，故有「川酒甲天下，精華在宜賓」之說。這裏古代為少數民族雜居之地，僚、僰、苗、彝等各族人民在此釀製出各具特色的美酒。

　　南北朝時代（公元420至589年），彝族人採用小麥、青稞或玉米等雜糧混合釀製了一種「咂酒」，從此開啟了採用多種雜糧釀酒的先河。到了唐代，戎州官坊用四種雜糧釀製了一種「春酒」。唐代大詩人杜甫到宜賓，嚐了當地的「春酒」及特產荔枝，譜成：「重碧拈春酒，輕紅掰荔枝」的名詩。宋代宜賓紳士姚氏家族採用高粱、大米、糯米、玉米和蕎子五種雜糧私房釀製「姚子雪酒」。這個「姚子雪酒」乃是五糧液的雛形。明代初期，宜賓陳氏繼承姚氏產業，演變成「陳氏祕方」，又稱「雜糧酒」，為當今五糧液的直接前身。明代的老窖保留至今，現仍在使用。

　　晚清（1909年）陳氏祕方傳人鄧子均先生將其家傳的釀酒祕方拿出來，設廠釀造營銷給大眾。經楊惠爾先生定名為「五糧液酒」，後范玉平先生做了許多改進，成為現代的「五糧液」。

現今五糧液為高粱、大米、糯米、小麥和玉米五種原料釀成，以「包包麴」為動力，成年老窖發酵，長年陳釀，精心勾兌而成。五糧液屬「濃香型」白酒，以「香氣悠久，味醇厚，入口甘美，入喉淨爽，各味諧調，恰到好處，酒味全面」的特殊風格著稱。

宜賓五糧液酒廠

　　五糧液酒首次於1915年參加「巴拿馬萬國博覽會」，當時中國酒在世界上尚屬沒沒無聞，以致在展覽會上沒引起人們注意。當即將閉幕時，一位中國的工作人員失慎打破一瓶五糧液，使得特殊醇香的酒味飄散會場。正好有位品酒專家路過，歎為奇物，因此獲獎，得以傳名中外。至今，五糧液在世界各地博覽會上已得過三十八次金獎。

　　50年代初，在幾家古傳釀酒作坊的基礎下聯合組建了「中國專營公司四川省宜賓酒廠」，後改為「宜賓五糧液酒廠」，1998年再改制為「五糧液集團有限公司」。2006年，銷售量已達二百億人民幣，並擁有一個三萬人的龐大隊伍，是現在中國最暢銷的酒，也是宜賓的支柱產業。

　　2006年夏我與老妻路過宜賓，專程去參觀了五糧液酒廠。宜賓位於金沙江與岷江之交滙，稱為長江第一城。五糧液酒廠位於城郊，在門口搭上一輛遊廠出租車，師傅兼導遊帶我們進入廠區參觀。五糧液廠區占地九平方公里，規畫得十分宏大別致，有許多頗具氣魄的現代建築，四季長青的花木，及象徵「四海」的水塘，還有幾座宏偉的高樓，被譽為「十里酒城」及「花園公司」。

　　廠內排滿釀酒廠房及儲酒庫房。看到一個幾層樓高的「五糧液酒瓶」，四周有五糧神女和一些園林建築。這個大酒瓶高高聳立，在廠內各處都可看到，可謂此「十里酒城」的招牌。

　　我們去了一個釀酒廠房，規模很大，有六千多口窖池。導遊要了一杯五糧液給我品嚐，的確美味醇香。只惜我不勝酒，未能痛飲。

廠的西端有一個果酒公司，是釀造果酒的廠房。在山頭向東眺望「十里酒城」，房舍千百，綠蔭滿蓋，遠處小溪蜿蜒，蔚然可觀。

　　師傅送我們出了這「十里酒城」。這次參觀令我感到五糧液的發展與規模不凡，得以震驚四海。聯想到：「明月幾時有，把酒問青天！」連天時都要訴諸於醇酒，中國的酒文化真是博大精深啊！

（原載《世界日報‧上下古今版》2012年7月17日至18日）

兩片黃瓜

　　從前在臺灣，孩子們上學都是中午吃便當的。那時沒有微波爐，每天早上大家把便當裝在一個大竹籃裏，然後由兩個值日生抬到學校的大廚房去加熱。中午取回，各人拿自己的熱便當進餐。

　　某班有個家道殷實的胖同學，他每天的便當裏都有豐盛的魚肉菜飯；但是他飯量很大，又喜歡在班上鬧著玩；每當吃中飯時，他總是一面吃著自己的便當，還不停地看著別人的便當；其他人只要有好吃的魚、肉、好菜，他就會拿著筷子夾過來嚐；比起上課，這是他一天最快樂的時光。

　　卻是班上有位瘦同學，總是坐在牆角邊的座位，同時一直用蓋子遮著便當吃飯，似乎是怕胖同學搶吃他的午餐。胖同學從來沒能吃到他的「好菜」，總是耿耿於懷。而且瘦同學平常沉默寡言，不太與人來往，胖同學更氣他了，常罵道：「這瘦小子鬼鬼祟祟，心裏壞主意一定不少！」

便當

有一天輪到胖同學值日抬便當籃，他與另一位同學抬著全班的便當向大廚房走去。突然胖同學靈機一動，對他的同夥說：「那瘦小子，每天不讓我吃，也不讓我看，現在我非偷吃他便當裏的好菜！」

　　於是，胖同學停下來，解開瘦同學便當的繩子。當他打開一看，頓時目瞪口呆、滿臉發白，原來他看到的只是一盒白飯和兩片黃瓜。他黯然地對他的夥伴說道：「我豈不是晉惠帝嗎？一直以為他和我一樣，每天都是食肉糜的！」

　　這是一個真實的故事！

平壤的眼淚

　　金正日死了。北韓的電視上，廣播員一面說著，一面泣不成聲。平壤成千上萬的民眾都跪倒在地，痛哭流涕，如喪考妣，場面頗為「動人」！

　　這令我想起多年前，我有位大陸的朋友。他出生是「黑五類」，在諸次運動中成了「運動員」，「文革」期間受盡折磨。他告訴我，經過十年的「文革」煎熬後，有一天突然大隊宣布將有「重要」新聞宣布。不久廣播員帶著哭泣的聲音說道：「偉大的領袖，偉大的無產階級革命導師、舵手，偉大的……，不幸於今日凌晨0時10分離開人世，……這是中國人民無比的損失、最大的傷痛！……」

　　這位先生聽到後，知道熬了十年黑暗的「文革」總算等到了一線曙光。但他在大庭廣眾之下不能笑，而的確也哭不出來。既不能笑，又哭不出來，那怎麼辦呢？於是他悄悄地一個人走到河邊，獨自坐在那，沉思過往漫長的辛酸歲月，也憧憬著美好的未來，靜靜地度過了一天。

　　我相信如今在北韓會有千千萬萬的百姓，像我這位可愛的朋友一樣，在那裏獨自靜靜地回思往日、憧憬未來！

（原載《世界部落格・藝文天地》2012年2月13日）

北韓民眾跪倒在地

民眾痛哭流涕，如喪考妣

┃憶軍旅袍澤情深

　　我於1966年大學畢業後分發到空軍高炮部隊服役一年。首先到屏東報到，任營部「修護官」，在屏東北機場駐防了半年多，再調往金門前線。

　　猶記我深夜抵達屏東營部。第二天一清早就見到了我屬下的「修護士官長」，一個中等個子的胖子，一口四川話，一個大字不識。初遇之際，他十分嚴肅、緊張。後來我才知道他與前一任的修護官處得水火不容，是以見到我們這種大學畢業生就討厭。他首先就給了我個下馬威，說道：「我姓謝，四川人，你別看我一個大字不識，但跑的路、見過的世面可比你們念個破大學的要多多了！」我立刻用四川話答道：「那當然了，我們只是紙上談兵，你老大哥可是真槍實刀啊！」他微笑，來了勁，提高嗓門說：「格老子的！我十幾歲就被抓兵，離開了四川老家。抗戰、剿匪，路可跑多了，活人、死人也見得多了！」我問道：「了不起！了不起！老大哥可曾到過哪些地方打仗啊？」謝士官長緊盯著我，神氣十足地說：「我去的地方可多了，譬如有個『東九省』，你可能沒去過！那就是江蘇、山東、安徽幾個地方。」我恭維他道：「太了不起了！這個『東九省』，我不但沒去過，連聽也沒聽過啊！」從此謝士官長就把我當作「自己人」了。

　　當時我每個月的薪水是三百六十元臺幣，也就是九塊錢美金，但考托福（TOFLE）或GRE的報名費就要十塊美金。

有時還要回臺北去拜訪「如今的老妻」，總得請她到王樣冰店
（在臺大新生南路側門，如今的「臺一牛奶大王」附近）吃碗
刨冰，錢老是不夠。但謝士官長總是慷慨地借款給我，解我之
急，令我終生難忘。

　　我手下有一個管庫存的年輕臺省籍士兵（充員兵），整
天愁眉苦臉。與他相處一陣日子後，我問他：「你為什麼整天
愁眉苦臉？」他悄悄地對我說：「修護官，我的命和你一樣
苦。」我嚇了一跳，問他：「這可是為何？」他說：「我們這
個營很快就要被派到越南去打仗了！」我低聲對他說：「你放
心好了，絕對去不了的！」他說：「計畫都定好了，還調集了
那麼多車輛，你怎麼說不會去越南呢？」我告訴他：「你看，
我們管的四十輛車，其中有二十輛是二十多年老的GMC十輪
大卡車，全是『酒乾倘賣無』，走三里一小修，走五里一大
修；十輛小吉普，除了營長的座車和一輛公務車，其他都是走
不動、上不了場的；還有十輛豐田式中吉普，雖然比較新，但
全營總共只有兩個適合這種車的電瓶，八部車開不動，只好擺
在那裏。你想想，這樣的裝備在屏東湊合、湊合還可以。但越
南那裏越共可不是好惹的，現在大老美在那都搞得焦頭爛額，
讓我們帶上這樣的裝備去可不是愈幫愈忙嗎？老美肯定不會要
我們去瞎整的！你可別對別人說這是我說的啊！」後來我們果
然沒去越南，這小傢伙可真佩服我了。

　　我們的營用的高射炮是40毫米機槍，謂之「小炮」，另外
有的營有90毫米炮，稱為「大炮」。謝士官長告訴我：「『共
匪』的米格機飛得又高又快，不管是大炮還是小炮，早就沒
用了。」我問：「那我們還在這機場跑道頭擺一座小炮幹什

麼？」謝士官長說：「這完全是防止我們自己的飛行員不聽話，想擅自駕飛機跑到『共匪』那邊去，那時這些小炮、大炮就派上用場了。」

我們在屏東，沒有「共匪」的飛機來，自己的飛機也沒曾擅自起飛過，是以大多時間都沒事幹。有幾個軍官好多天都不來上班，士官、士兵也常擺龍門陣。我的辦公室在一間車材倉庫裏，旁邊只有那個管庫存的士兵，天高皇帝遠。我當時為了準備考托福，得以經常在那唸英文，還借了個留聲機，練習聽英語會話。不料有一天營長突然親臨倉庫巡視，我正在聽英語會話，措手不及。但營長只點了一下頭，一言不發就走了，這可把我嚇壞了。誰知道第二天在朝會時，他對營部官兵訓話，說道：「你們大家沒事的時候，不要亂跑，應該向修護官學習，多念點書！」著實把我「表揚」了一番。幾個月後我去考托福，其中最難的一項就是「聽力測驗」。考官當堂放一張唱片，有一個好幾分鐘長的故事，然後大家看卷答題。那次的故事是《鐵達尼號沉船》。這個故事發生在哪裏？在哪一年？死了幾個人？活了幾個人？我因為曾看過許多書，早就記得滾瓜爛熟了，當然就考了個高分。不過營長的鼓勵總是令我感激不盡的。

我手下有幾個臺省籍的修車年輕士兵，還有幾個老修護士官，另外就是幾十個老士官駕駛。這些老士官全是抗戰或撤退來臺前夕被國民黨抓兵入伍的，他們大多不識幾個字，僅能像畫符一樣寫出自己的名字；也只記得兩個日子，一個是自己的生日，另一個就是被抓入伍的日子。那時他們大多已四十多歲，除了極少數娶了山地姑娘做老婆外都是光棍，軍隊就是他

們的「家」。我發現他們由於長期軍旅生活的磨練，都是思慮敏捷、能言善道。特別是擺起龍門陣或對壘辯論，個個生龍活虎。就連我手下的一個有智障的矮子，他話講不太清楚，他的「渾身解數」只有「打黃油」，也就是向車子底部的軸上擠點潤滑劑；但每當辯論或罵人的時候，他總是義正詞嚴、妙語如珠、氣勢凌人，令我刮目相看。

　　一日天剛破曉，我們正在朝會，團長突然乘車親臨營部，並對官兵訓話，他告訴我們：「反攻大陸就快要成功了！我們大家的希望都在大陸。大陸有兩千多個縣，回大陸後你們個個都可以做縣長！」那一天，營部裏大家情緒十分高昂，特別是那個「保防官」，也就是專管「思想」和「打小報告」的人，他真以為他很快就要回大陸去當縣長了。

　　當我走到士官的「中山室」（聚會廳）門外時，聽到裏面正在激烈辯論。論題乃是：「到底反攻大陸是不是馬上就要成功了？」贊成的一方由一個八面玲瓏、能言善辯的四川小個帶頭；反對派以一個山東大漢為首，他反正一個大字不識，「保防官」也犯不上打他「思想有問題」的報告。四川小個首先用時勢分析道：「前幾年『大煉鋼鐵』、『大躍進』、『人民公社』，弄得天翻地覆，餓死了幾千萬老百姓；最近又來了個莫名其妙的『文化大革命』，大陸同胞過得水深火熱。只要我們大軍一登陸，老百姓都會立刻響應，『共匪』很快就會垮了。」山東大漢反駁道：「人家原子彈都有了。我們軍隊一上去，人家一個原子彈丟下來，那就全完蛋了！」四川小個立即就說：「原子彈並沒有什麼了不起，我們清華大學有個原子爐就是用來造原子彈的，而且已經差不多了！」山東大漢不認

輸，大聲說道：「清華大學搞了個屁！聽說弄來弄去，只造出了五個原子！哪裏夠做原子彈?!」這一下可把四川小個弄得啞口無言。山東大漢得理不讓人，看到我站在門口，乃對著我大聲說：「修護官，你是學科學的，我說的沒錯吧？」

他們這幾十年都是隨軍流離，以軍做家，一方面是無可奈何，另一方面也只得隨遇而安。就拿我們的伙夫頭來說，他是個很機靈、風趣的人，我常到廚房去同他聊天。那廚房裏有一個很大的磚造爐子（窩子爐），上面擺了一個一兩米直徑的大鍋。他炒菜是拿著一個挖地、扒土用的大鏟子（羊鏟），人站在爐子上面的邊上，向下拿著大鏟不停地鏟。我時時替他擔心，常提醒他要小心，不要掉到鍋裏去了。他卻總是露出一嘴黃牙，笑著對我說：「那就好了，你們就有肉吃了。」當時我們的確很少有肉吃，盡是冬瓜、南瓜，油都不多。但他總是炸一大盆辣椒好讓大家「下飯」。他炒完菜從不洗鍋，加幾瓢水就是我們的「湯」了。有一次我出外回營，看見營部大門口來了條大黑狗。當天晚餐時，全營部加菜吃狗肉。營輔導長（相當於共軍的政委）夠意思，特別買了幾大瓶太白酒（有點像大陸的二窩頭），大家猜拳、敬酒、擺譜吹牛，還有人借酒裝瘋發牢騷。那頓飯足足吃了兩小時，還醉倒好幾個人。

後來附近老百姓跑來問我們有沒有見到他家的一隻大黑狗，全營一致告訴他們：「我們只看到一隻小白狗匆匆跑了過去。」

他們每個人都有一個成長、從軍、殺敵、逃難的動人故事。謝士官長告訴我，他十多歲被抓兵離家，但時時在想念家

人與故里。他們四川在外當兵的曾有些「線路」。大家都盤算著，想好好攢點錢，弄夠了就回家，討個老婆，安安穩穩地過一輩子。他屬於「技術兵種」，先開車，後修車，機會不錯。譬如每次碰到開車下坡就放個空檔，省出點油；修車弄些舊零件；打仗時，死人總會有些皮鞋、金戒指、金牙等等。這樣點點滴滴的，他攢了一些錢，算算也夠了，於是決定「衣錦歸鄉」。先換了黃金，綁在貼身的圍袋裏，趁部隊鬆懈，開了小差，自己單個上路去找四川朋友的「線路」，踏上歸鄉之途。

　　我打斷他，問道：「你既然衣錦歸鄉了，為什麼又跑到這裏來幹什麼？」他一副苦臉，對我說：「哎！這都是命啊！我一路躲躲閃閃，走了幾天，後來經過一個山道，突然跳出來幾個土匪，手裏拿著大刀，當場把我全身搜得精光。我當時又難過又害怕，就哭了。」我緊張地問：「他們沒有捅你一刀吧？」謝士官長說：「土匪們問我：『你哪來的？』我告訴他們，我是四川人。他們說從來沒聽過什麼『四川』。突然有個土匪對他那幾個同夥說：『兄弟啊，這小子說的話，難聽得很，想來這個四川大概遠得很。這樣好了，我們留他一點金子，讓他回家去吧。』」我感動地說：「看來這些土匪還很有義氣！這就是『盜亦有道』啊！但你為什麼不回家，又跑到這來呢？」謝士官長歎著氣說：「不是我不想回家，可是他們留下的那點金子連走到家都不夠。出來那麼多年，空著手回去，哪有臉見人啊！於是我只得再投奔一個部隊。哎！就這樣地跑到這鬼地方來了！」

　　我與謝士官長已分別四五十年了，時時在思念著他，回臺

多次，卻一直沒能找到他。真不知他還在人世否？也不知道他
可曾回到他朝思暮想的故里！

（原載於《世界日報・上下古今版》2011年6月5至6日）

筆者在金門與謝士官長共處的碉堡

憶師大附中的崢嶸歲月

　　最近讀到貴刊（《傳記文學》）九十四卷第四期中高準學長〈重憶少年時——我對師大附中的回憶〉，首先給我的感覺是，師大附中的教育的確非常成功，絕非「一言堂」，乃十足「百花齊放」、「自由活潑」。這不正是過去幾十年來臺灣進步繁榮，當今大陸改革開放、經濟起飛的根源所在嗎？

　　我是高學長的後輩，如今還記得當年高學長風華正茂，是《附中青年》的主筆之一。每當我收到新的《附中青年》時，總是像幼時看到《牛伯伯打游擊》一樣，興致沖沖地讀完，對高學長佩服得五體投地。

　　我於民國四十四年（1955年）考入附中。當年第一次進入附中，參加「新生訓練」的情景猶如昨日。首先我得知我和高學長一樣，被分到初中四年、高中兩年的「實驗班」，十分興奮。最主要的是不要再考高中了，我就如此在附中度過了六年師友共處的歡樂時光。這幾十年來我曾向老妻與外人一再述說這六年多彩多姿、朝氣澎湃的往事，他們都告訴我：「**這比《湯姆歷險記》還要精彩！**」只惜我沒有高學長的文采，無法訴諸文章。

新生訓練

　　三天的新生訓練裏，我們首先學會了校歌：「**附中、附中，我們的搖籃，滿天烽火創建在臺灣。……我們來自四方，**

融匯了各地的優點，我們親愛精誠，師生結成了一片，……我們是新中國的中堅，看我們附中培育的英才，肩負起時代的重擔。……把附中的精神照耀祖國的錦繡河山！」

五六十年來，我四處奔波，跑遍臺灣、大陸、美國及世界七大洲，曾遇到許多附中學長及後輩，大家都是從附中「搖籃」出來，校友們在各領域裏也的確把附中「百花齊放」、「自由活潑」的精神照耀了整個臺灣、大陸的河山。

新生訓練頭一天，我們見到了初一的導師——**李雲珍老師**。她剛從師大畢業，年輕貌美，英文說得、教得很好。那天她發了許多表格要大家填寫，其中有兩項：你最喜歡的學科，及你最不喜歡的學科。我因缺乏高學長的才氣，國文很差，全靠數學才考上附中，而當時少不更事，不像以後幾十年每逢填表答問都選OK或Excellent。第一個問題填了「算術」，第二個問題當然是「國語」。誰知當天快放學的時候，李老師叫我去單獨談話，她收斂了那美麗和藹的微笑，很嚴肅地對我說：

「語文是求學、做事的重要工具！你怎麼能不喜歡國文呢？而且如果你拋棄了自己的國語，就會做亡國奴的！！」

她這份忠告令我銘記終生。我雖才不及高學長，但至今還不忘國文，偶爾尚能寫些心得；更重要的乃是我一直以自己是中國人為榮，關心大陸、臺灣，也付出了自己的許多心血。

憶胖子

初一時我們實驗十一班有五十五位同學，來自各個小學，真是**融匯了各地的優點**。十來歲的孩子們，活潑天真，冒險求

新。譬如班上有位七八十公斤的龐然大物，名如其型，謂翟大鵬，我們尊稱他為「胖子」。當時胖子告訴我，他家離師大不遠，在北師附小念小學時，每天早晚與幾個同學沿和平東路一條直直的大道走著上學、回家。幾年下來，愈走愈膩，於是經常去尋找「捷徑」（short-cut）。今日某人宣稱從兵工學院邊的稻田裏走最近；過兩天又有人說，穿過清真寺對面，過一個小溪上用棺材板搭的小橋，肯定是最短的路。胖子就像哥倫布一樣，幾年一直在尋找去上學的新路，但一直沒搞清楚最近的「捷徑」是哪一條。多年後胖子對我說：「直到初三念了黃璟然老師教的幾何：『兩點之間以直線為最短！』才知道最先走的和平東路那條大路早就是最近的『捷徑』了。」可見胖子結合實踐與理論，辯證地找到了真理。

我們初三到高一（第三到第五年），這三年的數學都是**黃璟然老師**教的，她的教學**清晰簡明，富於啟發，引人思考**。每次考完月考，第二天她就改好卷子，發給大家，當堂講解一遍，同時讓同學仔細看看，如果嫌分數給少了，還可以上去與她「討價還價」，這是我一生很少遇到的「發卷談判」。

胖子英文很好，但不喜歡數學，每次考試大多在及格邊緣。有一次月考後，黃老師發卷討論，胖子坐在座位上一言不發，沒去討價還價。我問他：「考了幾分？」他只說了兩個字：「不行！」可是過了一個多月後，他悄悄地對我說：「你猜我上次月考考了幾分？」我漫不經心地說：「及格了吧？」他得意地說：「哼！何止及格，我拿了個八十八分！」這可把我嚇了一跳，說道：「你小子居然和那幾個模範生平起平坐啦！」胖子又說：「其實不是，三張考卷，第一張三題，

實驗11班同學，1956年攝於大溪（李雲珍老師提供）

實驗11班同學，1956年攝於校門

黃老師在上面寫了『－8』，第二張又有三題，四十分，我全不會，一個字也沒寫，黃老師倒也省事，一個字也不必寫，第三張卷黃老師又寫了個『－4』，你看一百減去八，再減去四，不就是八十八了嗎？」停了一下，胖子又說：「我當時也想到華盛頓砍櫻桃樹的故事，想去向黃老師『自首』，做個誠實的好學生。但我一想到我父親看到我拿了四十八分，他的血壓可能就會衝到四百八十了！還是讓他高興一次好了！」我感動地對他說：「胖子，我覺得將來應該把你列為『第二十五孝』。」

我後來把胖子拿八十八分的事向黃老師「告了密」，但不是在那學期，而是約五十年後，當時在美與黃老師重逢而胖子已作古數載之際，黃老師聽了釋然大笑。這個故事表露了黃老師的「自由啟發」之風。

難忘的一頁鼓勵

當時我的國文不好，不能像高學長一樣下筆成章。每星期要寫週記，非常頭痛。每當星期天，打完球，洗過澡，吃完晚飯，已8、9點鐘，人也睏了，拿起週記本真不知寫些什麼。高一時有一次實在沒辦法了，就順手把那一週黃老師（當時為導師）教的「一元三次方程式解法」上課時的演板抄了一遍，最後加了一兩句評語（comments），就睡覺了。週一交上去，幾天後發回來，翻開一看滿面紅字，心想這回「完了」！沒想到再仔細一看，黃老師寫道：「你寫得非常好！這就是……」她來了勁，寫了滿滿一頁。但她當時肯定沒有想到，**這一頁的評語對一個孩子的一生起了多大的作用！**我雖沒有高學長的才

華，卻在黃老師這一**頁的鼓勵**之下，也念了個工程博士，得以養家糊口無慮。

能攻心、審勢，寬嚴皆宜

　　至於高學長提到附中充滿了「**白色恐怖**」，這個帽子扣得太大了，也「抬舉」了附中。事實上「白色恐怖」是時代的產物，中國近代飽經列強侵凌、社會動盪，自太平天國起義（或暴亂）以來，出了一系列的「革命」、「改革」的救亡圖強運動，過程是漫長曲折的。史學家唐德剛曾說：「**在中國近代歷史上，這一轉變的程式，……要經歷兩百年以上的艱苦歲月，始可粗告完成。**」附中當時的管理、軍訓是有其時代背景，並非「附中精神」或別出心裁。

附中舊高中大樓

首先拿**黃澂校長**來說，他一直崇尚「**自由思想**」，為人和善，做事周詳，正如每當上週會時，他慢條斯理地唸著「國父遺囑」一樣。我在附中的六年，他一直擔任校長。他對**培養附中的自由風氣立下了不可磨滅的功勞。**

當時附中最「顯嚇」的老師是綽號「老甘」的**甘子良**，我很奇怪高學長不知是否「餘悸猶存」，文中居然沒提到他。甘老師任訓導主任多年，後轉任教務主任，他**治校嚴厲有方，功在附中。**當時附中學生活潑調皮，但提到、看到「老甘」，沒有不敬之、畏之的。

他從新生訓練起就「盯」上我們這班，三天兩頭親臨課堂訓話。有一天朝會完畢，他在操場把我們大罵一頓。解散後大家慢步走回教室，發現甘主任已站在我們教室門口等著，又痛訓了大家一頓：「行動散漫！無精打采！我罰你們站到上課！」那天我們全班站著上了一天課，誰也不敢坐下，回家時兩腿都發痠。幾天後甘主任又來我們教室，笑著對大家說：「你們這一班也真怪！我北平人講國語，你們都聽不懂，我教你們『站到上課』，意思是『一直罰站到上課的時候為止』，誰教你們上課時還要站著呢？」

多年後我們才瞭解，甘主任特別關注本班，其目標並不是我們這群孩子，而是我們年輕貌美的導師。《**詩經**》有云：「窈窕淑女，君子好逑。」甘主任做得很合理。

我們班的同學朝氣蓬勃、活潑創新，從初一起一連換了四個導師（**祁懷美、李鐙、沈同倫、陳浩**幾位老師），但都沒能「鎮住」。直到初三來了**錢倫寬老師**，他頗有商鞅之風，鐵腕治事，雷霆萬鈞，**本班風氣為之一新。**我當時年少無

知，也許多讀了高學長寫的文章，有點「毛病」，喜歡「亂講話」，有一次寫作文「亂寫」，被錢老師叫到他宿舍「個別談話」。他指著我的作文本，提醒我這樣寫是「不行的」，屬於「思想有問題」。但他沒有記我過，也沒把我送到訓導處或警備司令部，甚至也沒要我重寫。錢老師這份忠告令我終身受益匪淺，使我雖未能像高學長一樣「聞達於諸侯」，卻也「苟全性命於亂世」了！錢老師早已作古，但我還時時對他思念不已。

我們在附中六年，從初一的李雲珍老師開始到高三的**羅崇光老師**，一共有八位導師。早期的五位均以儒家「治禮教化」為本，兩年後錢倫寬老師改以法家「賞罰嚴明」為綱。再兩年後黃塽然老師審時度勢，採道家黃老「無為而治」之法，最後一年羅崇光老師又將黃老之法發揚光大。他們和甘主任都能做到「**能攻心、審勢，寬嚴皆宜！**」使本班同學**行誼有序，見識通達**，受益不淺。

頗富人情味的黃羅老師

高學長提到「一位嗓門最大但不知是教什麼的老師**黃羅**」。事實上，黃羅老師不只嗓門大，也是個**很可愛、很有人味**的老師，他曾教過幾何，後任童子軍團長，記得我們初中有一次到新店露營就是跟他去的。黃老師是美食家，所以烹飪比賽由他品嚐評分。我們炒好菜後，先將大部分的肉挑出來，自己吃了，才交給他評分，結果評語是：「肉菜比例失調」，得了最後一名。

黃老師與學生打成一片，他擔任某班導師，班上賽籃球，

他做教練。有一場球賽，他們那隊落後幾分，看看就要輸了，黃老師突然向裁判說他要上場，理由是：「誰能說我不是這一班的？」引起激烈爭執，球賽也停了好一陣。近年來，每當我在電視上看到NBA籃球決賽，洛杉磯湖人隊比賽時，球場邊上坐在最前排椅子上的影星Jack Nicholson不時大吼大叫，就會聯想到黃老師**為學生的事總是無比地投入**。

黃老師很有雅興，喜歡釣魚。上世紀50年代初，為防衛中共「解放臺灣」，各學校、機關都備有防空洞或防空壕。附中也在後操場邊挖了一長條防空壕。後來中共的飛機一架也沒來過，防空壕卻積滿了水，有了不少的魚。我就常見到黃羅老師拿根魚竿在那垂釣自樂。

高學長說：「附中對待同輩異性的態度也是從來不在教育之列。」但我就記得黃羅老師在上童軍課時，津津樂道地教大家怎麼「追」女朋友，告訴我們童子軍有許多「計策」，什麼時候該用哪一招，還特別提醒我們：「有一招叫『激將法』，雖然有時很管用，但追女朋友時千萬別用。如果你看到一個漂亮的女孩子，就上去對她說：『我就是不想知道妳叫什麼名字！』她肯定不會對你說：『我就是要告訴你，我叫……』你是穩會砸鍋的。」你看，黃老師不是給我們上了一堂用之一生皆準的課嗎？就拿我來說，四五十年來在老妻的管制下，偶爾略施小計，但每當不慎用了「激將法」時，都是自討苦吃。事後才想起**黃老師的忠告的確寶貴**。

難得的好老師們

楊力宇老師教了我們一年多的英文，他中、英文底子非常

縶實，**教學嚴謹、清晰、不苟言笑**。我雖英文很差，但從他那學會「分析句子」，將一個冗常的句子剖開、分析、瞭解，受益不淺。十幾年前，我到大陸帶領一群國內的青年才俊工作。美國律師送來的「談判合同」往往是又臭又長，一個句子就是六七行。我手下那些年輕人翻譯起來十分頭痛，我乃對他們說：「你們只要上過楊老師的英文課，學會分析句子，就知道那個形容詞子句是形容哪個字，這六七行的句子就會很清楚了。」楊老師當今為享富盛名的學者、政論家。我經常讀他的文章，都是字句清晰，條理分明，言之有物，而一氣呵成。

　　祁懷美老師教國文非常認真，擔任導師也很盡責。我初一大考期間因騎劉政懷的高墊腳踏車受傷，多承他照顧。後來他還特地去我家通知我去參加幾科未考課程的補考。祁老師是遺腹子，他的父親於上世紀30年代赴美留學，不幸亡故，是以他生下來後取名「懷美」。未料他後來也英年早逝，令人思之傷感。

　　高學長提到了**張書琴老師**，「說話兜巴巴」、「儀表非常邋遢」、「衣衫不整、蓬頭垢面」、「還提個痰盂，在同學中穿行」，形容得非常真切。但那又何妨？她不是廣告小姐，而是物理老師。她教過我們初中物理，我們私下叫她「愛因斯坦的妹妹」，樣子不好看，但物理**可教得好啊**！直到現在每當我想到愛因斯坦，就會不由得懷念張書琴老師。

　　教我們高中化學的是**江芷老師**。她從不帶書、拿筆記，只用一枝粉筆，一面寫，一面講，**清晰簡明**。她把繁雜的化學**說得像《安徒生童話》一樣簡潔有趣**，為我們許多同學打下以後

從事理工的深厚基礎。

另外，我們初中有位物理老師——**郭子克**。他當時剛從臺大物理系畢業，腦筋非常清晰，**教學有條有理，簡單明瞭**，每堂課一下子就講完了，開始問大家：「有什麼問題？」我一生遇到過許多好老師，但能像郭子克老師一樣把那麼複雜的物理問題，簡簡單單幾句話就說明清楚的，還是難得的。十多年後，我到普渡大學（Purdue University）念博士，他已是該校國際知名的高能物理教授。我每次在校園內與他相遇，他總是無比地親切。

另外，高學長提到的**唐玉鳳老師**，從附中開始第一天就來了，她和她的先生虞兆中教授（曾任臺大校長、土木系主任）都是春風化雨幾十年，桃李滿天下的好老師。她初中、高中都教過我們，**講得認真有序**。初中時班上調皮搗蛋的同學，對於唐老師教的生理衛生，最有興趣的就是最後一章的「性教育」。當時唐老師也真給我們上了一堂提綱挈領、簡潔明瞭的「性教育」課。弄得班上那些調皮搗蛋的同學都臉紅、低頭不好意思聽了，倒是唐老師非常輕鬆自如。高學長如果當時認真地聽了唐老師的課，就不會抱怨附中的教育不夠「全面」了。唐老師於五年前（2005年）去世，本班劉兆玄兄主持為她編印了一本紀念文冊，而由班上兩位「大文豪」林中明兄及魏良才兄撰文追思唐老師在附中春風化雨的漫長歲月。

我雖然國文很差，但從小對歷史很有興趣。當時父親在家裏牆上掛了一張中國歷史年代表，我差不多都把它背下來了。初中最先教我們歷史的是**鄭振模老師**，他教得非常認真，**層次分明，繁中有序**。記得有一次上課時，他問全班：「你們哪一

個將來想念歷史的？請舉手。」全班啞然失聲，沒一個人舉手。鄭老師失望黯然，只得顧左右而言他了。事實上，我當時非常想舉手，但沒有勇氣。如今鄭老師早已作古，只是我還欠他一次「**舉手之情**」。

另外，我在附中高一時（第五年）上了**董道明老師**的歷史課。當時我們已「分組」，我是「理工科」，考大學是「甲組」，歷史是不必考的，於是這門課只是讓大家「混混」的。但董老師卻非常認真，正如高學長所說：「**他為人和藹可親，講課非常有條理。**」我還記得他教到春秋時晉楚「**城濮之戰**」，分析當時諸侯割據的情勢、中原與楚文化的接觸，**以及此戰對中國歷史融合及整合的重大影響**，令我受益不淺。幾十年來，我雖沒能像高學長一樣，風華貌盛，文采耀世，但工作謀生之餘，也閱覽了一些史籍；並與老妻遊覽了臺灣、中國、美國以及世界七大洲，觀山川寰宇，體民俗風情，覓古今軼事。能有這份雅興與得到的樂趣，還應感謝董道明老師那一年的教誨。事實上，我除了以後在臺大一年級上了**李守孔教授**十分精彩的中國近代史外，董老師這一年的課程也就是我終生最後的正式歷史教育了。非常感謝高學長大作中隱示董老師現尚高壽健康，我乃於去年返臺之際去拜訪他。他已九十多歲，但猶步伐穩健、思想敏捷。我不如高學長，並非董老師的得意高足，他自然不記得曾有過我這個學生。但正巧我是董老師的徐州同鄉，董老師只會講徐州話（或謂口音太重），我乃同他說徐州話。我再三感謝他給我的寶貴歷史教育，特別提到了「城濮之戰」，也向他請教了許多歷史的問題，他非常高興。

我們高三的導師兼數學老師是**羅崇光老師**。他是一個很有獨特個性、**頗富人情味**的人，**教書認真，擅長專攻難題**，對考大學極有效。本班同學依他的體型及面部表情，尊稱他為「老虎狗」，他並不介意，也從來不搞記過、處罰那一套。其黃老之策與黃璟然老師相似。羅老師是一個非常親切、隨和的老師，與學生相處無間，學生都喜歡他。可惜他很年輕就得癌症而逝，我再也沒能見到他了。

儲亞夫老師教過我們初中的公民訓練及高中的三民主義。他是一個**具有善心的老師，教書認真、正規**。儲老師終生是獨身，據說有個故事，乃是他曾追求某女老師失策，以致終生未娶。某女老師在我進校時已離開附中。但在高學長大作中，他神筆飛揚、憶往情深地形容道：「她是我當時很崇拜、很著迷的一個老師。……她……梳著一雙小姑娘似的辮子，皮膚曬得較黑而眼睛很明亮，苗條的身材經常穿一襲藍布旗袍，看起來十分活潑動人。」讀後，我不禁深深地為儲老師歎息。儲老師與羅崇光老師為莫逆之交。當羅老師去世、送葬過後的一些日子裏，儲老師悲傷不已，整日恍惚，未久在附中附近失慎被車誤撞而逝。我後來得知此消息，難過了一陣。

程敬扶老師教過我們初中的公民訓練，他是一個**閱覽豐富、很有見識，在文學、社會科學幾方面都有很高的水準，而非空談主義、思想的人**。我還記得他上課時談到「戀愛觀」，也並非如高學長所謂的「對待同輩異性的態度也是從來不在教育之列」。他不用課本，只用嘴講，教我們記筆記。全班大多跟不上，只得下課後去抄周鑫鑫像打字一樣的筆記。他給的分數不太高，但我們的確從他那學到很多寶貴的知識。他的教學

代表了附中的自由精神。

　　高學長大作中提到的**李嘉淦老師**，沒有教過我，但我記得他**短小精幹，做事敏捷**，是個很講效率的老師，也聽到許多學生對他的好評。高學長大作發表後，許多同學都相互問道：「不知李老師現在何方？」最近我聽說他尚健在臺灣，只是隱居無訊。子曰：「人不知而不慍，不亦君子乎？」**李老師這份涵養真令人佩服！**

同學少年風華正茂

　　我們班上同學才藝頗盛，念書都不錯。但除陳茂元於一年級因病休學外，以李靈峰、周鑫鑫二位最為突出。高三時羅崇光老師「專攻難題」，有時前一晚打麻將晚了，在課堂上偶爾會記不清「奇解」的步驟。倒是李靈峰早搞通了，乃不時指點一下，難題遂迎刃而解，全班皆大歡喜。現李兄為世界高能物理一流學者。

　　周鑫鑫讀書敏捷，一般人看了一兩個鐘頭還糊裏糊塗的書，他十來二十分鐘就弄得清清楚楚了。而他抄起筆記來就像打字一樣的整整齊齊。當時我見他每天中午吃飯時總是狼吞虎嚥，幾口扒完便當就跑走了。有一天，我走到附中後門外的稻田裏，看見他脫了鞋，捲起褲管，趴在小溝裏。我問他：「你堂堂模範生，怎麼弄得如此狼狽？」未料周郎大怒，對我說：「你懂個屁！我正在抓魚和泥鰍。」後來周兄果然成為垂釣高手。如今周兄從事尖端高科技工作，已獲專利近百個，個個都是「大魚」。每過一陣總會有新發現。

　　王宗方為人老實敦厚，胖子等就推他為「風紀股長」，

對調皮搗蛋的同學壓力小一點。王兄後為臺大及麻省理工學院（MIT）機械工程系高材生，在流體力學研究方面做出了貢獻。

蕭政承其父蕭錚及父執——諾貝爾經濟獎得主海耶克之薰陶，加之努力不懈，現為世界經濟學權威、中央研究院院士。我經常向他請教有關經濟的問題，譬如：「今年的股市是會漲還是會跌？」他總是給我一套大道理。我領悟力差，這個問題也從來沒由他這位大師那搞懂過。倒是去年在他家正聆聽他的大道理時，突然耳聞他夫人陳美雲在房內唱歌，令我肅然起敬，乃對她說：「蔡琴唱得真像妳！」

陳友仁一級的聰明，數學好，英文就不用說了，而且學什麼，通什麼：彈子、跳舞、五子棋等等，最厲害的就是吊環。當時在總辦公廳、圖書館旁有一串吊環，被他「包」下來了。他在上面蕩來蕩去，像空中飛人一樣。陳兄因受其名之累，經常蒙冤。班上有人做了惡作劇，躲起來不出面，查也查不出來，只好說「有人做了」，但往往就成了「友仁做了」。

我們班的壁報做得很好，主要是人才齊集，有劉兆玄、高唯峻、梁君午、魏良才等等。劉文筆流暢，又跟梁中銘學過漫畫。高、魏都有文豪之稱，梁繪畫天份極高，另外還有王右鈞抄寫，他們幾位弄的使本班壁報常常得獎。據說王的父親有預感，王的字會寫得好，於是就用了王羲之的號為其名。

劉兆玄是本班最早的「四眼田雞」之一，功課非常好，能寫能畫，在班上也常出些「點子」。他雖沒有陶德本、毛為文、姚掄欣的體型，但籃球打得不錯，相當靈活。我當時一直想吃他火鍋（蓋帽），但很不容易。他們一家兄弟六個人都是讀附中後去臺大，他的一個嫂嫂也是附中的，可謂一門附中。

他們幾兄弟聯手寫武俠小說，成了當時的「巨富」。劉兄高中時分班到我們隔壁的實驗十二班。

郭隆和姜文焯是本班兩位實業家，當年在班上他們兩人作風完全不同：郭能言善道，是一個樹上小鳥都會被他嘯下來的奇才；而姜文質彬彬有如「瑪麗的小綿羊」，但「臨事而懼，好謀而成」。近十多年來，我經常在北京、休士頓、臺北等地見到他們。他倆整年飛來跑去，頗有「老驥出櫪，縱橫千里」之勢。

林中明及其哥中斌兄頗富家學淵源，其父林文奎先生乃清華高材生，與同窗沈崇誨烈士一道報國投效空軍，抗日救亡，功在國家。林母張敬教授早年任教西南聯大，來臺後一直在臺大文學院教授詩詞。她學問淵博而頗富風趣。我進臺大後常在校園見到她，她總是微笑地對我說：「怎麼不來修我的詩詞？還可以看『灑妞』。」但我心想，我又沒有高學長一樣的才華，還像毛主席說陳毅一樣，我連平仄都搞不清楚，哪還敢去修張教授的詩詞呢？只好偶爾在椰子樹下或圖書館裏隨便望望漂亮女生罷了。中斌兄為實驗十班高材生，曾隨季辛格（Kissinger）研究國際關係，是以雖望之文質彬彬，胸中卻有百萬兵符，曾任國防部副部長。中明兄文思頗豐，在本班經常能想出一些恰時而獨特的「點子」。譬如有一次我被通知去錢老師的宿舍做「個別談話」，陳友仁、杜祖懿很夠意思，都替我打氣，要我「挺得著」！大有「風蕭蕭兮，易水寒，壯士一去不復返」之悲壯。林兄卻低聲對我說：「錢老師那間小屋裏雖沒有老虎凳、辣椒水，但他罵起人來，聲勢逼人，不好受啊！但我教你一招，你只要一掉眼淚，表示悔過，錢老師就立

刻會將嚴厲的面孔轉為和藹可親，放掉你了。」事後我才知道，他這一招還真靈。中明兄後從事高科技工作，錢賺飽了，就著手研究《文心雕龍》、《昭明文選》、《孫子》、《詩經》、繁簡文字學、詩詞等等，現為著作等身、海內外知名的文學家，與高學長一樣，都為附中增光不少。

我們班個子最高的是毛為文，他們一家三兄弟，高文、信文、為文都是附中校友。毛為文籃球打得很好，全班英文最好的也是他。他是楊力宇老師最得意的門徒，不幸英年早逝，令人思之心酸。

毛渝南在班上念了四年就去美國了，以後我在波士頓及北京常見到他。他是一個很「夠意思」的人，經常給人由衷的忠告。譬如當年西藏發生「暴動」，臺灣各界反應激烈，還發起簽名前往西藏參加「抗暴」。我和胖子當時正要簽名，毛對我們說：「你們小孩子懂什麼？簽了名，到時真把你送去了，你們怎麼辦？」我和胖子聽後，嚇得也就沒敢簽名了。否則，也許現在我和胖子還在青藏高原的高山深谷中。毛渝南的父親毛人鳳將軍曾來校拜訪，對老師非常客氣。毛兄原在臺灣為AT&T總裁，現居北京，為國際知名的高科技工業鉅子。

唐晴川因與「唐老鴨」（Donald Duck）同宗，被尊稱「鴨子」；他人很斯文，足球踢得很好，上到高一時就舉家移民去巴西了。他臨走時，正好我的軍訓課本掉了，乃對他說：「鴨子，反正你那軍訓課本也沒用了，還是給我算了。」沒想到他卻對我說：「我要留作紀念。」我心想這小子真是「為富而不仁」。但第二週，他已離去後，我收到一個大信封，打開一看，就是那本軍訓課本和他的留言。唐兄現居南加

州，為虔誠教徒及名牧師。他閱覽頗豐，我曾與他做過各方面的交談，最使我驚訝的乃是我用很難的石油難題去考他，他居然答得非常正確。大概是他與上帝的交流勝過我們一般人的緣故。

關山初中時與我一起搭零東公共汽車上學，交情頗深。他母親和藹可親，曾任教於國語實小，毛為文、杜祖懿都是她的學生。關山為人溫和有禮，心地純良，習於助人。不幸於數年前某日清晨突感不適，沒多時就去世了。我在美得訊後，悲傷不已。我還記得曾向他借了五元臺幣，一直沒還他，深以為歉，卻不知如何還他了。

姚掄欣體能特佳，籃球、足球都打得很好，是本班的主將，後為成大籃球校隊主將。來美後從名師學習，後從事熱傳遞學（Heat Transfer）研究及教學，著作頗多。

陶德本是我們班的籃球中鋒、主將，也是校隊主將。他體型壯大，而很會站位子（position），自比當時國手陳祖烈，很會搶籃板球及籃下跳投，很少人在籃下搞得過他。

王佑民擔任近六年的班長，他品學兼優，一直都是模範青年，做事精明能幹，深能瞭解人際、組織關係，為本班做出許多貢獻。上世紀70年代，我來休士頓，他也剛來此在世界首屈一指的M. D.Anderson癌症中心研究藥物治療，後頗有建樹。不幸英年得大腸癌，但他在抗病期間十分堅強，我經常去看他，並回憶當年在附中同學風華正茂的歡樂時光。最後一次，他穿著實驗衣，瀟灑地笑著對我說：「好得很！裏面全是了，但還沒完蛋！還沒完蛋！」他是一個難得的人才，只惜天道無親，不假以年。

我們班上患癌症的不少，王佑民、毛為文、林至中、孔繁謀都去世多年。有人懷疑是當年附中後面的稻田用了一種強烈的美國農藥所造成。朱怡去年也因大腸癌走了；我四五年前就知道他的病情已到最後期，常與他研討抗病經驗；他一直非常樂觀，還同王右鈞、夏尚澄，及我和老妻一起去參加了兩次紅衫軍的反貪污遊行；他和王佑民兩人是我見過抗病最堅強、樂觀的人。走筆至此，不禁想到本班同學除上文所敘幾位之外，還有胖子、關山、陸虎祥、林復生、曹雲凱、阮文英、陳添成、黃德宏、余安之，總共已有十四位作古。回思五十多年前大家在附中歡樂的崢嶸歲月，同學少年，風華正茂，不免有**昔年植柳，今搖落**之悲！

生死兩相別

　　我於2002年底測知得了相當嚴重的癌症，乃回到休士頓以前王佑民工作的MD Anderson癌症中心做了八個月的治療，康復良好，超出了意外。2004年，我過於自信，欲與老妻遠征非洲。未料在北京因打了一針黃熱病（Yellow Fever）防疫針，引起激烈反應（severe reaction），被送到協和醫院急救，在加護病房（ICU）待了五十多天，有好些天所有主要器官均失去功能。老妻盡了最大努力，聯繫中外各有關單位，連美國CDC（Center for Disease Control）也束手無策，因為據他們積年的統計，存活的機會低於百分之四十。醫生也認為希望渺茫，我的兒女都從海外飛來我的身旁。好一陣日子裏，除了偶爾的清醒外，我大多是昏迷或半昏迷狀態。在那時候，我腦海裏重現了一生的往事，特別是那附中六年師友歡聚的時光一

再縈迴。當時我已不大能說話，在半講半寫之下，對老妻說：「如果有事發生，妳告訴我的附中同學、老師，我在最後還想念著他們！也告訴他們，那六年的共處帶給我無比的歡樂與感激！」接著我又對她說：「妳放心好了，我這一次一定會過關的！」

我恢復後，協和醫院請我在一個千人的聚會上演講，我說道：「我深深感謝協和醫院，你們救人的熱忱與高超的醫技使我沒能在耶穌、釋迦牟尼、穆罕穆德以及馬克思的名單上出現。」費心極力搶救、醫療我五十多天的周翔大夫對我說：「你的恢復是個奇蹟，主要是由於你有很好的體質與毅力。」在此我願由衷地向關心健康的讀者分享我這難得的經驗，我認為我這兩樣本錢都應歸功於**附中六年的教育和培養**。

當2004年，我康復之際，聽說胖子因心肌梗塞送院急救，所幸脫險。事實上胖子多年來身體並不很好，十分消瘦，已無當年的魁梧。2004年初，我在臺北與他的最後一次相聚時，他問我：「告訴我！你這幾十年幹得最窩囊的事是什麼？」我對他說：「這些年來，我四處奔波，窩囊事的確碰過不少，但最窩囊的就是『比胖子還胖了』！」那天他拿了一根名貴的煙請我抽，我告訴他我已戒煙多年。但他的盛情難卻，還替我點了火。未料才抽幾口，煙頭火光大作，弄得我滿臉漆黑。只見胖子笑得樂狠了，原來他在煙裏塞了幾個火柴頭，給了我一個惡作劇。我洗了臉，對胖子說：「你還是像新生訓練時一樣，江山雖改，本性難移！」

我原定2005年1月返臺去拜望他，但因工作過度，身體恢復不如理想，臨時決定延遲兩個月。正在那時，胖子發現腦部

有瘤，住院治療，萬幸再度脫險。但他對夏尚澄、王右鈞說他父親六十四歲就走了，他也許過不了六十四了。次月，我在北京突然接到夏、王來電，胖子因心臟病再度突發，搶救無效，猝然而逝。令我頓時回思自新生訓練相逢，那六年及其後一共整整的五十年裏的許多歡聚時光，卻是少了應有的最後一次相聚，不覺淚水已然盈眶。

看我們附中培育的英才

　　高學長文中提到，他有些附中同學「不怎麼樣」，但我卻知道許多與他同屆的附中學生「很像回事」！譬如，還記得念完初二的暑假，一天清晨我父親看著報，突然大叫一聲，對我說：「你們附中出了個狀元，這次大專聯考甲組第一名是你們學校的沈良機，你認不認識他？」我答道：「他大概不打籃球、排球，也不踢足球、跑田徑，這個人我不認識。」但我還是感到與「狀元」同校，十分自豪。約二十年後我初到休士頓，在一個場合裏，有人向我介紹說：「這位是休大電機系主任沈良機教授。」我立刻肅然起敬地向他說：「你是我們師大附中的狀元！」他淡然一笑置之。沈教授畢業於臺大、哈佛大學，為國際知名的電機工程學者。

　　2005年4月我在北京，正值連戰學長（高二十四班）打破國共凍結，前往北京做歷史性的訪問。他到北大做了一個非常高水平的演講。這個演講對全國現場轉播，事後我遇到許多中國的領導、青年才俊，他們都一再讚揚連學長的演講，認為是臺灣教育的成功。連學長做到了「**把附中的精神照耀祖國的錦繡河山**」。

　　與連戰學長同班的許世楷學長、高三十一班的陳履安學長、實驗五班的吳伯雄學長、實驗十班張博雅女士，與本班劉兆玄同學都在臺灣政界做出很大的貢獻。毛高文學長（高三十七班）曾任清華大學校長、教育部長，為作育英才獻身。初三十六班熊耀華（古龍）的武俠小說名滿天下。另外，高五十八班學長王贛駿作為第一個上太空的中國人，傅達仁（初八班）是籃球國手、名體育評論員，劉國松學長在繪畫上的成就，都是附中的驕傲。

　　六七年前，我的兒媳婦首次到北京去看我。她是臺大商學院及美國賓州大學商學院（Wharton School）的高材生。我當時問她：「你上的高中肯定是北一女中吧？」她答道：「不是，我是師大附中七百三十一班的。」我詫異地說：「我以為附中的班次永遠不會超過二百的！」但再一想，我已離開附中約半個世紀了。「**看我們附中培育的英才，肩負起時代的重擔。**」這半個世紀來，附中不知造就了多少英才，分別在臺灣、美國的學術界、教育界、文藝界、工商界等等做出重大的貢獻。像高準學長就是個很好的例子。我在大陸從事合作建設工作多年中，也遇到許多附中的學長及後輩，他們都把在附中打下的良好基礎及所學「照耀著祖國的錦繡河山」。

　　另外，在半個多世紀以來，特別在早期的臺海對峙中，有許多附中同學為捍衛臺灣而光榮犧牲。譬如我們班上的阮文英同學，初中畢業後投考空軍幼校、官校，後在臺海上空成仁。我曾多次專程去新店空軍烈士墓弔祭他，不勝唏噓。另外，初六十九班的劉貴立同學，是我小學同班、附中隔壁班的同學，以後我在空軍受訓、服役時常見到他，親如手足。幾年前，我

返臺與他通了個電話，當時他任空軍總司令。原本打算今年回臺與他相聚，卻得知他猝然去世的消息。回思五十多年前我與他們二位同聚歡樂一如昨日，如今斯人已去，令我悲淒不已，但也為他們多年捍衛臺灣的貢獻而感到是附中的光榮。

傑出的體、群教育

　　高準學長大概不打籃球、不踢足球，是以我在其大作中沒見到他談附中教育中最成功之一的體育課程。附中體育重在踴躍參與，課程是當時全省最傑出的，由體育主任**吳貴壽老師**主持，按年齡、身高、體重分班，另有田徑隊、籃球隊等特別班次。訓練、考試認真，而各人因其所長，盡其發揮。譬如，我們班上的胖子，跑的、跳的都很差，跑八百米時，我都跑完了，他還有一百米沒跑。有次考八百米，胖子想拿個好成績，拚了命，但成績沒弄好，倒是弄得事後滿臉蒼白、拐著腿、喘著氣對我說：「告訴你一個好消息，你現在可以打得過我了！」胖子體型有我們一般同學將近兩個大，他沒事就對同學打一拳。我倒是很少挨他揍，令我一直感激不盡。幾十年後，我問他：「當年為什麼對我那麼好？」他說：「你那時太瘦，手又斷過，我怕打出事來，否則我早就揍你了！」胖子跑、跳雖不行，但鉛球、鐵餅總是全班擲得最遠的。我們低一班有個「吳胖子」，比胖子還重，足足有九十公斤，他專攻拳擊，在中學時就拿了一次省運會的亞軍，令我佩服不已，跑去問他：「你怎麼那麼厲害？」他對我說：「臺灣太重的人不多，這次參加省運重量級的只有『拳王』張羅普和我兩人。就只好我和他爭冠軍了。上場後我一直躲，他一直追，偶爾點我

一下。幾局打完，他拿金牌，我拿了銀牌。」可見附中是人才輩出。

　　附中的籃球十分風行，最精彩的球賽都是在內操場的第二籃球場舉行。校內比賽有班際比賽及「公開賽」（校長盃）的自由組隊比賽，參加踴躍，競爭激烈。我們班喜歡打籃球的人很多，足球好手也多，這兩項都拿過班級賽冠軍。另外，當時有一種「籠球」比賽，乃是用一個很大的軟球，大家爭著在空中將球向對方底線推進以得分，本班也拿過一次班級賽冠軍。這些球賽對我們的「體」與「群」做了極深厚的培養。

　　附中早年的籃球雄冠全省，出了朱復昌、傅達仁等好手。我剛進校第一年，高四十班由邵子凡領隊得到高中班際賽冠軍。其後，文二班的李東陽打得非常好。1959年，本校在教練林承謀、主將馬立凡（高五十二班）、施迪生（高四十九班）帶領下榮獲「自由盃」籃球乙組（中學組）冠軍，全校歡騰。這一年，本校初中組有個鄧紹禹（實驗十二班），一般人只知道他叫「三麻子」，是明星球員，動作快，彈性好。

　　附中對田徑的訓練非常注重，也出了一些俊才，譬如高四十三班的王綏漢是百米、二百米、四百接力健將。他當年11.1秒的百米紀錄直到五六年後，我畢業時都沒被人打破。實驗九班的陶天林是跳高選手。另外，實驗十班的錢致慶是一千五百及三千米中距離賽跑好手。王、陶、錢及其他我校選手，總是在全省中學及中上運動會為校爭光。

1956中上联運会400公尺接力賽冠軍, 46.0" 破记錄

王绥汉　　邵子凡　　吳贵寿　　林式均　　张文涟

1956年中上聯運會四百公尺接力賽，附中榮獲冠軍。
由左至右：王綏漢、邵子凡、吳貴壽主任、林式均、張文漣。
（邵子凡提供）

勞作、音樂、美術及文藝

附中還有一個很成功的課程，就是勞作。當時由**秦彥斌老師**主持的「勞作工廠」有各種工具及機器，使我們能養成動手、使用工具的能力，在以後一生的求學做實驗、從事工程業務，以至自己修車、修房等家務，助益非淺。

附中的音樂課程最主要是由楊、柳二位老師（**楊蔭芳、柳抱群**）擔任。還有一位後來留學義大利的**劉德義老師**。他們幾位的音樂造詣均很高。我雖缺乏音樂天份，但他們教的〈保衛大臺灣〉、〈領袖頌〉、〈踏雪尋梅〉、〈南屏晚鐘〉、〈康定情歌〉及〈附中校歌〉，至今猶能記得清清楚楚。高學長沒說錯，至於是C調，還是F調，我的確搞不太清楚，但每當朋友唱卡拉OK時，我一聽就知道比鄧麗君差多了；聽到費玉青唱〈南屏晚鐘〉就知道他比我們班誰都唱得好。這些都是當年從楊、柳、劉老師學來的評賞功力。

至於美術的確是要有特殊天份。我有次看到電視上有個老頭用炭筆畫一條直線，覺得畫得真好。再仔細一看，原來是畢卡索。我們班上的陳添成、梁君午、高四十四班的韓湘寧、實驗十班的顧重光、老前輩劉國松學長，都是有藝術天才，但如果沒有附中美術老師多年的指導，以後能否成為名畫家，就難說了。但高學長說附中的美術就是「放個瓶子在桌上說你們自己畫吧」，也不盡然。我記得有次上美術課，老師放了個蠟做的蘋果要我們照著畫，他卻是在教室裏走來走去，一再地指導我們修改。他看了我的畫，說沒有立體感，不像蘋果，像個大餅，於是指導我如何修改。我用蠟筆塗了一陣，他回來一看，

說還是個大餅，又教我一陣。我再塗了一陣，他再來一看，說還是個餅，於是就拿起蠟筆在我的畫上塗了幾下，說也奇怪，立刻就是個有光有彩、有立體感的蘋果了。他教我照這樣再畫下去。我很有自知之明，一碰也不碰了。過了約十分鐘，他再到我座位旁一看，稱讚地說：「你畫得不錯！」當場給我一個甲等。這乃是我在附中多年唯一得到的美術甲等。但這說明老師是很下功夫、循循善誘的。

談到附中的文藝方面，當年各班經常要出「壁報」，寫的、畫的五花八門。本文前面提到高學長為主筆的《附中青年》就是一個「自由園地」。高學長大作中說的《文心》，我似乎讀過。在當時嚴格控制出版的情況下，這種小刊物能出五期，表示了附中的自由風氣及人才齊聚。高學長提到「現已一本都沒有了」，我也覺得非常可惜。

教育的目的在於德、智、體、群的總體培養，愚見以為附中的教育在這些方面是做到了均衡的發展。在品德的培養，附中學子雖活潑勇進，但大多能做到**「有守有格」**，我們同學很少去做投機倒把、傷天害理的事。在勞作、音樂、美術、文藝以及體育的培養中，附中以「參與」（participation）為主，競爭（contest、competition）為次。這不正是奧林匹克運動會的精神嗎？毛澤東有一首詩——〈卜算子・詠梅〉：「俏也不爭春，只把春來報。待到山花爛漫時，她在叢中笑。」寫得很好，也就是表揚這種精神。就拿我個人來說，在這幾方面都缺乏天份，但附中給我的教育使我能有所瞭解、喜好及欣賞，令我終生受用。我於1985年在北京去拜訪先父的同鄉好友及先後同學李可染伯伯，他與我談了兩個多鐘頭，並將中國自古至今

的名畫家一一做了評述。四五年前，承蕭政同學推薦，我前往
南港中央研究院去向許倬雲教授請教一兩個粗淺的歷史問題。
本以為三言兩語就講完了，沒料到許教授花化了四個小時把中
國古代文化的發展給我做了精闢而有系統的講解。這兩件事說
明了他們二位大師鼓勵後進學習與參與的古道熱腸，達到了萬
世師表孔子「與其進也」的境界。他們的「有教無類」、循循
善誘令我感佩不已。而他們這種境界不正是附中整體教育的寫
照嗎？

便當、魚丸湯與紅茶冰

　　當年在附中的同學一定不會忘記中午的便當、校門口的魚
丸湯及紅茶冰。

　　那時候沒有微波爐，各班備有一個大竹筐，早上各班把班
上所有的自備午餐便當放在竹筐內，然後抬到總辦公廳後面的
廚房去加熱，中午各班派人取回分發。民以食為天，抬便當、
吃便當自然成了大事之一。胖子的便當是全班最大的，還有兩
層，大的裏面有個小的。我曾好奇地問胖子為什麼要用兩層便
當，他很直截了當地告訴我：「我是大便當飯！小便當菜！」

　　中午，校門打開，可到門口吃一碗魚丸湯或陽春麵。據說
那老闆燒湯的鍋十幾年都沒洗過，那魚丸湯真鮮美。吃魚丸湯
或陽春麵時有個要訣，就是只要魚丸或麵沒全吃完，就可去免
費加湯。

　　最值得回憶的乃是紅茶冰。一個潮州人，五短身材、滿
嘴金牙、面如其紅茶冰的小販，總是騎著一輛腳踏車，後面放
兩個裝滿紅茶冰的桶子。上學的時候，他在後門外。學生可以

伸手出去買紅茶冰。但放學後及週末，他就進學校裏，跑到球場邊賣紅茶冰。他的生意很好，附中沒喝過他的紅茶冰的人肯定不多。他只有幾個玻璃杯及一小桶洗杯水。以現在的觀點來看，他的紅茶冰也許不夠衛生，但當時卻從沒聽說有哪個人喝了他的紅茶冰而拉肚子的。多年後，每當我參加國宴、大宴，用到上品飲料時，往往覺得都沒有他那紅茶冰可口。我和許多同學畢業以後，週末還常回附中去打球和讀書，總是見到那紅茶冰小販，與他成了朋友。有時他還參加我們，投兩球。他很會做生意，人也很好。常常喝完一杯，還給我們免費加半杯，沒錢付則可賒賬。他一般也不做筆記，到時誰欠他幾杯的錢記得清清楚楚，當然我們也從來不會賴他的賬。打完一陣球，幾杯紅茶冰下肚，清風徐來，三五同學席地而坐，擺個龍門陣，指點江山，其樂無窮也。

我出國後，臺灣經濟起飛，當時就想到那紅茶冰小販一定發財了。這位紅茶冰小販給我很大的一個啟示，把附中崇尚的自由開放的精神用於治政，放手讓老百姓去做，應該比什麼「實踐、矛盾」兩論，或「軍政、訓政」都會有效，這也是近幾十年來，臺灣、大陸走向昌盛繁榮的根源所在了。

據聞，他後來一直在附中賣紅茶冰近五十年。2007年，附中六十年校慶時，他已疾病纏身，退休不幹了。但附中的學生思念他，千方百計找到了他，請他回來參加六十週年慶典，作為上賓。老態龍鍾的他來了，還和當年一樣，又賣了一天紅茶冰。在同學的眼裏，他就是附中的歷史，代表了附中「親愛精誠」的精神。在他的眼裏，附中就是他的家、他的一生。參加過這次校慶不久，他就離開了人世。我相信如今他在天國一定

會向上帝報告：「我對師大附中的印象有不少是相當好的！同學都顯得生氣蓬勃！」而非高學長所說的：「印象有不少是相當壞的！同學都顯得呆呆笨笨！」

春風化雨四十二載的王老師

今年（2010年）4月10日是附中六十三週年紀念。在附中這六十三年的歷史中，還有一位比紅茶冰小販待得更久的人物。那就是我們班的**王右鈞同學**，他從民國四十四年（1955）進入附中，其後去師大，畢業後立即返回母校教學，連實習算起，任教達四十二年，直到前年（2008年）退休。他在附中整整待了五十三年，貫串了近百分之九十的整個附中歷史，是附中有史以來待得最久的人，也是教得最久的老師。堅持有恆（perseverance）是最難得的美德之一。王兄能在附中堅持五十三年、教學四十二載，非常人所能。春風化雨，桃李滿天下，萬世師表孔子門徒三千，而王老師四十二載的學生當遠超於此。

「有教無類」是孔子最偉大之處。王老師教學認真，注重啟發，不分學生素質、背景，總是循循善誘，殫精竭慮，他的「有教無類」得到廣大學生的崇敬。

我曾去他家，見到客廳牆上掛了一個大橫匾，上款：「王右鈞老師惠存」，下款：「師大附中××班全體學生敬贈」，正文為鄭板橋所書的「難得糊塗」四個大字。猛看之下，真把我搞糊塗了，乃對王說：「別人都是『春風化雨』或『桃李滿天下』的匾，你老兄教了四十多年，怎麼弄出個『糊塗』了呢？」但轉瞬之間，我有所領悟，乃說：「看來你老兄一定像黃璟然老師一樣，常給學生八十八分了！」

這面「糊塗」匾額令我深深體會到王兄的有教無類已達到了黃老師的境界，想來在他這四十多年中所教的許許多多學生的心目中，都像我對黃老師一樣：「**他（她）是對我一生影響最大的老師之一！**」

　　最近我曾造訪了他的一些學生，他們都告訴我，王老師自己是附中的學生，也是附中教得最久的老師，他對學生總是熱誠、親切，與學生打成一片，這就表露了最可貴的「**附中精神**」。

尾聲──親愛精誠、師生結成了一片

　　去載（2009年）返臺，隨王兄回到附中。當年的舊大禮堂早已拆除，總辦公廳也已無影無蹤，總是擠滿人的內籃球場已成草坪，黃羅老師釣魚的防空壕早已填平改為暗溝，陳友仁揚威的吊環也不見了，就連高學長懷念的張書琴老師的閣樓亦已改建。王老師告訴我，從1955年新生訓練以來的五十多年中，附中經歷了千千萬萬的變化，但有一點是永遠不變的，就是：「**我們親愛精誠，師生結成了一片！**」

（原載於《傳記文學》第98卷第3期586號，2011年3月）

致謝

　　首先要感謝郭毅生教授。二十年前，我不揣譾陋，開始著手研究〈紅軍長征成功與太平天國石達開覆亡〉的事蹟，承他不棄、多所指導，令我學到許多研究歷史的途徑。多年來，他一再提點我要「專注」與「存疑」，開闊了我學習的視野與見識。猶記十年前，他曾督促我：「再努力二十年！」。如今時已逝半，只是歲月蹉跎，吾進益有限，有愧教誨。

　　老友林中明兄博學多聞，我常與他討論所見、所聞及淺顯心得，受益良多。在其鞭策、鼓勵之下，始得編撰所思雜感以完成本書。

　　張注洪教授多年前教導我，須將個人所學撰寫成冊，留給後人，盡到知識份子的責任。這個教導啟發了我的寫作歷程，也令我在學習中不斷邁進。

　　許倬雲教授不吝為我解答許多歷史的疑問，開導我學習的途徑，提升我對歷史的興趣。他的循循善誘、誨人不倦，令我感激而敬佩。

　　林自森兄文彩飛揚，多年來給予我寫作、修辭大力的開導，此次對本書也提供了寶貴的指正。余立龍先生、江克成先生、丁正先生均經常與我談論歷史問題，令我受益良多。王右鈞兄、夏尚澄兄為本書發行多所奔勞。

秀威資訊科技公司承擔出版本書，林千惠女士編輯、完稿，詹凱倫女士作圖文排版，秦禎翊先生設計封面，李鳳珠女士校對，使本書成為有檔次之作。

四五十年來，老妻伴我探古尋軼，每當我有所心得，她總是在我身旁聆聽。此次亦對本書費心校對，以達完稿。

總之，承蒙上述許多位的協助，本書得以呈獻給讀者。

最後，補述前愚作《行遠無涯》感激未盡之意。在推銷及義賣捐助大陸貧困學生的過程中，得到黃安康、黃安儀、蔡嘉永、胡桐音、張洒蜀、黃廷章、艾毓雄、吳堯明、任憲偉、馬復新、張紹華、陸之雄、陳建新、陳克島、吳東山、顧志慧、伍必震、童華駿等諸位的大力支持，謹此致謝！

卜一　2014年4月22日

釀文學160　PE0060

 古道拾遺

作　　　者	卜　一
責任編輯	林千惠
圖文排版	詹凱倫
封面設計	秦禎翊

出版策劃	釀出版
製作發行	秀威資訊科技股份有限公司
	114 台北市內湖區瑞光路76巷65號1樓
	電話：+886-2-2796-3638　傳真：+886-2-2796-1377
	服務信箱：service@showwe.com.tw
	http://www.showwe.com.tw
郵政劃撥	19563868　戶名：秀威資訊科技股份有限公司
展售門市	國家書店【松江門市】
	104 台北市中山區松江路209號1樓
	電話：+886-2-2518-0207　傳真：+886-2-2518-0778
網路訂購	秀威網路書店：http://www.bodbooks.com.tw
	國家網路書店：http://www.govbooks.com.tw
法律顧問	毛國樑　律師
總 經 銷	聯合發行股份有限公司
	231新北市新店區寶橋路235巷6弄6號4F
	電話：+886-2-2917-8022　傳真：+886-2-2915-6275

出版日期	2014年7月　BOD一版
定　　　價	360元

國家圖書館出版品預行編目

古道拾遺 / 卜一著. -- 一版. -- 臺北市 : 釀出版,
　2014. 07
　　面；　公分
　BOD版
　ISBN　978-986-5696-10-8 (平裝)

855　　　　　　　　　　　　103005967

讀 者 回 函 卡

感謝您購買本書，為提升服務品質，請填妥以下資料，將讀者回函卡直接寄回或傳真本公司，收到您的寶貴意見後，我們會收藏記錄及檢討，謝謝！
如您需要了解本公司最新出版書目、購書優惠或企劃活動，歡迎您上網查詢或下載相關資料：http:// www.showwe.com.tw

您購買的書名：_____

出生日期：_____年_____月_____日

學歷：□高中 (含) 以下 　　□大專 　　□研究所 (含) 以上

職業：□製造業 　□金融業 　□資訊業 　□軍警 　□傳播業 　□自由業
　　　□服務業 　□公務員 　□教職 　　□學生 　□家管 　　□其它____

購書地點：□網路書店 　□實體書店 　□書展 　□郵購 　□贈閱 　□其他

您從何得知本書的消息？

　□網路書店 　□實體書店 　□網路搜尋 　□電子報 　□書訊 　□雜誌

　□傳播媒體 　□親友推薦 　□網站推薦 　□部落格 　□其他_____

您對本書的評價：（請填代號　1.非常滿意　2.滿意　3.尚可　4.再改進）

　封面設計____ 　版面編排____ 　內容____ 　文／譯筆____ 　價格____

讀完書後您覺得：

　□很有收穫 　□有收穫 　□收穫不多 　□沒收穫

對我們的建議：_____

_____

_____

_____

11466
台北市內湖區瑞光路 76 巷 65 號 1 樓

秀威資訊科技股份有限公司　　　收

BOD 數位出版事業部

∙∙∙

（請沿線對折寄回，謝謝！）

姓　　名：_____　年齡：_____　性別：□女　□男

郵遞區號：□□□□□

地　　址：_____

聯絡電話：(日) _____　(夜) _____

E-mail：_____